T0349399

Anhelos

Anhelos

CHUKWUEBUKA IBEH

Traducción de Bruno Álvarez Herrero

Q Plata

Argentina – Chile – Colombia – España
Estados Unidos – México – Perú – Uruguay

Título original: *Blessings*
Editor original: Doubleday, una división de Penguin Random House LLC, New York
Traducción: Bruno Álvarez Herrero

1.ª edición: noviembre 2024

ISBN: 978-84-92919-77-2
E-ISBN: 978-84-10365-60-5
Depósito legal: M-20.038-2024

Fotocomposición: Urano World Spain, S.A.U.
Impreso por: Rodesa, S.A. – Polígono Industrial San Miguel
Parcelas E7-E8 – 31132 Villatuerta (Navarra)

Impreso en España – *Printed in Spain*

PARTE UNO

1

Port Harcourt, 2006

L legó en octubre. Sin previo aviso, sin ceremonia. Unos toquecitos en la puerta esa tarde templada, justo cuando el sol estaba a punto de retirarse, y ahí estaba, con unas chanclas y una bolsa «*Ghana Must Go*»[1] colgada del hombro, junto al padre de Obiefuna, Anozie; los dos parecían agotados por el largo viaje. Cuando Anozie había comentado algo sobre ponerse en contacto con alguien para que le echara una mano en la tienda, Obiefuna no había sabido qué esperar, pero, desde luego, no era la figura alta que estaba ahora ahí plantada, abrazando la bolsa contra el pecho, con los labios ligeramente curvados hacia abajo mientras se miraba los pies polvorientos. Le sacaba unos treinta centímetros al padre de Obiefuna, que ya era bastante alto, pero fue la oscuridad uniforme de la piel del chico lo que hizo que Obiefuna lo contemplara durante un rato más mientras abría la puerta para dejarlos pasar. El chico parecía no saber si seguir a Anozie al interior o si darse la vuelta y volver por donde había venido.

---

[1]. «Ghana debe irse». En África Occidental, llaman así a un tipo de bolsas de plástico a cuadros que muchos inmigrantes usaron para acarrear sus pertenencias tras la orden ejecutiva del Gobierno nigeriano a principios de los ochenta que obligó a dos millones de extranjeros ilegales (la mayoría de origen ghanés) a abandonar Nigeria, como respuesta a una serie de disturbios religiosos. (N. del T).

Tras un momento de vacilación, entró, rechazando con tacto el intento de Obiefuna de ayudarlo con sus pertenencias.

—Bienvenido, papá —le dijo Obiefuna sin quitarle ojo al chico.

Anozie gruñó por toda respuesta. Al acomodarse en el sofá con un suspiro exagerado, le preguntó:

—¿Dónde está tu madre?

El viaje desde Igbo-Ukwu, su localidad natal, solía durar más de seis horas y podía dejar a quien lo llevase a cabo completamente inutilizado.

Como si estuviera esperando el momento justo, Uzoamaka, la madre de Obiefuna, salió de la cocina. Se detuvo en seco en el comedor y clavó la vista en el chico nuevo, que estaba sentado, algo cabizbajo, en un taburete enfrente de Anozie. Con un único vistazo atento, estudió las bolsas del chico y la situación en general.

—Bienvenido —le dijo a Anozie, y asintió como respuesta al saludo del chico.

—Tráeme un vaso de agua —le pidió Anozie a Obiefuna.

Estaba evitando mirar a Uzoamaka a los ojos. Justo una semana antes, había viajado a Igbo-Ukwu para asistir en calidad de subsecretario a la reunión del sindicato que se celebraba allí, y no lo esperaban hasta el día siguiente, y menos esperaban aún que volviera con otra persona. Anozie aguardó a que Obiefuna regresara con el vaso de agua, se lo bebió y lo dejó en la mesa antes de volverse hacia Uzoamaka.

—Este es Aboy. ¿Te acuerdas de él? El tercer hijo de Okezie. Acaba de terminar la secundaria y quiere aprender un oficio. Su tío me siguió hasta casa después de la reunión y me suplicó que lo pusiera a trabajar en la tienda. Todo el mundo cree que aprenderá rápido.

Uzoamaka estudió al chico desde el otro lado de la habitación. Estaba sentado con las piernas un poco separadas y cruzadas por los tobillos, rodeando las bolsas, protegiéndolas. Se las acercó más aún mientras Uzoamaka lo contemplaba, con un crujido que inundó el silencio de la habitación.

—Obiefuna, enséñale a Aboy dónde puede guardar sus cosas —dijo al fin Uzoamaka en inglés.

Aboy pareció sobresaltarse al oír su nombre, pero se levantó del taburete, recorrió todo el salón y siguió a Obiefuna por el pasillo hasta el cuartito que compartía con su hermano, Ekene. Allí, Aboy soltó al fin la bolsa y se quedó mirando a Obiefuna mientras este la guardaba en el armario. Obiefuna se giró hacia él al oír que decía algo.

—¿Qué?

—¿Dónde está la letrina? —repitió en igbo.

—¿La letrina?

Aboy asintió y, al percatarse de la confusión de Obiefuna, se agachó hasta casi ponerse en cuclillas. A Obiefuna le llevó un momento comprenderlo.

—Ah, ¿te refieres al cuarto de baño? —le preguntó.

Aboy vaciló, pero luego volvió a asentir.

—Ven conmigo —le dijo Obiefuna.

Salió con Aboy de la habitación, lo llevó por el pasillo y señaló la puerta del cuarto de baño que estaba al fondo. Aboy caminó hacia la puerta con movimientos indecisos y la abrió de un empujón cauteloso. Obiefuna se preguntó cuánto tiempo llevaría Aboy con ganas de ir al baño. ¿Habría tenido que aguantarse durante todo el viaje desde Igbo-Ukwu? Aboy inspeccionó el cuarto de baño con una expresión de perplejidad que llevó a Obiefuna a entrar con él; le dio unas palmaditas al retrete y le dijo en un igbo entrecortado:

11

—Tienes que sentarte aquí. Y luego tienes que echarle un cubo de agua. ¿Entendido?

Aboy pareció reflexionar durante un momento y después asintió. Se giró hacia Obiefuna y le ofreció lo que, en retrospectiva, Obiefuna consideraría su primera sonrisa auténtica desde que había llegado.

Esa noche, Obiefuna se acercó al dormitorio de sus padres y pegó la oreja a la puerta para tratar de escuchar la conversación que mantenían en la cama.

—*Anam asi*, al menos tendrías que haberme dicho que ibas a venir con él hoy. ¿Cómo puedes traer a alguien que no conozco de nada a casa y esperar que no me importe? —protestó Uzoamaka.

—Si ni siquiera yo sabía que iba a volver a casa con él —contestó Anozie—. Ya te he dicho que Shedrach me siguió hasta casa después de la reunión. De hecho, incluso me lo pidió allí mismo, delante de todo el *umunna*. ¿Qué debía hacer? ¿Decirle que no?

Uzoamaka bufó.

—¿Por qué no me sorprende? Esas víboras confabuladoras siempre saben cómo conseguir lo que quieren.

Anozie soltó una carcajada.

—Desde que Okezie murió, su familia no lo ha tenido fácil, Uzoamaka.

—La nuestra tampoco es que lo haya pasado mucho mejor —respondió ella de mala manera.

Anozie dejó escapar un bostezo exagerado.

—No se va a quedar mucho tiempo —dijo arrastrando las palabras, como si estuviera muerto de sueño—. Los años van a pasar volando, ya verás. Te sorprenderá. Además, tengo intención de aprovechar su presencia mientras tanto.

A Ekene, Aboy le hacía gracia.

—¿Qué clase de nombre es Aboy? —le preguntó a Obiefuna.

Iban de camino al campo de fútbol Ojukwu para entrenar después de las clases. Era un día sofocante; el calor del alquitrán de hulla atravesaba las suelas finas de Obiefuna y le abrasaba los pies. Pero Ekene, con las suelas gruesas de sus botas de fútbol y esa actitud entusiasta, ni lo notaba.

—Pues un nombre como cualquier otro —contestó Obiefuna.

Estaba decepcionado. Últimamente le costaba entender a Ekene; no conseguía saber si, aparte de hacerle gracia, le tenía algún tipo de aprecio a Aboy. Quería que a Ekene le cayera bien. A pesar de que Ekene era trece meses menor que él, hacía ya tiempo que Obiefuna se había resignado a necesitar su aprobación, y disfrutaba de los placeres simples que le brindaba la validación de su hermano.

Ekene se encogió de hombros y siguió botando la pelota. A los catorce, ya poseía el porte imponente de un adulto, y estaba tan desencantado con el mundo como si fuera uno de ellos. La gente decía que era la viva imagen de su padre, que tenía el mismo rostro fino y adusto y la misma mirada calculadora. También había sacado el temperamento de su padre, solo que el suyo era más espontáneo, más impredecible. A los diez años, le clavó la punta de un bolígrafo a un compañero en la parte baja de la espalda después de que el chico le apartara la silla justo cuando se estaba sentando y Ekene se cayera al suelo. También había llamado «prostituta» a su profesora de cuarto por reprenderlo en público después de haber suspendido un examen, y había soportado después los golpes de su padre con un aguante impresionante. Tan solo un año antes, había estado a punto de tirarle a Obiefuna el aceite hirviendo de una sartén por haberlo vencido en una pelea amistosa. Con los años, Obiefuna había aprendido a relacionarse con él con una cautela tácita. Su relación dependía del entendimiento mutuo de que la autoridad de Obiefuna tenía unos límites.

Cuando llegaron al campo de fútbol, tan solo había unos cuantos chicos allí, correteando con pelotas de distintos tamaños; algunos llevaban camisetas descoloridas y botas desgastadas, pero la mayoría iba sin camiseta y descalzos. Tobe los vio desde lejos y fue corriendo hacia ellos.

—¡Aquí estáis! —Tobe les estrechó la mano, a Ekene durante unos segundos más. Le arrebató el balón y empezó a botarlo—. ¿Qué tal?

—Bien. —Ekene miró el campo de fútbol—. ¿Dónde está todo el mundo?

—Otra vez llegan tarde *o* —contestó Tobe—. Y el entrenador ni siquiera ha llegado.

Ekene se miró la muñeca desnuda.

—Son casi las cinco *na*.

Tobe se encogió de hombros.

—¿Acaso le importa? Al fin y al cabo, no somos los equipos importantes.

Ekene sacudió la cabeza con una sonrisa de decepción en la cara.

—Pero podemos entrenar por nuestra cuenta, ¿no? —añadió Tobe de pronto—. Nadie tiene que vernos para ficharnos para su *academia* —dijo, pronunciando con un tono burlón la última palabra.

Ekene se rio.

—Cierto.

—¿Quién está listo para jugar? ¡Yo sí! —gritó Tobe.

Alguien, a lo lejos, gritó:

—¡Yo también!

Y los chicos de alrededor fueron corriendo hacia donde se encontraba Tobe con el balón.

—Elijo a Ekene —dijo Tobe, pasándole el brazo por el hombro.

—Yo, a Paul —añadió el chico que había gritado antes, un muchacho larguirucho con el pelo castaño hecho un asco.

Paul se acercó a él.

—¡Yo también quería a Paul! —gruñó Tobe—. Siempre vamos en el mismo equipo.

—Eso no es problema mío. —El chico larguirucho se encogió de hombros—. Además, ya has elegido a Ekene. Solo con él, ya es como si tuvieras a un equipo entero.

Tobe se giró hacia Paul.

—¿Con quién prefieres estar, Paul? —le preguntó, retándolo.

Paul se encogió de hombros y fue caminando despacio hacia Tobe, y el otro chico, atónito, le gritó:

—¡Paul! Pero ¿a dónde vas? ¡Si ya te he elegido yo! ¡Abeg, vuelve aquí!

Paul se detuvo en el centro del semicírculo y alzó ambas manos, como si estuviera exasperado, aunque era evidente que estaba encantado. Que un equipo te quisiera ya resultaba gratificante, pero que dos equipos estuvieran dispuestos a pelearse por ti era tan placentero que resultaba vertiginoso.

—Pero ¿se puede saber por qué solo nos estamos centrando en Paul, cuando tenemos a tanta gente con talento? —intervino Chikezie en ese momento—. Como Obiefuna, por ejemplo.

Obiefuna ya se esperaba las risas; se había convertido en algo habitual verlos sacudir la cabeza, darle patadas al suelo y corear «no, no, no» en voz baja. Pero le seguía doliendo tanto como el primer día.

—Preferiría formar un equipo yo solo que tener que elegir a un manta —comentó alguien de entre la multitud, tras lo cual se volvieron a reír todos.

Incluso Ekene sonrió.

De modo que Obiefuna se quedó sentado en la hierba, guardando las camisetas, las zapatillas y las botellas de agua de los demás. Incluso Chikezie intentó, entre burlas, dejar sus pertenencias con Obiefuna, y solo se rindió cuando Abdul, el mayor de todos los presentes, que también hacía de árbitro, intervino y le advirtió que dejara a Obiefuna tranquilo. El equipo de Paul acabó ganando tres a dos, pero Ekene había sido el que había marcado los dos goles de su equipo, y todos concordaron en que había sido la estrella de todo el partido. Sus oponentes le estrecharon la mano y, en retrospectiva, lo felicitaron por las mismas habilidades que habían criticado durante el partido; y concluyeron que su equipo podría haber quedado mucho mejor si hubiera tenido a dos jugadores como él.

Mientras volvían a casa, Obiefuna le preguntó a Ekene con quién pensaba que habría querido ir Paul en realidad, y Ekene se rio, con esa actitud alegre y ligera que solía adoptar después de un buen partido de fútbol, y dijo:

—Por favor, no empieces.

2

De todas las cosas que pueden resultar preocupantes durante el embarazo, lo que más atormentaba a Uzoamaka era qué nombre ponerle al bebé. Le parecía que las propuestas de sus amigas (Chidera, Tochukwu, Ngozi...) eran demasiado comunes, demasiado simples, y las sugerencias de Anozie, demasiado prácticas, o que, como todo lo que tenía que ver con él, poseían un curioso toque arcaico. ¿Quién llamaba a su hijo Nnanna? Uzoamaka quería un nombre que plasmara lo agradecida que se sentía por el hecho de que el bebé hubiera decidido sobrevivir al segundo mes de embarazo, por permitirle presenciar su primera patadita al quinto mes, una prueba simple pero maravillosa de la capacidad de su cuerpo de albergar vida, después de que varios abortos espontáneos le hubieran hecho creer lo contrario. Y, aunque le gustó bastante la propuesta de la madre de Anozie, Obiajulu («la mente descansa»), le pareció que era el típico nombre que elige una abuela para su nieto, un nombre cariñoso, demasiado sensiblero. No uno que fuese a quedar bien en un certificado de nacimiento, uno que el público general e indiferente pudiera usar sin contexto.

De modo que Uzoamaka había acabado eligiendo algo que tenía un poco de todo; la decisión final, que escribió con firmeza en el certificado de nacimiento de su hijo, era una opción directa y práctica que, aun así, mantenía un toque de sentimentalismo. Y, sobre todo, le parecía un nombre apropiado («Que mi corazón no esté perdido»), ya que su llegada había afianzado, de un modo un tanto extraño, la sensación de pertenencia de Uzoamaka; le había devuelto la capacidad que había perdido de creer en los milagros.

Su nacimiento, una medianoche tranquila de agosto de 1991, la había tomado por sorpresa. Llegaba dos semanas antes de lo previsto, por lo que había confundido sus primeras contracciones con una inquietud que no era muy habitual en el bebé. Estaba de pie en la cocina, recogiendo los platos de la cena (que había tomado sola porque Anozie no estaba en casa), y en un principio le pareció que le iría bien sentarse para descansar la espalda, y después, tras una hora entera intentando sin éxito encontrar una postura cómoda en la que conseguir que el bebé se relajara, se levantó de la silla, bajó las escaleras, fue hasta la puerta de los vecinos y les pidió que la llevaran al hospital porque estaba de parto. Irónicamente, fue el hombre, el señor Adebayo, quien entró en pánico y fue corriendo de un lado a otro del salón en busca de ropa apropiada y, al salir, seguía sin ir bien vestido para la ocasión. En el coche, le lanzaba miradas de preocupación tan a menudo que Uzoamaka temía que acabaran saliéndose de la carretera y cayendo en una zanja. Rechazó el intento del señor Adebayo de ayudarla a salir del coche cuando llegaron al hospital y fue caminando sola hasta el paritorio; y, al cabo de unas horas, sostuvo al fin en brazos a su bebé, que no dejaba de dar alaridos, mientras observaba con ojos llorosos la furia con la que el pequeño anunciaba su presencia en el mundo, y el fin del anhelo de Uzoamaka.

Las matronas se quedaron prendadas de él. Comentaban satisfechas el peso ideal que había tenido el bebé al nacer; la ausencia de ictericia, endémica en aquella época; y lo fácil que había sido el parto. La propia Uzoamaka había causado asombro en el paritorio, y había disfrutado de la atención de las demás pacientes, que intentaban echarle un vistazo al bebé; y, para cuando llegó Anozie, tan feliz que parecía a punto de estallar, estaba ya mareada de alegría y agotada. Le dijo que había dejado el coche fuera, listo para llevarlos a casa, y juntos miraron al bebé que descansaba en los brazos de Uzoamaka mientras mamaba. Un niño, después de todos esos años.

A Uzoamaka le gustaba contar, en cuanto tenía ocasión, las circunstancias en las que había nacido Obiefuna. Su llegada no había sido solo una respuesta a los años y años de interminables plegarias y lágrimas nocturnas, sino que también había supuesto un giro en el curso de su vida y su fortuna. Cuando estaba embarazada de tres meses, Anozie logró firmar un importante contrato de suministro por casualidad, tan solo por estar en el lugar adecuado en el momento adecuado, y al fin lograron tener los ingresos suficientes como para mudarse del piso del barrio bajo en el que vivían a uno mejor en una zona residencial, con cocina y baño privados. Uzoamaka se dedicaba a trenzar el pelo, y de pronto su negocio despegó; no paraban de llegar clientes que insistían en que las atendiera a pesar de que era evidente que estaba embarazada y de que había más puestos gratuitos cerca de allí. A mediados del octavo mes de embarazo, Anozie imitó a su amigo Udoka y compró papeletas para una rifa con un porcentaje considerable de sus ingresos. Al enterarse, Uzoamaka se puso furiosa y se pasó varios días sin hablarle y, cuando Anozie le contó, una semana más tarde, que le habían comunicado que era uno de los dos afortunados ganadores de entre más de doscientas personas e iba a recibir el primer premio en Benín, creyó que era una broma, un intento pícaro de conseguir que volviera a hablarle. Y, cuando Anozie llegó a casa del trabajo al día siguiente, se echó a sus brazos y le dijo, entre risas y sollozos, que el premio era un coche, el nuevo modelo de Mercedes-Benz, Uzoamaka rompió a gritar y a saltar por toda la casa hasta que sintió una patada de protesta, una advertencia para que no se moviera tanto, pero también un pequeño recordatorio pertinaz del gran milagro en que se había convertido su vida.

—Obiefuna nos ha traído muchas bendiciones, ¿sabes? —solía decir Anozie los primeros días después del parto.

Anunciar algo obvio con la autosatisfacción de quien posee conocimientos esotéricos era típico de él. Pues claro que Uzoamaka lo sabía. Contemplaba a su bebé con cierta gratitud. Era perfecto, y no mostraba ninguno de los comportamientos característicos de los recién nacidos que tanta angustia provocan. Era muy popular en el mercado por su risa fácil y por los hoyuelos que se le formaban al sonreír, por esa mata de pelo suave que hacía que la gente pensara, de primeras, que era una niña. Otras madres le decían que era muy afortunada por la facilidad con la que el bebé consentía que lo sostuvieran los desconocidos (e incluso se quedaba dormido en sus brazos), lo que le daba a ella espacio y tiempo para trabajar; y porque se comía lo que le dieran, con lo cual les ahorraba la energía y el gasto que suponía tener que buscar alimentos especiales, iba aumentando de peso con una piel radiante y sana, y casi nunca enfermaba. Se mostraba cariñoso y juguetón con todo el mundo y se ganaba su afecto sin ningún esfuerzo. Las clientas de Uzoamaka empezaron a dejarle propina en especial por el bebé y, cuando empezó a balbucear «gracias», tal y como su madre le había enseñado a decir, las clientas se reían y se quedaban mirándolo mudas de asombro. No tenía ni siquiera un año cuando aprendió a caminar e iba tambaleándose de aquí para allá, a punto de perder el equilibrio, y a pronunciar variaciones infantiles de los nombres de las caras que le empezaban a resultar familiares. Todo el mundo decía a modo de broma que era un viejo atrapado en el cuerpo de un bebé, y todos creían que era un niño especial.

Pero, cuando Uzoamaka se despertó un día con esas náuseas que ya sabía reconocer y confirmó que estaba embarazada de nuevo, se preocupó ligeramente, por algún motivo que no lograba descifrar. Le costaba compartir la alegría de Anozie, por contagiosa que fuera, y, cuando la madre de su marido llegó a toda prisa de la aldea con un cargamento de comida y uno mayor aún de ganas de ayudar, quiso pedirle a la mujer que se marchara de inmediato. La mera idea de tener que fingir una alegría que no terminaba de sentir, de hacerle creer que estaba feliz, la agotaba, y llegó al sexto mes sin dejar de vomitar y perder peso y apetito, de modo que, por recomendación del médico, tuvo que dejar de trabajar antes de lo previsto para poder descansar. E incluso cuando nació el bebé (por cesárea, porque no había forma de que se colocara en la posición correcta), muy pequeñito y tan gritón que resultaba abrumador, Uzoamaka intentó sin éxito sentir algo concreto. No le importaba si lo llamaban Obinna, o Chidera, o incluso Ozoemena, pero Anozie lo llamó Ekenedilichukwu, «gratitud hacia Dios», y en sus breves momentos oscuros y misántropos Uzoamaka se preguntaba qué era lo que debía agradecer, cuando el niño casi le había costado la vida.

Las diferencias considerables entre los dos niños se fueron manifestando conforme crecían. Resultaba sorprendente y, a veces, desgarrador ver a Obiefuna perder todo su encanto infantil y convertirse en un niño reservado y retraído, y dejar, sin darse cuenta, que Ekene, más descarado y directo, acaparara toda la autoridad. Obiefuna se transformó ante los ojos de su madre en lo contrario a quien era de bebé, y Uzoamaka contempló con una desesperación cada vez mayor como su hijo intentaba sin éxito que lo aceptaran sus compañeros y se volvía más vulnerable ante los abusones. Y lo que la angustiaba aún más era que empezaba a preocupar e irritar a Anozie.

—Este niño… —comentaba a menudo sin el asombro cargado de gratitud que había caracterizado sus impresiones de Obiefuna cuando este era un bebé—. Este niño no es normal.

La primera vez que lo dijo, Uzoamaka le exigió una explicación, y le alzó la voz tanto como Anozie al regañarla, pero en el fondo sabía que era cierto, que al niño le pasaba algo extraño, aunque no estaba preparada para admitirlo, lo cual la enfurecía aún más. Obiefuna no hablaba demasiado, tenía pocos amigos y volvía a menudo a casa con moratones tras haber perdido alguna pelea o llorando por algo que le había dicho algún niño del barrio; y, mientras que Ekene le recordaba a Uzoamaka a los niños de su infancia, algunos de los cuales habían sido objeto de sus flechazos infantiles, Obiefuna le recordaba a las amigas divertidas y fieles con las que había crecido. A veces la invadía la sensación angustiosa de que se había cometido un error espantoso. Pero otras, como por ejemplo cuando Obiefuna bailaba, se convencía de que no existía nada más parecido a la perfección. La dejaba atónita con sus movimientos y su capacidad de colocar las extremidades en ángulos inimaginables. En el barrio era conocido por ese don, y en las fiestas su madre lo observaba encantada mientras Obiefuna bailaba mil veces mejor que los otros niños, e ignoraba los bufidos irritados de los demás padres. Era uno de los numerosos aspectos de su educación en los que Anozie y ella no se ponían de acuerdo. En una ocasión, asistieron a la ceremonia de presentación del niño de un viejo amigo de Anozie, y Obiefuna, como siempre, se llevó todos los premios de baile que había. Anozie, con una botella de cerveza fría en la mano, tan solo había contemplado a su hijo con expresión de desinterés. Parecía estar de buen humor, intercambiando formalidades con sus amigos y haciéndoles regalos a los padres del niño, y en el camino de vuelta a casa en coche había tarareado alegremente al ritmo de The Oriental Brothers. Pero, al llegar, Uzoamaka estaba aún desabrochándose las sandalias en la puerta de la casa cuando Anozie se giró y le dio una bofetada en la cara a Obiefuna. Uzoamaka se puso en pie y vio como su hijo se estampaba contra la pared por la fuerza del golpe y le aparecían marcas rojas en la cara al instante.

—Pero ¿a ti qué te pasa? ¡Anumanu! —le espetó Anozie a Obiefuna con la voz entrecortada, como si se estuviera atragantando, como siempre que empezaba a sobrevenirle un ataque de ira—. ¿Acaso eres una mujer en el cuerpo de un hombre? *Asim, i bu nwoke ko i bu nwanyi* —le soltó mientras se desabrochaba el cinturón para pegarle con él.

Y en ese momento Uzoamaka se interpuso entre ellos y le dijo a Anozie que, si se atrevía a ponerle un solo dedo encima a su hijo una vez más, le daría de comer su propio pene.

Se quedaron mirándose durante un buen rato (él, sorprendido por su osadía; ella, con una rabia que hasta entonces no sabía que poseía y que bullía cada vez más en su interior) en un silencio cargado de expectación hasta que Anozie dejó caer el cinturón y entró furioso en el dormitorio.

El niño lloró mientras preparaban la cena, durante la cena y hasta bien entrada la noche. Su madre se sentó en su cama y, mientras lo mecía, le susurró «*Ozugo nu*, lo siento» y todo tipo de promesas.

Se pegó la cabeza de Obiefuna al pecho, notó que le estaba subiendo la temperatura y sintió cómo le subía la sangre a la cabeza por la rabia. Qué ridiculez, qué absurdez insensible esperar que un niño sea perfecto. Solo tenía ocho años; no sabía qué implicaba comportarse de un modo «adecuado». Pero, mientras apagaba la luz de la habitación tras haber logrado que su hijo dejara de llorar y que se quedase dormido, deseó que fuera un poco más convencional.

3

A Obiefuna le costaba recordar cómo había sido su vida, la suya y la de su familia, antes de que llegara Aboy. Era como si, con Aboy, la vida de Obiefuna hubiera comenzado al fin, la vida que había estado esperando. Aboy parecía encajar sin esfuerzo en los confines de su existencia, como si siempre hubiera habido un hueco hecho a medida esperándolo. Se adaptó a su nuevo papel en la casa sin la confusión que Obiefuna había esperado, y se ocupaba de las tareas que le asignaban con una disposición encantadora. Por las mañanas, Obiefuna se despertaba con el ruido de los pesados pasos de Aboy por las escaleras mientras subía agua del grifo público para llenar los bidones de la cocina. Mientras Obiefuna barría el suelo y Ekene lavaba los platos de la noche anterior, Aboy se bañaba para prepararse para salir al mercado y abrir la tienda antes de que llegara Anozie. A veces, cuando conseguían prepararse al mismo tiempo, Aboy se ofrecía a ir caminando con Obiefuna y Ekene hasta la escuela a pesar de que suponía tomar una ruta más larga para llegar luego al mercado. Solo los sábados se quedaba en casa hasta el mediodía, haciéndole la colada de la semana a Anozie en el patio de abajo. A Obiefuna le gustaba observarlo desde la barandilla. Siempre estaba de buen humor y no dejaba de silbar una melodía alegre por lo bajo. En ocasiones se percataba de la presencia de Obiefuna, alzaba la vista y le ofrecía un pequeño guiño que lo hacía sonreír, delirante de alegría. Aboy estaba cómodo con su nueva vida, ansioso por integrarse. Durante los diez meses que llevaba viviendo con ellos había ido aprendiendo a hablar mejor en inglés, y ya no tenía que repetirse las instrucciones que le daba Uzoamaka una y otra vez cuando lo mandaba a hacer recados ni tomarse un momento para pensarse la respuesta cuando Obiefuna o Ekene le hablaban. Y en la tienda le iba de maravilla. A veces Obiefuna escuchaba a su padre ensalzar la destreza de Aboy ante su madre y elogiar su iniciativa, que en ocasiones les aportaba beneficios adicionales; a raíz de haber observado una práctica similar en las otras tiendas, Aboy le había sugerido a Anozie que se encargara de la entrega a domicilio de sacos de cemento para añadir el coste a la compra y obtener más ganancias tras haber dividido el beneficio con el repartidor. A Anozie le impresionaba la facilidad con la que Aboy se había ganado el favor los clientes, tanto que incluso los de toda la vida querían que solo los atendiera él. A Anozie le gustaba alardear del éxito que estaba convencido de que tendría Aboy en el futuro. Sabía que no le costaría nada labrarse una reputación mientras seguía trabajando en la tienda, lo que le sería muy valioso cuando fuera libre para montar su propio negocio.

—Este chico es la honradez personificada —le dijo en una ocasión a Uzoamaka, y luego le contó la historia de cuando, como parte de la prueba habitual a la que sometía a sus nuevos aprendices, Anozie se había confabulado con otro comerciante que se había hecho pasar por cliente y había pagado de más a Aboy al comprar.

El hombre se había quedado mudo de asombro cuando el chico, tras descubrir el error, había corrido más de un kilómetro y medio para devolverle el dinero de más. Además, Anozie había dejado dinero a propósito en los bolsillos de la ropa que Aboy iba a lavar, y el chico se lo había devuelto todo; no se había quedado ni con un solo billete.

—Es una maravilla de chico, te lo digo de verdad —concluyó, encantado.

Uzoamaka respondió con sonidos imprecisos y adormilados para que supiera que le estaba prestando atención, pero no compartió ninguna de sus propias historias, si es que tenía alguna. Obiefuna no tenía ni idea de lo que sentía su madre por Aboy. Se mostraba amable con él, pero no amistosa; en última instancia, parecía considerar su presencia un inconveniente pasajero. Solo le levantó la voz y amenazó con abofetearlo en una ocasión, cuando tardó demasiado en hacer un recado y volvió con el artículo equivocado. A veces, también se quejaba cuando se saltaba los baños nocturnos; Aboy se pasaba todo el día aletargado y sudoroso, montando sacos de cemento en camiones, y volvía a casa cubierto de una película de polvo blanco y exudando el olor metálico de la piedra caliza. Incluso sus hábitos alimentarios eran curiosos: acababa con los granos de arroz blanco de su plato antes de chupetear la carne, y se hacía unas bolas de *fufu* más grandes que el puño de un niño. A Obiefuna y a Ekene les entraban ataques de risa mientras lo veían tragárselos de un mordisco. A veces, Aboy montaba un espectáculo para divertirlos, halagado por el interés que le prodigaban. Solía reírse a menudo, un sonido que llegaba sin previo aviso, como el rumor ligero y casi renuente de un trueno tras una llovizna, que hacía que Obiefuna sintiera un revoloteo en el estómago. Otras veces, iba de un lado a otro de la casa sumido en un silencio melancólico y se pasaba varios minutos seguidos mirando la nada. Obiefuna ansiaba saber en qué estaba pensando en esos momentos, pero nunca se lo preguntaba. No solían durar demasiado. Poco después, Aboy volvía en sí y se mostraba tan animado que resultaba desconcertante, y empezaba a contar sus aventuras en la aldea, historias que Obiefuna no sabía si creer o no; por ejemplo, que escalaba los árboles con un brazo atado a la espalda o que caminaba durante kilómetros desde el río cargando con dos garrafas de agua de cuatro litros y medio en los hombros y una tercera en la cabeza sin perder ni una sola gota.

Hablaba a menudo de sus planes de futuro.

—Cuando deje de trabajar para Oga, pienso abrir una tienda enorme en Port Harcourt, y será la tienda más grande del mundo entero.

Aunque se reía al decirlo, a Obiefuna le parecía que la convicción de su voz indicaba que creía en sí mismo, o creía en su capacidad de intentarlo. Obiefuna se preguntaba si tendría novia en el pueblo, si pensaría en ella a menudo. Aunque le habían dejado un rincón del dormitorio a Aboy, con un colchón viejo que habían sacado del dormitorio de sus padres, Obiefuna a veces se despertaba pronto por la mañana y se encontraba a Aboy en la cama con Ekene y con él, y sentía la erección del chico contra el muslo, por debajo de los pantalones cortos que se ponía para dormir, con los ojos cerrados y unos ronquidos suaves que le demostraban que estaba dormido de verdad y que ignoraba por completo el estado de su cuerpo. En una ocasión, Obiefuna se despertó y vio que Aboy tenía la frente pegada a la suya, y podía sentir su aliento cálido en el rostro. De tan cerca, Obiefuna podía ver el aleteo de su nariz y su bigote incipiente. Estiró la mano para acariciarle la mejilla y recorrió toda la cara con delicadeza. Detuvo los dedos en los labios de Aboy y palpó su textura dura mientras intentaba sin éxito acallar las voces de su cabeza. Se acercó un poco más, incapaz de resistir su atracción. Aboy tenía los labios firmes y rígidos. Se agitó con los ojos aún cerrados, pero a Obiefuna le pareció ver que tenía los labios curvados en una ligera sonrisa.

Por la mañana, Aboy no mencionó el tema. No mostró intención alguna de rememorar lo que había ocurrido la noche anterior. Obiefuna lo observó llevar a cabo sus tareas y evitar su mirada, e incluso salía de la habitación en cuanto Obiefuna entraba. Algo en su mirada se había atenuado; se había roto algo entre ellos, y el sábado siguiente, cuando alzó la vista y sorprendió a Obiefuna mirándolo, tan solo la apartó.

¿Lo odiaría Aboy? ¿Se habría imaginado esa sonrisa? Aboy parecía evitar acercarse a él, pero también había algo en su actitud que le hacía creer que tampoco lo repugnaba del todo. Obiefuna creía notar cierta tibiez en el comportamiento de Aboy, como si en realidad sintiera la misma chispa que sentía Obiefuna y su miedo lo provocara pensar en las consecuencias. Obiefuna se imaginaba el futuro de Aboy. Tendría una tienda enorme en el mercado y amasaría la fortuna suficiente como para volver a por él, y los dos huirían a un lugar oculto donde pudieran estar juntos para siempre. Mientras lavaban los platos un sábado por la mañana, Obiefuna sorprendió a Aboy mirándolo.

—Llevas una hora con ese plato en la mano —le dijo Aboy.

—¿Tienes novia? —le soltó Obiefuna.

Aboy alzó una ceja, pero no parecía sorprendido ni confundido ante la pregunta. Se separó de la pared y se acercó a Obiefuna.

—¿Estás celoso? —le preguntó.

Estaba sonriendo.

—¿Yo? No, es solo que…

—Shh.

Aboy le posó un dedo en los labios. Giró a Obiefuna para que quedaran los dos cara a cara. Obiefuna seguía sosteniendo en alto el plato y una esponja con espuma. Miró a Aboy a los ojos, a esas pupilas oscuras y diminutas en medio de la inmensa blancura de sus globos oculares.

Al principio no vio nada, solo el contraste hipnótico del negro sobre el blanco, pero entonces vio su reflejo en los ojos de Aboy, presenció su propia sonrisa. El tiempo se detuvo durante un momento, un instante en el que Obiefuna estaba convencido de que solo existían Aboy y él en todo el mundo. Un momento en el que le habría gustado vivir para siempre. Pero entonces los interrumpió el ruido de alguien al moverse y, cuando Obiefuna se giró, sintió que se le detenía el corazón al ver a su padre de pie junto a la puerta, con las manos a la espalda. No cabía duda de que llevaba ahí un rato; había visto lo suficiente. El momento se alargó, sumidos en un silencio frágil.

—¿Has terminado ya de lavar los platos? —le preguntó Anozie a Aboy, aunque tenía la mirada clavada en Obiefuna, y no la apartó ni siquiera cuando Aboy recorrió toda la cocina con la cabeza gacha y pasó junto a Anozie para salir por la puerta, ni tampoco cuando Anozie estiró el brazo hacia atrás para cerrar la puerta con un firme clic, ni cuando fue a hacerse con lo que tenía más a mano: una cuerda que alguien había dejado en la encimera de la cocina.

PARTE DOS

4

Oberri, 2007

Los muros que rodeaban el edificio eran altos, no estaban pintados y tenían botellas rotas y afiladas que sobresalían en lo alto. Junto a la verja roja había un cartel con las palabras INTERNADO REHOBOTH en una letra roja que no pasaba desapercibida.

—Ya hemos llegado —anunció Anozie mientras se giraba hacia Obiefuna.

Era la primera vez que hablaba desde que habían salido de Port Harcourt. Obiefuna permaneció en silencio, mirando por la ventana las paredes pintarrajeadas de la escuela mientras Anozie se incorporaba a la hilera de coches que atravesaban la verja abierta y aparcaba bajo un cocotero esbelto dentro del recinto. Anozie fue el primero en bajarse del coche y lo rodeó para sacar la caja con las pertenencias de Obiefuna del maletero. Obiefuna bajó del coche tras él, pero se quedó de pie junto a la puerta. Un hombre se acercó a ellos y envolvió con las dos manos la de Anozie para estrechársela mientras hacía una pequeña reverencia. Obiefuna se acordaba ligeramente de él; era el hombre que había hablado con su padre largo y tendido un mes antes, cuando habían estado allí para hacer las pruebas de acceso. Ahora, mientras charlaban, Obiefuna se quedó mirando la procesión de curiosos chicos jóvenes que cargaban con mochilas y contenedores con ruedas hasta el lugar en el que los cacheaban. En el portón exterior, frente a lo que parecía una capilla, había un hombre con expresión solemne de pie tras unas mesas largas, echándoles un vistazo a las cajas que había sobre ellas.

—Obiefuna —lo llamó su padre, y el chico se giró hacia él—. Este es el señor Josiah. Trabaja aquí. Va a ser tu tutor.

Obiefuna se quedó mirando al señor Josiah. Si se ponía de puntillas, sería igual de alto que él. El hombre tenía una sonrisa demasiado amplia, demasiado falsa, y Obiefuna temía que se le cayera la baba por las comisuras de la boca.

—Le he dado algo de dinero al señor Josiah para tu manutención —continuó diciendo Anozie—. Ve a verlo si necesitas cualquier cosa o si tienes que llamarme.

Su tono dejaba claro que no esperaba que Obiefuna cumpliera con lo segundo.

Obiefuna asintió. Su padre se giró hacia el señor Josiah, que parecía estar en las nubes.

—Ah, ven conmigo —le dijo el hombre en cuanto volvió en sí.

Lo condujo al control de seguridad y ayudó a Obiefuna a subir la caja a la mesa delante del hombre de aspecto severo. Murmuró algo inaudible como respuesta al saludo de Obiefuna y abrió la caja.

—Saca el folleto —le pidió el hombre.

Obiefuna rebuscó en el bolsillo y sacó el pequeño folleto que incluía la lista de artículos requeridos. El hombre fue leyéndolos uno a uno y buscándolos en la caja. Iba apartando con un vigor caótico casi deliberado las prendas de ropa que la madre de Obiefuna se había encargado con esmero de doblar la noche anterior. El hombre retiró de un empujón las pertenencias de Obiefuna como si de algún modo lo ofendieran y estuvo a punto de tirar la taza de cerámica de la caja. La sostuvo en alto y miró a Obiefuna.

—Aquí no usamos estas cosas. Los vasos tienen que ser de plástico o de aluminio. Que se la lleve tu padre.

Siguió rebuscando y se detuvo.

—¿Dónde tienes la sábana blanca?

—¿Qué, señor?

—¿Estás sordo o qué? —El hombre se tiró de las orejas—. Que dónde tienes la sábana blanca de los domingos.

—No tengo ninguna, señor —contestó Obiefuna.

Su padre había sido muy meticuloso a la hora de revisar la lista, e incluso había ido tachando lo que iba comprando cada día. A Obiefuna le sorprendió ver que se había olvidado de aquello.

—¿Qué ponía en la lista? —le preguntó el hombre.

Obiefuna mantuvo la mirada cosida a la mesa, avergonzado por el tono agudo con el que le hablaba el hombre, que ya estaba atrayendo la atención hacia ellos.

—Bueno, pues no puedo dejarte pasar si... —El hombre se detuvo—. ¿Lo que llevas puesto es un cinturón marrón?

Obiefuna bajó la mirada a la cintura como si se la estuviera viendo por primera vez. Debía admitir que aquello era una transgresión deliberada. Su madre lo había mencionado en casa, pero iban con demasiada prisa y su padre le había quitado importancia; le había parecido irrelevante.

—Quítatelo —le ordenó el hombre—. Solo está permitido llevarlo negro.

Obiefuna estaba intentando quitarse el cinturón con torpeza cuando sintió unas manos en los hombros. El señor Josiah, aún con esa sonrisa falsa en el rostro, le dijo:

—Señor Offor, *abeg* no sea duro con mi muchacho.

El señor Offor no le devolvió la sonrisa.

—No trae todo lo que debería.

—El padre me ha dado algo de dinero para comprarle una sábana blanca y un cinturón negro. No estaban al tanto.

—Lo ponía en el folleto —contraatacó el señor Offor con una especie de bufido y le hizo un gesto a Obiefuna para que se marchara.

Obiefuna cerró la caja, se la colocó en la cabeza y se dirigió hacia su padre.

—Aquí vas a estar bien —le dijo Anozie—. Lee libros, ve a la iglesia y mantén la cabeza gacha. —Se detuvo. Parecía estar suspendido en el aire, sin saber muy bien qué hacer a continuación. Al fin, estiró el brazo y le posó la mano en el hombro a su hijo—. Un día, cuando seas mayor, entenderás por qué es necesario todo esto.

Y, dicho aquello, se marchó deprisa hacia el coche. Obiefuna lo observó mientras se alejaba y levantaba una nube de polvo rojo a su paso.

—Por aquí —le dijo el señor Josiah, y lo guio hacia la segunda verja, que daba al campus principal.

Los edificios se alzaban por aquí y por allá, desordenados, como si no se hubiera seguido ningún plan y los hubieran erigido como una idea de último momento.

—Te vas a quedar en la casa Ogbunike —le informó el señor Josiah mientras caminaban—. Es la residencia de los chicos de SS1. Tenéis la ventaja de estar más cerca que nadie del edificio donde se encuentran las aulas. Y está un poco apartado, de modo que no te cruzarás con demasiados alumnos mayores.

Mientras caminaban, a Obiefuna lo incomodaban todas las miradas que notaba clavadas en él desde las ventanas de los edificios por los que pasaban. Al final llegaron a un edificio de ladrillo descolorido y aislado que quedaba parcialmente oculto por la hierba alta que crecía delante de él.

—Pronto quitarán estas hierbas —le dijo el señor Josiah, como si estuviera leyéndole la mente.

Un grupo de chicos que estaba jugando al pimpón en un bloque de cemento bajo se detuvo para observar a Obiefuna. El señor Josiah lo condujo por las escaleras y, al llegar arriba, recorrieron el pasillo y se pararon enfrente de la cuarta puerta.

—Este es tu dormitorio —anunció mientras se adentraba en él—. Y esta es tu litera.

Señaló la cama de arriba de una litera que estaba cerca de la ventana. En la de abajo había dos chicos que habían dejado de jugar a las cartas para contemplar a Obiefuna sin ocultar su curiosidad.

—¿Quién duerme aquí abajo? —les preguntó el señor Josiah, dándole unas palmaditas a la cama.

Uno de los chicos levantó la mano.

—Genial, pues este es tu nuevo compañero de litera. Ayúdalo a instalarse —le dijo en un tono que indicaba que no era una petición.

Obiefuna lo observó marcharse de la habitación.

—Bueno —le dijo el chico en cuanto el señor Josiah hubo salido por la puerta—, ¿eres de los que hacen llover?

—¿De los que qué?

—Que si mojas la cama por las noches, vamos.

—Ah. —Obiefuna tomó aire—. No.

—Bien, bien —contestó el chico con una sonrisa de alivio—, porque lo último que quiero es que me caiga tu pis en la boca en plena noche —le dijo y, tendiéndole la mano, añadió—: Me llaman Wisdom.

Obiefuna le estrechó la mano.

—Obiefuna.

—¿Necesitas ayuda con eso? —le preguntó Wisdom, mirando las pertenencias de su nuevo compañero.

—No, no te preocupes —le dijo Obiefuna, pero Wisdom lo ayudó a sacar sus cosas de todos modos, le hizo hueco en el armario improvisado y le dejó espacio en la balda superior de su propia taquilla para dejar de manera temporal las provisiones.

Desapareció del dormitorio y volvió al cabo de unos minutos con un colchón sin funda. En el centro había una mancha con la forma de un mapa dibujado a toda prisa y desprendía un ligero olor a pis viejo.

Obiefuna lo miró boquiabierto.

—No puedo dormir ahí.

—¿Por qué no? —Wisdom le dio unas palmaditas a la gomaespuma—. Si está seco.

—Ni siquiera sé quién lo ha usado antes.

Wisdom se detuvo y le lanzó una mirada divertida.

—¡Mira este *ajebo*! ¿Te crees que estás todavía en tu casa o qué? —le dijo—. Mira, es esto o dormir en el suelo. Deberías considerarte afortunado. No todo el mundo puede dormir en una cama el primer día.

—¿Y cuándo me van a dar mi colchón?

Wisdom se encogió de hombros.

—Quién sabe. Podría ser mañana o la semana que viene. O puede que te gradúes y aún no te lo hayan dado.

Obiefuna suspiró. En el folleto había instrucciones de ingresar dinero para un colchón, un armario y un cubo. Obiefuna tenía aún el recibo que le había dado su padre en el bolsillo del pecho para entregárselo al administrador cuando estuvieran disponibles los productos. Se quedó mirando a Wisdom mientras colocaba el colchón en la litera de arriba y lo cubría con una colcha que le sobraba. Cuando hubo acabado, volvió al suelo y le dio una palmadita satisfecha a la cama.

—Pues ya está.

Obiefuna asintió, conmovido.

—Gracias.

—No es nada.

Esa noche soñó que iba andando hasta su casa, donde, en la escalera, lo esperaban su madre y Aboy.

A la mañana siguiente, Wisdom lo despertó dándole palmadas en la espalda una y otra vez. Obiefuna se incorporó en la cama, bajó la vista hacia Wisdom con los ojos entornados para protegérselos de la luz hiriente de la lámpara que le daba en la cara y, durante un momento, no supo dónde se encontraba. A lo lejos oyó el eco apagado de una campana y el ruido de los chicos que salían del dormitorio y recorrían el pasillo arrastrando los pies.

—Es la campana con la que nos levantan —le explicó Wisdom mientras apagaba la luz—. Vamos a la capilla. Venga, rápido, antes de que lleguen los mayores.

Obiefuna se bajó de la litera y tanteó el suelo con los pies a oscuras.

—¿Qué buscas? —le preguntó Wisdom.

—Las zapatillas.

—¿Las dejaste en el suelo anoche, al irte a la cama?

—Sí, justo aquí.

Obiefuna dio golpecitos en el suelo con los pies, junto al armario de Wisdom.

—Ah, no, no puedes hacer eso —le dijo Wisdom—. Se las han llevado los dueños.

—¿Qué dueños? Si son mías. Me las compró mi padre antes de venir.

Wisdom soltó una pequeña carcajada.

—Quiero decir que… Bueno, ¿sabes qué? Que da igual.
—Abrió la taquilla y sacó un par de sandalias demasiado grandes—. Vas a tener que arreglártelas con esto por ahora. Vamos.

Mientras salían por la puerta, Obiefuna le preguntó a Wisdom si alguna vez volvería a ver sus zapatillas.

—No —le dijo Wisdom por toda respuesta.

El servicio religioso consistía en unas oraciones breves que dirigía el prefecto de la capilla, un alumno de último curso muy bajito que zapateaba de tanto en tanto mientras se agarraba la cintura de los pantalones como si le preocupara que se le cayeran si los soltaba. Después, Obiefuna hizo cola ante el grifo con el cubo de plástico que le había proporcionado Wisdom. El baño estaba repleto de alumnos, de modo que decidió unirse a los chicos que optaban por bañarse en el pequeño terreno que había frente a la casa, y a Wisdom le hizo gracia ver que se había convertido en un forajido en su primer día. Cuando la jornada llegó a su fin, ya estaba asentado en su clase y Wisdom le había informado sobre los horarios. Durante la hora de estudio, Obiefuna hojeó el libro de Matemáticas intentando concentrarse en los ejercicios y entender las fórmulas, pero no conseguía retenerlas en la cabeza durante el tiempo suficiente para extraer algún significado. Y el chico que tenía detrás, que no dejaba de tamborilear en la mesa, lo distraía aún más. Tuvo que reprimir el impulso cada vez mayor de darse la vuelta y pedirle que parase.

—No consigues entenderlo, ¿eh? —le dijo el chico que tenía al lado.

Obiefuna lo miró. Un rato antes había estado observándolo con cierto interés y se había percatado de que el chico lo estudiaba de cerca de tanto en tanto, intentando llamar su atención.

Obiefuna negó con la cabeza, rindiéndose al fin.

—Para nada.

—No te agobies. Tenemos todo el curso por delante —le dijo—. ¿Charlamos?

Obiefuna se giró para dedicarle toda su atención. El chico tenía una cabeza con una forma curiosa que contrastaba de un modo extraño con el rostro terso y atractivo. Esbozaba una sonrisa forzada, indecisa, como si aún no supiera qué pensar de Obiefuna.

—¿Sobre qué?

—Sobre lo que sea —contestó el chico—. ¿Dónde vivías antes?

—En Port Harcourt —respondió.

—¿Cómo era tu antigua escuela?

—Estaba muy bien —contestó.

¿Habría sonado demasiado superficial? Le encantaba su escuela anterior; le había ido de maravilla allí, incluso con el ambiente competitivo. Recordaba a los profesores amables y afables, las amistades que había ido forjando poco a poco. Le habían dado la nota de los exámenes para el Certificado de Educación Básica un mes antes, y la directora había llamado a sus padres personalmente para darles la enhorabuena.

—Entonces, ¿por qué te has cambiado de escuela? —le preguntó el chico.

Obiefuna volvió a dirigir la vista al libro abierto que tenía delante. Entró en pánico durante un instante, preguntándose si el chico se habría percatado de su expresión, si ese alumno desconocido habría sido capaz de ver más allá de la fachada y, de alguna manera, averiguar qué ocultaba. Aún no se le habían curado del todo las cicatrices de la espalda, y de vez en cuando, al bañarse, se le reblandecían. ¿Cómo podía describir el escozor de la cuerda al golpearle en la piel aquel sábado por la mañana? Aun así, incluso en aquel momento, lo que más le había impactado no había sido el dolor de la paliza, sino el miedo en los ojos de su padre. Todavía recordaba lo mucho que se había sobresaltado su madre tras regresar de la peluquería y ver las marcas; recordaba que había estado gritándole a su padre con una voz que rebotaba por las paredes de la casa hasta bien entrada la noche, mientras Obiefuna trataba de dormir con la espalda tirante por el dolor. Más tarde le había preguntado qué había ocurrido, y Obiefuna le había mentido y le había dicho que había roto un plato, agradecido de que Ekene ya hubiera tirado la basura de ese día. Uzoamaka le había lanzado una mirada cargada de duda, pero no había insistido. También recordaba la expresión de su madre cuando su padre había anunciado que Obiefuna tendría que hacer la prueba de acceso del seminario unos días más tarde. Su madre había protestado, alegando que en la escuela a la que iba estaba sacando unas notas excelentes, pero Obiefuna había mirado a su padre, sentado al otro lado de la mesa, y había visto que tenía la mirada clavada en él con una frialdad que le llevó a decir: «Quiero ir, mamá», y Uzoamaka se giró hacia él, sorprendida, consciente de que entre su padre y su hijo había ocurrido algo ajeno a ella, algo que la excluía tajantemente. Y entonces la duda regresó a su mirada. Pero, una vez más, no dijo nada.

Toda la clase se sumió de pronto en el silencio. Un alumno de último curso había entrado en el aula y estaba junto a la puerta, contemplándolos a todos con un barrido de la cabeza y el ceño fruncido.

Cuando hizo amago de marcharse, alguien siseó.

El alumno mayor volvió a girarse hacia los demás.

—¿Quién ha sido?

Esa vez el silencio duró aún más. Obiefuna esperó a que alguien hablara, a que el chico confesara. Pero nada de eso ocurrió.

—Todo el mundo de rodillas —les ordenó el mayor.

Mientras todos se arrodillaban, Obiefuna no podía evitar preguntarse de dónde habría salido la fusta que tenía ahora en las manos el alumno. Miró de reojo al chico que tenía al lado, que era quien había emitido el sonido. El muchacho estaba mirando hacia delante con un rostro tan inexpresivo que Obiefuna pensó que tal vez se había equivocado. El mayor recorrió la fila de alumnos de arriba abajo, profiriendo amenazas premeditadas en caso de que no saliera el culpable. A Obiefuna le dolían las rodillas de estar encajonado y en tensión tras su pupitre.

—Tú, levántate —dijo de pronto el alumno mayor, señalando a Obiefuna.

Obiefuna vaciló antes de ponerse en pie. Le latía el corazón con tanta furia que le dolía el pecho.

—Dime quién ha hecho ese ruido —le dijo el chico.

Obiefuna se aclaró la garganta y tragó saliva. Podía sentir la tensión del chico que tenía al lado, además de los ojos de toda la clase clavados en él, a la espera. Empezó a sudar.

—Ya que no vas a hablar, ven aquí. Vas a servir de ejemplo para los demás.

Obiefuna salió de detrás de su pupitre y se dirigió al frente de la clase.

—Ponte contra esa pared —le ordenó el alumno, golpeando la fusta contra el escritorio.

Obiefuna se giró hacia la pared y, cuando se estaba preparando para recibir los golpes, lo sorprendió alguien al gritar:

—¡Eh, que ese chico es nuevo!

El alumno mayor se detuvo y lo miró con curiosidad.

—¿Eres nuevo aquí? —le preguntó.

Obiefuna asintió.

El chico le dio un golpecito suave con la fusta, como si lamentara tener que perderse la diversión que tanto había esperado.

—¿Y ya estás dejando que te traten así? —Lo observó con una sonrisa—. Anda, vuelve a tu asiento.

Obiefuna volvió a su pupitre mareado, como si pudiera salir flotando si levantase los pies un poco más. Cuando el alumno mayor salió del aula, un murmullo se extendió por la sala. El chico de al lado le dio un empujoncito mientras lo miraba sin ocultar su asombro.

—Eres un buen compañero —le dijo.

Obiefuna asintió. Lo que en realidad era estúpido. Se preguntaba si de verdad el chico habría permitido que sufriera otra persona el castigo por su propia ofensa. Aunque también se preguntaba si habría sido él quien había gritado que era nuevo y, por tanto, quien lo había salvado.

—Me llamo Jekwu —le dijo.

Jekwu fue quien le enseñó cómo funcionaban las cosas por allí, quien le proporcionó los trucos necesarios para sobrevivir. Lo mejor era levantarse y bañarse antes de que sonara la campana y el baño se llenara hasta los topes, y también ir a por agua por la mañana, después del desayuno, cuando nadie usaba el grifo, para tener un poco reservada para bañarse por la tarde o por la noche. Hicieras lo que hicieras, nunca podías saltarte el servicio religioso ni olvidarte de hacer la cama con la sábana blanca los domingos. Obiefuna aprendió que debía remojar pequeñas cantidades de *garri* crudo en agua antes de la hora de estudio de por las noches, de modo que, al volver, se encontraba con una ración hinchada, un poco insípida pero de lo más saciante. Aprendió a cortar el jabón en trozos más pequeños para que durase más y para que los demás no le pidieran que lo compartiera con ellos en el baño. Aprendió a doblar la ropa seca y dejarla debajo de la almohada antes de irse a la cama para que, por la mañana, tuviera los pliegues marcados. Aprendió a mantenerse alejado de los alumnos mayores, a nunca mirarlos a los ojos, a apartarse cuando lo miraban y a no sonreírles siquiera. Aprendió a aprovechar al máximo el tiempo que debía pasar allí.

Aun así, vivir en un internado era agotador. Odiaba el sonido estridente de la campana por las mañanas, un tañido veloz y retumbante que hacía que le palpitaran los oídos y que lo sobresaltaba incluso cuando ya estaba despierto. Odiaba la sensación perpetua de urgencia que se respiraba en el aire. Odiaba tener que ir a toda prisa a las devociones que se celebraban en el patio, a clase, al comedor y a la cama. Odiaba los larguísimos servicios religiosos que tenían lugar al levantarse y después de la hora de estudio. Odiaba la desconfianza velada con la que se miraban unos a otros, intentando ser más listos que los demás, que nadie los engañara. Odiaba tener que bañarse en el cuarto de baño, un patio al descubierto junto al inodoro que siempre estaba hecho un asco, donde había hileras de heces en el suelo y se acumulaban las moscas en las tardes calurosas, de modo que nada más llegar le entraban ganas de vomitar. Jekwu se echó a reír la primera vez que Obiefuna se quejó, y le aseguró que se acabaría acostumbrando, e incluso la idea de acostumbrarse a aquello lo desanimó.

Odiaba a los alumnos del último curso, figuras malignas, altas e imponentes que parecían disfrutar de ser unos sádicos. Incluso por las ofensas más insignificantes, los demás chicos recibían todo tipo de castigos crueles y creativos a niveles enfermizos. Las historias que oía Obiefuna lo aterraban: las palizas en grupo por parte de los mayores, el peculiar prefecto al que habían expulsado misericordiosamente y que disfrutaba quemándoles las yemas de los dedos con un mechero a quienes lo desafiaban, alumnos mayores glotones que les robaban la comida a los pequeños y los obligaban a observarlos mientras la devoraban… Uno de sus compañeros de clase le enseñó la cicatriz triangular que tenía en el brazo; un alumno de último curso le había arrojado una plancha a la que le acababa de sacar el carbón candente. Denunciar esos comportamientos era impensable. Todos odiaban a los chivatos, incluso las víctimas, por sorprendente que resultara. Obiefuna no tardó en comprenderlo todo. Los chicos soportaban lo que fuera necesario porque el suyo era un sistema que les prometía reciprocidad. Ya llegaría el momento en el que ellos también serían alumnos mayores, estarían al mando de todo y serían libres para descargar las frustraciones que habían acumulado durante los años que habían pasado allí. La promesa de esa recompensa futura era lo que hacía que el sufrimiento del presente resultara soportable, incluso deseable, ya que sufrir los volvería más fuertes, más salvajes, y aprenderían cómo destrozar cuerpos. A Obiefuna, esa analogía le revolvía el estómago. Observaba a los estudiantes más jóvenes, chicos inocentes que intentaban pasar inadvertidos y que ignoraban alegremente que, por el mero hecho de ser más pequeños, les esperaba un infierno inimaginable. Y se sentía aún peor al pensar que, a base de palos, acabarían obedeciendo, mostrándose conformes y heredando ellos también esa idea de reciprocidad, y que se la transmitirían a quienes llegaran tras ellos. Y odiaba la convicción, diminuta pero firme, de que era solo cuestión de tiempo que acabase perdiendo la cordura y se convirtiese justo en lo que odiaba.

Odiaba la comida. El té del desayuno era un líquido blanquecino e insípido que los demás chicos complementaban con sus propias bebidas. El almuerzo siempre consistía en *garri* con varios tipos de sopa, todas igual de aguadas y sosas: sopa de *egusi* con las semillas sin moler asomando, *ogbono* con demasiado aceite de palma flotando... Solo los domingos eran distintos. Poco a poco, Obiefuna empezó a apreciar los huevos revueltos que servían para desayunar con pan y con un té que sabía algo mejor. Pero lo que esperaba con más ansia durante toda la semana era el almuerzo: arroz blanco con un guiso que a veces preparaban con carne. Le irritaban, sin embargo, las colas tremendas que se formaban a la hora de comer, en las que los niños se empujaban unos a otros hasta que amenazaban con volcar la fuente que contenía la comida en la mesa. La mayoría de sus compañeros de clase lo repugnaban: chicos descarados y demasiado mayores como para estar aún en la secundaria, con un sentido del humor vulgar y grosero. Lo asombraba ver que las cosas sumamente ofensivas se convertían, para ellos, en trivialidades (nunca se habría imaginado que pudieran lanzarse con total tranquilidad insultos como «cabrón», como si fuera algo tan inocuo como «estúpido»), al igual que lo asombraba su propensión a empezar peleas repentinas y descontroladas. Odiaba el pesado olor a cuerpos sucios, olores corporales que era imposible ocultar incluso bajo colonias intensas, y el hedor a orina que flotaba en el aire cada mañana desde los rincones en los que dormían los chicos que mojaban la cama. Odiaba la facilidad con la que se perdían las cosas, de un momento a otro y sin dejar rastro. Y odiaba, sobre todo, las burlas que te llevabas si te atrevías a quejarte por cualquiera de esas cosas. Dado que se había percatado al momento de los aires altaneros que se daban los chicos con los nuevos alumnos, estaba muy agradecido a Wisdom y Jekwu por su lealtad casi incondicional y por ser lo más parecido a una familia que tenía. Ya que allí, en ese internado tan inmenso, se sentía aislado del mundo, abrumado por sentirse profundamente vulgar. Incluso aunque gritara con todas sus fuerzas, nadie lo oiría más allá de las paredes de la escuela.

Pensaba a menudo en Aboy. Cuando soñaba despierto, se veía a sí mismo en la cocina, delante del chico, acercándose para besarlo, pero justo cuando estaba lo bastante cerca como para hacerlo el rostro de Aboy se transformaba en el de su padre, con esos ojos atormentados y carentes de vida que tanto lo inquietaban. Cuando le pedía al señor Josiah si podía llamar a su padre, unas llamadas breves en las que se transmitían mensajes sucintos con monosílabos para ahorrar costes, Obiefuna tan solo podía formarse una imagen imprecisa de la situación en casa. Una vez, llamó cuando su madre estaba por casualidad cerca del teléfono y le dijo, cuando ya iban a colgar, que Aboy y Ekene le mandaban recuerdos y, cuando le devolvió el teléfono al señor Josiah y salió de la habitación, le inundó el pecho una calidez efervescente que lo acompañó varios días.

A Obiefuna siempre le tocaba trabajar en la granja de la escuela los sábados. Había sido un golpe de suerte inusual. A los chicos de SS1, a quienes consideraban la mano de obra de la escuela, siempre les encargaban las tareas más arduas: limpiar los baños, sacar la basura de todo el centro o recortar las hierbas altas que rodeaban la escuela cuando era necesario. Pero el trabajo agrícola, que normalmente reservaban para los estudiantes de SS2, parecía un milagro. Allí había demasiados chicos trabajando para las pocas tareas que tenían que llevar a cabo y, aunque a Obiefuna no le importaba unirse a quienes se encargaban de las cosechas, e incluso le resultaba agradable, tanto él como el resto de los chicos de su curso a los que les tocaba trabajar allí se limitaban, en general, a quitar las malas hierbas con una azada. El prefecto que se ocupaba de las labores agrícolas, Chijioje, era popular por mostrarse amable con sus subordinados y desdibujar los límites entre supervisor y supervisados. Al final de cada sesión, dejaba que uno de los chicos de primero escalara los naranjos y los guayabos y tirase la fruta al suelo para que cada uno de los trabajadores pudiera comerse una, pero debían comérselas allí mismo; no podían llevárselas a las residencias. A Obiefuna le relajaba quitar malas hierbas; los movimientos rítmicos, las plantas que sucumbían bajo su azada, las conversaciones que mantenían a su alrededor. Un sábado, mientras trabajaba, se fijó en un grupo de alumnos mayores que estaban sentados en un árbol caído, mordisqueando las cañas de azúcar que habían cortado antes. Desde su puesto, Obiefuna tan solo podía oír fragmentos de la conversación. Uno de los chicos hablaba con un vigor en la voz que daba a entender que estaban discutiendo, aunque los demás tan solo lo observaban con expresión de asombro mientras les hablaba de un lugar llamado Green Gate, al que, según entendió Obiefuna, había ido la noche anterior. Obiefuna conocía al chico; se trataba de Papilo (llamado así porque también era el apodo del famoso futbolista nigeriano Nwankwo Kanu, cuya destreza se decía que encarnaba a la perfección), el capitán del equipo de fútbol de la escuela.

También era uno de los chicos del segundo ciclo de secundaria más temidos del campus, conocido por su mal genio espontáneo y sus castigos creativos. Aunque no era prefecto, infundía incluso más respeto que el mayor de los prefectos. Describía Green Gate con precisión, con pausas esporádicas que creaban expectación. Obiefuna siguió quitando malas hierbas alrededor del grupo, incapaz de evitar acercarse cada vez más, intrigado por la naturaleza prohibida de la información que se estaba compartiendo. Estaba tan absorto en la historia y en sus fantasías del lugar que estaba describiendo Papilo que no se dio cuenta hasta que había pasado un rato del silencio en el que se habían sumido todos, de la tensión palpable que flotaba ahora en el aire. Levantó la mirada con un movimiento lento y cauto y, para su espanto, vio que Papilo tenía la vista clavada en él.

—Ven —le dijo.

Obiefuna apartó la mirada y siguió arrancando hierbas con más vigor aún.

—Te juro que como tenga que repetírtelo…

Obiefuna se incorporó, dejó las hierbas y se llevó la mano al pecho para confirmar que le estaba hablando a él, con la esperanza de que la inexpresividad de su rostro transmitiera su inocencia fingida. Papilo le sostuvo la mirada sin confirmárselo. Por alguna razón, el modo en que se daba golpecitos con la caña de azúcar en la mano le indicó a Obiefuna que se abalanzaría sobre él si le hacía perder más tiempo. Se acercó al grupo con la cabeza gacha, arrepentido, maldiciendo su curiosidad.

—Vas a repetirme todo lo que has oído, palabra por palabra —le ordenó Papilo.

Obiefuna alzó la mirada hacia él.

—Ya veo que te gusta enterarte de los cotilleos de los mayores. Supongo que deberíamos invitarte formalmente al grupo, ¿no? —preguntó, mirando a los demás chicos, que respondieron con una breve carcajada.

La tensión del momento era palpable. Obiefuna sintió en las orejas la ligera brisa que atravesaba los árboles y agitaba las hojas de yuca. Le latía el corazón con tanta intensidad que temía que se le saliera del pecho. Notaba el sudor bajándole por la espalda mientras todos los mayores lo miraban. Le empezaron a picar las piernas.

Al fin, uno de los chicos, que era evidente que tenía ganas de poder seguir con la conversación que había interrumpido Obiefuna, le dio unas palmaditas a Papilo y le hizo un gesto suplicante con las palmas de las manos, y Papilo dejó que Obiefuna se marchara.

Obiefuna volvió a arrancar las malas hierbas, pero esa vez se aseguró de colocarse lo más lejos posible de ellos.

Jekwu se echó a reír cuando Obiefuna se lo contó.

—Pero ¿no querías escuchar los cotilleos? ¿Por qué te fuiste corriendo?

Obiefuna también se rio. Seguía sin poder deshacerse de la inquietud que lo había embargado. Y, por más que parpadeara, tampoco era capaz de dejar de visualizar la mirada siniestra de Papilo, que durante un instante le había hecho creer que iba a morir en el acto sin que lo tocara siquiera.

—Papilo es así, *sha* —le dijo Jekwu—. Es un ser humano perverso. —Le puso la mano en el hombro y se acercó para susurrarle al oído—: La verdad es que te aconsejaría mantenerte lo más lejos posible de él. Que no repare en tu existencia, ni para bien ni para mal. Te arrepentirías en ambos casos, confía en mí.

Lo cierto era que Obiefuna no tenía ninguna intención de que Papilo reparase en él; ni Papilo ni nadie, en realidad. De modo que se quedó muerto de miedo cuando, al cabo de unos días, desvió la mirada de la pizarra, distraído, y al otro lado de la ventana del aula vio a Papilo paseando con algunos de sus amigos. Antes de que Obiefuna pudiera apartar la vista, Papilo giró la cara hacia la derecha y lo miró a los ojos; durante el resto del día y los días siguientes, Obiefuna no dejó de pensar en la mirada de Papilo, en esa leve sonrisa sugerente y ladeada. Una sonrisa que, por alguna razón, lo perturbaba.

5

Ahora las mañanas de Uzoamaka tenían un sabor amargo. Un sabor que se le aferraba a la lengua incluso mucho después de lavarse los dientes y que le estropeaba todas las comidas. Al principio pensaba que la sensación se debía sencillamente a que se encontraba mal. Los chaparrones de esos días, poco comunes para principios de octubre, habían traído consigo mosquitos, y Anozie tenía la mala costumbre de dejar las ventanas abiertas. Había conseguido medicamentos para la malaria en la calle, y se tomaba religiosamente pastilla tras pastilla. Pero, para la segunda semana, empezó a darse cuenta de que su malestar no era por algo físico, sino tan solo una reacción a la ausencia de Obiefuna. Era como si le hubieran arrebatado una posesión preciada. La mañana en que su hijo se había marchado, Uzoamaka se había quedado mirándolo mientras se subía al coche, junto a Anozie, y en ese momento había sentido una punzada en el pecho, como si la hubieran apuñalado, que con el paso de los días había ido transformándose en un dolor apagado que no terminaba de aplacarse. Había subestimado el impacto de su presencia, el sonido de su risa, y ahora, de pronto, en ocasiones veía destellos de momentos del día a día de Obiefuna. También había subestimado su popularidad discreta, y solía sorprenderle la frecuencia con la que la gente le preguntaba por él.

Una semana después de la vuelta a clase, en septiembre, Eke-ne había regresado a casa con una nota de la directora con la que solicitaba la presencia de Uzoamaka y Anozie. Conve-nientemente, Anozie tenía que ocuparse de un asunto de tra-bajo, por lo que Uzoamaka tuvo que ir sola.

—Entiendo que solo quieren lo mejor para su hijo —em-pezó a decirle la directora una vez que se hubo quitado de en medio las formalidades superficiales—, pero nos ayudaría sa-ber, al menos, qué es lo que hemos hecho mal.

—No han hecho nada mal, *Ma* —le respondió Uzoamaka.

—Entonces, ¿por qué han decidido llevarse al chico de nuestra escuela? ¿Es por el certificado de la secundaria? Nues-tro centro destaca por las buenas notas de nuestros alumnos. Además, Obiefuna no iba a tener ningún problema de todos modos. Le estaba yendo muy bien en las clases.

Uzoamaka mantuvo la vista fija en la mesa. La desconcer-taban ligeramente la cabeza pequeña y afilada de la directora y su aparente obsesión compulsiva con el orden, dada la dis-posición de los materiales en la gran sala.

Las voces de los niños del aula de al lado, que no dejaban de repetir una definición, se le clavaban en los oídos.

La mujer sacudió la cabeza, resignada.

—Bueno, supongo que ustedes sabrán lo que le conviene a su hijo. Es solo que me sorprende. Sobre todo, teniendo en cuenta que su otro hijo sigue aquí, con nosotros. No tiene nin-gún sentido.

Uzoamaka le ofreció una sonrisa tensa por toda respuesta. No tenía cómo explicarle a esa mujer que, en realidad, ella misma estaba igual de confundida por ese cambio. Estaba convencida de que, a esas alturas, ya estaría acostumbrada a la espontaneidad de Anozie, pero aquella decisión la había dejado intranquila. Se pasó el resto del día casi sin pronunciar palabra, trabajando en la peluquería, deshaciendo trenzas, lavando, peinando, alisando y rizando, pero al volver a casa le contó a Anozie cómo había ido la reunión con la directora y usó las mismas palabras que ella. No tenía sentido sacar a su hijo de una escuela relativamente barata y buena para enviarlo a una que ni siquiera estaba en el mismo estado solo porque a Anozie le preocupaban las notas de los exámenes para el Certificado de Educación Secundaria.

—¿Quién ha dicho que me preocupasen las notas?

—Entonces, ¿qué es lo que pasa, Anozie? —le preguntó. Odiaba que le temblase la voz. Deseó tener algo a su alcance para agarrarlo y lanzarlo contra la pared—. ¿Por qué no está aquí Obiefuna?

—Porque, mientras sea mi hijo, tengo derecho a tomar decisiones sobre su vida, y no tienen por qué tener sentido ni para ti ni para la tonta esa de la directora —sentenció Anozie—. Va a quedarse en esa escuela, Uzoamaka. La decisión está tomada. Y no quiero volver a hablar del tema nunca más.

Uzoamaka llamó a su hermana Obiageli para quejarse. No siempre habían tenido la mejor relación, y se llevaban aún peor desde la muerte de sus padres, hacía cinco años. Obiageli era excesivamente competitiva en todos los aspectos. Los problemas de Uzoamaka serían una razón más para sentirse bien consigo misma. Su hermana la escuchó respondiendo con soniditos comprensivos mientras Uzoamaka se lo contaba todo, y al final concluyó que era cierto que la situación no era justa, pero tal vez Anozie supiera qué era lo que más le convenía a Obiefuna. Uzoamaka colgó el teléfono.

En las noticias de por la noche solo aparecían atrocidades. Un oleoducto había explotado en Lagos y había matado a un centenar de personas, los disturbios en Jos habían dejado numerosos cadáveres y cerca de allí, tan solo a dos calles, unos miembros armados de una secta habían asaltado el barrio y habían llevado a cabo una violación en grupo. En ese nuevo estado de ansiedad permanente, a Uzoamaka la había embargado un desasosiego más profundo y turbio al empezar a estar convencida de que había ocurrido algo espantoso en su casa. Había estado demasiado enfadada como para encontrarle el sentido a la tensión que flotaba en el ambiente, pero siempre había estado compenetrada en cierto modo con Anozie y, cuando algo le quitaba el sueño, Uzoamaka se daba cuenta. A veces se despertaba y se sobresaltaba al encontrárselo despierto y espabilado, sentado en la cama con los brazos cruzados y la mirada perdida. Uzoamaka no intentaba sonsacarle qué le ocurría. Con el tiempo, habían adoptado el hábito de jugar al escondite el uno con el otro, aguantando todo lo posible para ver quién terminaba por ceder. Anozie solía ser el primero en rendirse. Si esperaba unos días más, le contaría cuál era el problema y Uzoamaka podría calmarse. Pero los días que había previsto pasaron y Anozie seguía sin contarle nada. Una noche, volvió a casa tarde del trabajo y se encontró a Aboy en casa. Estaba de pie junto a la encimera de la cocina, de espaldas a la puerta. Estaba emitiendo unos sonidos extraños con la garganta, y al principio Uzoamaka pensó que estaba cantando, pero entonces el chico se percató de su presencia y, al girarse, Uzoamaka pudo ver que estaba llorando.

—Señora, por favor, ayúdeme, hable con *Oga* —le dijo—. No tengo a dónde ir.

Anozie era inflexible. Siempre había sido un hombre estricto. No solía faltar a su palabra. Con el paso de los años, Uzoamaka había ido adquiriendo la habilidad de atenuar sus decisiones más extremas y lograr que recapacitara. Pero también había aprendido cuáles eran sus límites, y a esas alturas ya sabía que había ocasiones en las que, para Anozie, no había vuelta atrás. Lo que más lo irritaba era la deshonestidad, y saber que tenía a un ladrón a su servicio era suficiente para ponerlo de los nervios. Le había dado a Aboy dos semanas para marcharse y, conforme pasaban los días, Uzoamaka sentía cada vez más que en la casa faltaba el aire, como si todos estuvieran compartiendo un suministro limitado. Aboy ni siquiera probaba las comidas que le servía.

—¡No pienso permitir que les cuentes a los tuyos que en mi casa no te alimentábamos! —le gritó Anozie—. ¡No vas a robarme y, encima, mancillar mi nombre!

A Uzoamaka, la idea de que Aboy se marchase le producía un temor confuso. Incluso en ese momento, cuando su partida era inminente, seguía llevando a cabo las tareas con la máxima eficacia: llenaba los bidones con agua del grifo público, lavaba los montones de ropa sucia de Anozie en la bañera del piso de abajo… Ese fin de semana, Uzoamaka se encontraba demasiado mal como para ir al mercado y lo envió a él en su lugar, y no pudo evitar sonreír para sus adentros, mientras le entregaba la lista de la compra y algo de dinero de su bolso, ante la idea de que Anozie descubriera que le había confiado el dinero, algo que el propio Anozie había hecho hasta hacía poco sin reparo alguno.

—Volveré pronto, *Ma* —le dijo Aboy, y a Uzoamaka se le cayó el alma a los pies ante su necesidad instintiva de tranquilizarla.

Quiso decirle que no pensaba lo contrario, pero en lugar de eso tan solo le dijo:

—No tardes.

Aboy asintió y se dirigió hacia la puerta. Uzoamaka se marchó a la cocina.

—Va a estar bien —dijo entonces Aboy desde la puerta, y Uzoamaka se dio la vuelta.

—¿Qué?

—Obiefuna —le aclaró Aboy—. Sé que está preocupada por él. Pero es un buen chico. Sabe que no debe meterse en problemas.

Uzoamaka se quedó mirándolo durante un rato antes de asentir. Por extraño que pareciese, sonaba un poco más tranquilizador viniendo de Aboy; la sinceridad práctica pero particular de su tono de voz la consolaba, como si tan solo estuviera señalando lo evidente, mientras que, al mismo tiempo, hablase desde el conocimiento íntimo.

—Aboy, ¿por qué le robaste el dinero a tu *oga*? —le preguntó.

Aboy cerró los ojos y exhaló. Cuando volvió a abrirlos, lo que Uzoamaka vio fue una indefensión desprovista de culpa, y algo que más tarde entendería que era decepción.

—Señora, le juro por la tumba de mi padre que yo no le he robado.

Uzoamaka lo observó en silencio. Recordaba a Anozie regodeándose, satisfecho, hasta bien entrada la noche mientras ella se iba quedando dormida. Para Anozie, el chico había llegado como la respuesta a una plegaria, y le había inspirado una confianza absoluta que Uzoamaka sabía que era inusual para el carácter exigente de Anozie. Estaba familiarizada con un fenómeno desafortunado que se producía en ocasiones con los aprendices. Era bien sabido que algunos patrones los explotaban hasta que no podían más y acababan traicionándolos y acusándolos de delitos menores en un intento de eludir la responsabilidad de montar un negocio para ellos al final de su servicio, como estipulaba el acuerdo. Pero Aboy solo llevaba un año de los cinco de servicio obligatorio. Anozie no ganaba nada con despedirlo. Además, él no era esa clase de hombre.

—¿Y por qué querría que te fueras, entonces?

—Está… enfadado conmigo —contestó Aboy tartamudeando ligeramente.

—Pero ¿por qué? —insistió Uzoamaka. No lo entendía. Para Anozie, para toda la familia, Aboy había sido perfecto—. ¿Qué le has hecho?

Durante un instante, mientras lo observaba desde el otro extremo de la habitación, lo vio entreabrir los labios como si fuera a decir algo, pero tan solo se encogió de hombros y se pasó la lista de la compra de una mano a otra y, cuando cerró la boca con firmeza, Uzoamaka supo que no iba a obtener respuesta alguna, que, por su parte, la conversación había terminado.

Aboy se marchó de la casa un sábado, un día antes de que se cumpliera el plazo que le había impuesto Anozie. Anozie estaba trabajando en la tienda y Ekene no había vuelto a casa aún del campo de fútbol. Uzoamaka estaba preparando el almuerzo en la cocina y Aboy apareció por la puerta para decirle que ya estaba listo para marcharse. Uzoamaka lo siguió hasta el salón.

—¿A dónde vas a ir? —le preguntó.

El chico se encogió de hombros.

—Supongo que a la aldea.

Uzoamaka suspiró, pensando que tal vez habría sido mejor que no hubiera ido nunca a su casa. ¿Con qué clase de hombre se había casado?

—Aboy, ¿le has suplicado a tu *oga* que te perdone? Hayas hecho lo que hayas hecho, tal vez te podría dar una segunda oportunidad si te disculpases.

—No me la dará, señora —le respondió. Mantenía la mirada fija en el suelo mientras le hablaba, como si le diera miedo mirarla—. Nunca me perdonará.

Por alguna razón, la intensidad repentina de su tono hizo que Uzoamaka diera un paso atrás de manera inconsciente. El chico vaciló durante un momento, como si se estuviera disculpando en silencio, antes de decidir salir por la puerta. Uzoamaka se quedó allí, mirándolo mientras se alejaba, hasta que dejó de verlo, y luego regresó a la cocina. Volvía a sentir ese dolor apagado en el pecho que le devolvió esa extraña sensación de que le faltaba algo. Fue a por un cuchillo para cortar las hojas de *utazi* para la sopa, pero durante unos instantes fue incapaz de mover los dedos. Se quedó cegada durante un instante por un destello que le atravesó la mente y, cuando parpadeó para deshacerse de él, lo vio todo con una claridad alentadora. Uzoamaka se giró hacia la puerta, salió y bajó el pequeño tramo de escaleras que conducía al exterior. Aboy estaba delante del jardín con la bolsa colgada al hombro, a punto de montarse en un autobús.

—¡Aboy! —chilló Uzoamaka.

El chico se giró hacia ella, alarmado, y al acercarse percibió algo más: miedo. Estaba preparado para oír lo que tuviese que decirle Uzoamaka, algo en lo que, al parecer, acababa de reparar. Pero Uzoamaka tan solo desató el extremo de la tela que llevaba atada a la cintura y sacó un fajo fino de billetes de *naira* doblados que le dejó en la palma de la mano.

—Dáselo a los tuyos cuando llegues a casa —le dijo—. Y ve con cuidado.

Con la escasa ropa que llevaba y los pies desnudos cubiertos de polvo, se sentía un poco dramática, un poco tonta.

Aboy miró el dinero que tenía en las manos. Uzoamaka vio que se le anegaban los ojos de lágrimas.

—Que Dios la bendiga —le dijo el chico.

Uzoamaka asintió. Era consciente de que su gratitud iba más allá del dinero; el chico sabía que le creía.

—Cuídate, hijo —le dijo—. *Ije oma.*

Aboy asintió. Parecía como si quisiera abrazarla y no se atreviera. Uzoamaka se quedó allí a su lado, sin decir nada, hasta que llegó el autobús y Aboy se subió. Luego se dio la vuelta y regresó a la casa.

6

Los chicos tenían un himno especial para los días de visita. Normalmente lo cantaban por la mañana, antes de que se abriera la verja para dejar entrar a los visitantes. Obiefuna se había pasado la semana entera intentando aprenderse la letra de memoria. Estaba entusiasmado por ver a su madre y a Ekene después de tanto tiempo. Según lo que le habían contado los demás alumnos, había deducido que los días de visita eran un acontecimiento muy elaborado; algunos padres viajaban kilómetros y kilómetros a través de varios estados para asistir y el asunto acababa convirtiéndose en una reunión familiar ostentosa, con recipientes repletos de comida como si se tratase de una fiesta. Los días de visita, la cocina solo proporcionaba un recipiente de comida para toda la escuela y, aun así, casi siempre sobraba. A la madre de Obiefuna le gustaba presumir, de modo que él fantaseaba con la idea de tener comida de sobra e impresionar a sus compañeros con la cocina inigualable de su madre. Pero el viernes de esa semana, cuando llamó para averiguar cuándo tenían pensado llegar, su padre le informó de que no irían a visitarlo.

—¿Qué? —soltó antes de poder contenerse.

—Estamos muy ocupados, Obiefuna —respondió Anozie.

El chico se pegó el teléfono a la oreja aún más, con un vigor que hizo que el señor Josiah levantara la vista de su escritorio, en el que tenía varios montones altos de exámenes que estaba corrigiendo. Obiefuna cerró los ojos con fuerza y apretó los dedos de los pies contra la suela de los zapatos para no tambalearse. Al otro lado de la línea oía la respiración paciente de su padre, unos resoplidos como un desafío silencioso.

—¿Por qué? —le preguntó Obiefuna.

—¿Mmm?

Obiefuna colgó el teléfono y se lo pasó al señor Josiah.

—¿No van a venir? —le preguntó el hombre.

Obiefuna sacudió la cabeza.

—Menuda crueldad… —murmuró el señor Josiah—. Pero no pongas esa cara, hombre, que ya estás crecidito. ¿De verdad te hace falta que venga tu mami?

Obiefuna se obligó a sonreír y se dio la vuelta para marcharse. Mientras volvía a su residencia, iba tarareando una canción por lo bajo y dándole patadas a un envase que estaba tirado en el suelo, todo para intentar distraerse. Absorto en su juego, con la cabeza gacha, no se fijó en los pies que se estaban acercando a él a tiempo para evitar chocarse con ellos. Alzó la vista para disculparse y sintió que se le ponía la piel de gallina al instante al ver que se trataba de Papilo. Obiefuna se agachó para limpiarle las zapatillas, que en realidad estaban limpias, mientras tartamudeaba una disculpa. Temía toparse con lo que creía que sería su expresión serena y contemplativa.

—Lo siento —insistió.

Papilo se encogió de hombros.

—Ya me lo compensarás mañana —le dijo con un toque de picardía en la voz.

—Mis padres no van a venir a verme —le contó Obiefuna.

—¿Por qué no?

—No lo sé.

Papilo se quedó mirándolo durante un rato y, al fin, le dijo:

—Ven a mi cuarto mañana. Pídele a cualquier chico que te diga cómo llegar. Te daré algo de mi comida.

Y se marchó.

Obiefuna lo observó mientras se alejaba. No siempre había sabido qué podía considerarse un milagro, pero estaba seguro de que aquello era uno. Era bien sabido que Papilo era una de esas personas que tenían a sus subordinados haciendo cola los días de visita, ansiosos por ofrecer tributos. Obiefuna se fue a su residencia lo más rápido que pudo y se detuvo junto a la pista de tenis para hacer una pequeña pirueta antes de subir las escaleras. Desde el porche, miró hacia el edificio de las aulas y pensó en lo grandiosas que parecían las estructuras de la escuela a la luz menguante del atardecer. Le parecía que quedaba mucho para que llegara el día siguiente.

Por la mañana, todos los alumnos se levantaron en una explosión de energía. La reunión en la que se repasaban las actividades del día se llevó a cabo a toda prisa, ya que algunos padres solían llegar antes de tiempo y se quedaban en el portón de entrada, esperando a que sonara la campana a las nueve y los dejaran pasar. Los chicos estaban ya vestidos y formaban colas junto a sus residencias mientras esperaban a que los llamaran. Los más desesperados corrían hacia la verja y se quedaban todo el tiempo buscando a sus padres. A Obiefuna le pareció que la situación era similar a las visitas de las cárceles en las series de comedia que le gustaba ver con Ekene en casa. Se quedó cerca de la pista de tenis con Jekwu, viendo un partido sin prestarle demasiada atención, hasta que alguien se acercó para decirle a Jekwu que su padre había llegado. El chico volvió poco después cargando con dos bolsas, una de comida y otra de provisiones. Obiefuna lo siguió al piso de arriba y lo ayudó a sacar las cosas de las bolsas. Jekwu pasó la comida a unos platos grandes y se levantó para salir de nuevo, ya que tenía que devolverle uno de los recipientes a su padre, que estaba esperando junto a la verja. Le encargó a Obiefuna que cuidara de la comida hasta que regresara. Cuando Jekwu se marchó, los chicos del cuarto se apiñaron en el rincón, cada uno con una cuchara en la mano. Algunos iban de cuarto en cuarto con la esperanza de que alguien les dejara comer algo, ya que a ellos no les habían traído nada. Obiefuna trató de librarse de su afán conspirador insistiendo en que esperasen a que volviese Jekwu. Uno de ellos le dio una palmadita y señaló hacia la puerta, donde Obiefuna vio que había un alumno más pequeño.

—¿Eres Obiefuna? —le preguntó el chico con timidez.

—Sí.

—Te espera alguien en la verja.

Obiefuna frunció el ceño. Sabía que entre los chicos era tradición gastarse bromas el día de visita. Como estaban aburridos, iban por ahí diciéndole a la gente que había alguien esperándolo cuando era mentira. Las víctimas de dichas bromas solían tener que recorrer el largo trayecto hasta la verja para acabar descubriendo que allí no los esperaba nadie. Obiefuna suspiró y apartó la vista.

El chico se acercó a él y le dio una palmadita.

—No es broma.

—Ya, claro —le dijo Obiefuna con sequedad. Levantó la vista de la comida y vio que los compañeros de cuarto de Jekwu le estaban lanzando miradas inquisitivas—. No estoy esperando a nadie —les explicó.

—Bueno, pues eres el único Obiefuna de nuestra clase —le dijo uno de ellos—. Y el chico parece bastante seguro.

Obiefuna volvió a girarse hacia él. El chico lo miró a los ojos sin inmutarse. Era bastante inusual que un chico del primer ciclo de secundaria gastara esa clase de bromas, pero tal vez esa fuera la idea. Tal vez alguien había enviado a un chico más pequeño para que fuera más creíble. Durante un momento, Obiefuna lo retó en silencio a reírse y confesarle que se trataba de una broma, pero el chico siguió devolviéndole la mirada, impertérrito. Al fin, se rindió.

—Llévame con la persona que me espera.

El chico parecía contrariado.

—Está justo en la…

—Calla y espera aquí sentado. —Obiefuna dio unas palmadas en un lado de la cama—. E iremos juntos cuando vuelva el dueño de esta comida.

El chico tendría que pagar si aquello resultaba ser una broma.

Jekwu irrumpió en la habitación unos minutos después. Observó al grupo de niños reunidos en el rincón con desagrado. Cuando se sentó, Obiefuna se puso en pie, le explicó que volvería pronto y se marchó con el chico. Fueron hacia la verja juntos y, conforme se acercaban, empezó a creer que no se trataba de una broma. Pero ¿quién podía haber ido a verlo? ¿Le habría estado tomando el pelo su padre? Aunque sabía que su padre no era de los que bromeaban… Tal vez su madre le hubiera pedido a alguno de los familiares que vivían cerca que fuera a ver cómo estaba. El chico se paró en seco y señaló hacia delante. Obiefuna contempló en silencio la silueta alta con una camiseta y unos pantalones desgastados que lo esperaba a lo lejos. El polvo se arremolinaba a su alrededor. Aboy era la última persona que esperaba ver allí. Resultaba una estampa extraña, allí de pie con los brazos cruzados. Al cabo de un momento se giró para quedar cara a cara con Obiefuna y, por alguna razón, por aquella sonrisa, supo que Aboy lo había estado viendo todo el tiempo. Empezó a caminar hacia él deprisa, intentando contenerse para no echar a correr, y cuando llegó lo abrazó durante un buen rato, aferrándose a él.

—Obi —le dijo Aboy cuando se separaron mientras le estudiaba el rostro—. ¿Cómo estás?

—Bien —le contestó Obiefuna.

Sentía una felicidad embriagadora, como si hubiera estado bebiendo todo el día.

—¿Qué te están dando de comer? Estás delgadísimo.

Aboy le pellizcó los bíceps de un modo juguetón. Desprendía un aroma acre a colonia barata. Llevaba una bolsita en la mano derecha y tenía la izquierda entrelazada con la de Obiefuna. Estaba mirando a su alrededor, como si buscara algo.

—¿Dónde nos sentamos?

Obiefuna lo condujo a la capilla. Habían retirado los bancos y los habían sustituido por unas sillas blancas de plástico específicamente para el día de las visitas. Había familias sentadas por aquí y por allá, y el ambiente estaba cargado del olor de todo tipo de comidas.

—Te he traído esto —le dijo Aboy cuando se sentaron, y le entregó la bolsa a Obiefuna.

—Gracias.

Le echó un vistazo al interior y vio un envase de comida para llevar de un restaurante. Esperaba que le hubiera traído alguna comida casera.

—¿Te ha pedido mi padre que vengas? —le preguntó Obiefuna.

Aboy permaneció en silencio e inclinó la cabeza hacia un lado para mirar a Obiefuna a la cara, que en ese momento detectó que Aboy se acababa de percatar de algo.

—No te has enterado… —le dijo Aboy.

—¿No me he enterado de qué?

—Tu padre me ha echado. Dice que le he robado dinero.

Obiefuna se esforzó por no dejar caer la bolsa al suelo. Aboy estaba sacudiendo la cabeza de un lado a otro con una sonrisa fina que delataba cómo se sentía en realidad. Incluso antes de que la pregunta escapara de los labios de Obiefuna, lo repugnó al instante. Pues claro que Aboy era inocente. Obiefuna sabía que su padre podía ser muchas cosas, pero ¿cómo podía haber organizado todo ese complot tan despiadado, tan básico pero tan poco sutil? ¿Cómo había sido capaz de convencer a nadie?

—Tu madre no le cree —le dijo Aboy, como si le hubiera leído la mente—. Pero tampoco podía hacer nada.

—Ah —contestó Obiefuna.

No podía decir nada más.

—Me estoy quedando con Ikem y Dibueze, los aprendices de la tienda de al lado, en el piso de una habitación en Mile 3 —le dijo Aboy—. Voy haciendo trabajitos cada día para aportar comida y dinero para el alquiler.

—Lo siento mucho, Aboy.

—No digas tonterías. —Aboy soltó una carcajada y le dio una palmadita en la nuca, y dejó la mano allí durante un momento. Obiefuna sintió una descarga cuando Aboy le acarició las orejas—. Solo quería ver cómo te iba, Obi —añadió en un murmullo.

Obiefuna no pudo evitar sonreír mientras se le extendía por todo el cuerpo una sensación de calidez que le entumeció los dedos de los pies. Alargó el brazo para agarrar a Aboy de la mano. Aboy vaciló y miró de un lado a otro como si quisiera asegurarse de que no los estaba mirando nadie, y entonces le apretó los dedos durante un instante y los soltó.

—Tu padre no sabe que estoy aquí. Así que no le digas nada, por favor. Ni a tu madre, ni a Ekene.

Obiefuna asintió.

—Claro.

Aboy se levantó para marcharse.

—Cuídate, Obi.

Obiefuna lo vio dirigirse hacia la verja principal mientras observaba sus hombros anchos, sus piernas ligeramente arqueadas, sus andares desgarbados.

Se quedó mirándolo hasta que desapareció de su vista.

La mañana del domingo arrancó despacio. Los chicos, aún recuperándose de la emoción del día anterior, se dirigieron al aula para la escuela dominical como si estuvieran de luto. Incluso el sermón de la misa principal fue más comedido que de costumbre, insoportablemente largo, y Obiefuna tuvo que esforzarse por mantenerse despierto. Se sintió aliviado cuando llegó la bendición final y todos se levantaron para salir de la capilla por orden de edad. Cuando iba camino de la residencia con Jekwu, en el centro de un grupo de varios compañeros de clase, oyó un siseo que venía de la residencia de los mayores. Todos aceleraron el paso con la vista clavada en el frente, sin atreverse a levantar la mirada, ya que eso significaría sacrificarse a sí mismo para cualquier recado que le quisieran mandar. Obiefuna estaba a punto de dejar atrás la residencia de los mayores cuando uno de los chicos le dio unas palmaditas y señaló hacia el lugar del que provenía el siseo.

—Te llaman a ti, Obiefuna.

Obiefuna alzó la vista. Tardó unos segundos en avistar a Papilo, y al darse cuenta de que era él sintió un frío que le entumeció la columna. ¿Cómo podía haberse olvidado de que el día anterior había prometido ir a verlo? Le pasó la Biblia y el himnario a Jekwu y se giró hacia la residencia de Papilo, más y más aterrado con cada paso que lo conducía hacia el piso de arriba. Papilo lo estaba esperando al final del descansillo, y sin decir nada lo guio por el pasillo hacia una habitación grande hasta detenerse en un rincón espacioso del fondo. De algún modo, la zona de Papilo destacaba dentro de una sala que ya resultaba imponente de por sí; irradiaba cierta autoridad. En lugar de una litera, tenía una cama en equilibrio sobre unos armarios viejos. En la pared, sobre la cama, estaba la palabra PAPILO escrita en mayúsculas, en letras llamativas.

—Ponte de rodillas —le dijo Papilo en voz baja, dándole la espalda a Obiefuna.

—Papilo, lo siento mucho, se me olvidó… —empezó a justificarse Obiefuna.

Papilo giró la cabeza hacia atrás para mirarlo sin darse la vuelta, y por instinto Obiefuna se arrodilló, sin terminar siquiera de pronunciar sus disculpas. No sabía por qué le importaba tanto a Papilo que hubiera habido una boca menos con la que compartir el botín que debía de haber recibido el día anterior. Pero, por otro lado, la extravagancia era justo lo que lo definía. Era posible que hubiera interpretado la ausencia de Obiefuna como una especie de desafío, una bofetada a su autoridad.

Obiefuna siguió arrodillado mientras Papilo se cambiaba de ropa y se iba a almorzar. Regresó a la habitación justo cuando a Obiefuna le empezaban a doler las rodillas. Llevaba un plato de comida en las manos, y la sonrisa le abandonó el rostro al acercarse a Obiefuna. Guardó la comida en el armario y se sentó en la cama. Estaba jugueteando con un huevo, dándole golpecitos suaves como para ver si se rompía la cáscara.

Durante un instante parecía absorto en el acto, ajeno a la presencia de Obiefuna. Cuando lo miró al fin, adoptó una expresión de confusión distraída, como si no lo hubiera reconocido.

—¿Qué es eso que tienes debajo de las rodillas? ¿Un pañuelo? —le preguntó de pronto.

Obiefuna bajó la vista al pañuelo que había colocado en el suelo para que no se le mancharan los pantalones blancos. Hizo amago de retirarlo, pero Papilo alzó una mano para detenerlo. Buscó el cubo que tenía debajo de la cama y sacó un cuenco de agua. La roció por el suelo y pisoteó el suelo mojado con las zapatillas hasta dejarlo todo hecho un asco.

—Túmbate ahí.

Obiefuna lo miró mientras se preguntaba cuánto más podría soportar aquello. Se preguntaba, también, si sería el primero en desobedecerlo. ¿Qué era lo peor que podía pasar? Pero dejó de arrodillarse, se incorporó y luego se tumbó en el barro. Sintió el suelo frío contra el pecho mientras la humedad penetraba en su piel.

—Mira hacia arriba —le ordenó Papilo, y Obiefuna lo obedeció—. ¿Cómo te llamas?

—Obiefuna.

—¿De dónde eres?

—De Igbo-Ukwu.

Papilo lo miró más de cerca.

—Yo soy de Isuofia. ¿Lo conoces?

Obiefuna sacudió la cabeza.

—Es la ciudad más cercana a Igbo-Ukwu. Es como si fuéramos hermanos.

Obiefuna asintió. Ahora que habían establecido un tipo de vínculo, ¿dejaría que se marchara?

—¿Por qué me has mentido, Obi?

—No es mentira; me había olvidado de verdad.

—Me dijiste que no iba a venir a verte nadie ayer —le dijo—. Y te creí. Incluso me ofrecí a encargarme de ti por lo abatido que se te veía ese día. —Sonaba dolido de verdad—. Pero al final resulta que me estabas tomando el pelo.

Obiefuna mantuvo la cabeza gacha.

—Venga —le dijo Papilo, que había vuelto a hablar en una voz baja pero cargada de malicia—, dime que no eras tú al que vi ayer en la capilla con un hombre.

Obiefuna permaneció en silencio.

—Muchacho, mírame cuando te hablo —le ordenó Papilo, y Obiefuna levantó la vista—. ¿Eras o no eras ese chico?

—Sí, era yo.

—Entonces, ¿por qué me mentiste?

Obiefuna tomó aire.

—No sabía que iba a venir.

Papilo lo miró de arriba abajo, esbozando una sonrisa que era de todo menos amistosa.

—¿Has oído hablar de mí, Obiefuna? —le preguntó.

—Sí.

—¿Te han dicho que lo único que odio más que las mentiras son las mentiras estúpidas?

—Lo juro por Dios —contestó Obiefuna—. Es solo que... es complicado.

—Mmm. —Papilo se detuvo, y durante un instante parecía estar reflexionando sobre la situación. A Obiefuna se le inundó el corazón de esperanza—. Quítate la camiseta y túmbate —dijo al fin Papilo, que se levantó y se dirigió a su armario.

—Por favor, Papilo...

El huevo pasó silbando junto a Obiefuna, le rozó la oreja y se hizo añicos al estamparse contra la pared que tenía detrás. Papilo empezó a sacar con diligencia el cinturón de cuero de unos pantalones que había descolgado de una percha. Se enrolló un extremo del cinturón alrededor de la mano y esperó a que Obiefuna se quitara la camiseta. El primer latigazo aterrizó en sus hombros desnudos, y un hormigueo de dolor ardiente se le extendió por la piel. El segundo le dio en la espalda y el tercero en un lado de la cara. Eran latigazos rápidos que revoloteaban en el aire segundos antes de impactar en la carne. Al principio Obiefuna estaba demasiado aturdido como para llorar, pero unos segundos más tarde decidió que preferiría morir antes que concederle esa satisfacción a Papilo. Contó dieciséis latigazos antes de que se detuviera. Papilo dejó el cinturón y lo observó de arriba abajo por última vez antes de decirle que desapareciera de su vista.

Obiefuna regresó a su residencia. Jekwu seguía vestido, esperándolo en su cuarto. Sin preguntarle nada, Jekwu lo ayudó a quitarse la ropa y las empapó en lejía. Obiefuna se metió en la cama de Wisdom después de rechazar la comida que le había ofrecido Jekwu. Tras un rato oscilando entre el sueño y la vigilia, al fin se quedó dormido con el sonido de las conversaciones triviales de los demás de fondo. Cuando sintió unas manos dándole toquecitos, no sabía cuánto tiempo llevaba durmiendo. Se encogió para que Jekwu parase y lo dejara en paz. Pero la voz que lo llamó por su nombre era demasiado grave como para pertenecer a Jekwu. Abrió los ojos y se topó con el rostro de Papilo. Durante un instante fugaz, se preguntó si estaría muerto y si aquello sería el infierno, pero entonces, al incorporarse en la cama, vio la cara de Jekwu junto a la de Papilo. Papilo le tendió un plato con comida.

—Te has perdido el almuerzo —le dijo sin más, con el rostro impasible.

Obiefuna se quedó mirando la comida, arroz con sardinas, el plato que Papilo se había llevado del comedor antes y se había guardado en el armario. Obiefuna negó con la cabeza.

—No tengo hambre.

Papilo se levantó de la cama. Con la misma inexpresión, con su tono de voz sereno de siempre, dijo:

—Cuando vuelva, quiero ver el plato vacío. Y cuando digo «vacío»…

Se detuvo y miró a Obiefuna; sus ojos transmitían el resto del mensaje. Obiefuna no se atrevería a tirar la comida.

En cuanto Papilo se marchó por la puerta, le entregó el plato a Jekwu, quien miró a Obiefuna sacudiendo la cabeza.

—No me quiero meter en problemas —le dijo—. Además, es cierto que tienes que comer.

Obiefuna tomó una cucharada de arroz. No lo sorprendió encontrarlo sabroso; se rumoreaba que a los chicos del último curso les preparaban una comida distinta, con las especias suficientes. Comió rápido, deleitándose con el sabor de las sardinas, y al momento se lo había acabado todo. No se dio cuenta de lo extraña que era la situación hasta que hubo terminado de comer. Se hacía una idea de hacia dónde iba la cosa, y no le gustaba nada. No con alguien como Papilo, quien a esas alturas Obiefuna estaba convencido de que era un psicópata. Se tomó los analgésicos que le ofreció Jekwu y se volvió a tumbar en la cama. Más tarde, después de la hora de estudio, Wisdom sacó el plato, ya lavado, de la taquilla y le dijo a Obiefuna que lo devolviera.

—Dijo que volvería a por él —le explicó Obiefuna.

—¿De verdad esperas que Papilo venga a nuestra residencia solo para recoger el plato del que has comido? —le dijo Wisdom, pronunciando cada palabra despacio para asegurarse de que Obiefuna notara lo ridículo que había sonado.

Obiefuna llevó el plato a la residencia de Papilo y se lo encontró sentado en un banco, en su rincón del dormitorio, levantando unas mancuernas mientras los músculos ondulantes le resplandecían bajo la luz de la bombilla. Alzó la vista hacia Obiefuna y dejó las mancuernas en el suelo.

—Parece que esta vez alguien no se ha olvidado —le dijo con un tono divertido disimulado.

Agarró una toallita que tenía colgada al lado de la ventana para secarse el sudor de la cara y del cuello y señaló hacia el armario, sin demasiado interés. Obiefuna notaba la mirada de Papilo clavada en él mientras devolvía el plato a su sitio. Cuando fue a marcharse, Papilo lo agarró de la muñeca.

—Mírame —le dijo.

Obiefuna se giró hacia él. Bajo la luz amarilla, los ojos de Papilo adquirieron el lustre casi traslúcido de la miel. Papilo tiró de él para que se agachara hasta dejarlo en cuclillas, atrapado entre sus muslos abiertos. Obiefuna mantuvo la vista centrada en el sudor que le bajaba por el cuello hasta el pecho y desaparecía entre el vello que le rodeaba el ombligo mientras Papilo le estudiaba el rostro bajo la luz y le acariciaba con delicadeza la marca que tenía en la mejilla.

—Dios, sí que puedo ser un bestia a veces… —dijo Papilo con una sonrisa pesarosa.

Le acunó la barbilla en la palma de la mano y le alzó la cabeza para que Obiefuna volviera a mirarlo a los ojos.

—Esto es lo que pasa cuando se me provoca, Obi. Y solo estaba intentando ser tu amigo.

Suspiró.

—Lo siento —respondió Obiefuna.

No sabía por qué se estaba disculpando; solo que veía algo en los ojos de Papilo, algo casi puro y triste, que le hizo querer revivir el día anterior para poder borrar la visita de Aboy y estar con Papilo.

Papilo siguió mirándolo un rato más, acercándole tanto la cara que casi le rozó la nariz con la suya, y luego se separó. Obiefuna podía oler aún el aroma húmedo de su sudor, podía sentir los latidos de su corazón.

—Te perdono, Obi —dijo tras un momento—. Sabe Dios que te perdono.

Eso fue lo único que hizo falta para convertirse en el chico de Papilo. No hubo ninguna declaración directa de intenciones por parte de ninguno, pero durante los días siguientes Papilo adoptó el papel de «padre» y Obiefuna se convirtió en su «chico», y supuso que así eran las cosas por allí. Jekwu bromeó, en un tono que no lograba ocultar la desaprobación subyacente, que era la historia de siempre: un alumno mayor seleccionando a un alumno del primer ciclo de secundaria para intimidarlo, con la única intención de manipularlo y someterlo. Obiefuna no sabía que lo estaba manipulando; tan solo era consciente de que Papilo lo hipnotizaba. Era como un hechizo; Papilo tenía algo que lo atraía y lo retenía. Los días en que había partido, Obiefuna estaba pendiente de Papilo y aplaudía más que nadie cuando demostraba alguna de sus numerosas habilidades en el campo, y se enorgullecía en silencio del alboroto que se producía después de cada gol que marcaba. Incluso llegaron a gustarle las excentricidades de Papilo, que Obiefuna había empezado a ver como únicas. En general, Papilo vivía una vida muy sencilla: odiaba el desorden, aborrecía la falta de honradez y la dejadez y detestaba tener que repetir las cosas. Obiefuna aprendió a estar siempre alerta, a llevar a cabo tareas con una eficacia manifiesta. Aprendió a adelantarse a las necesidades de Papilo, a crear una rutina para sus tareas, y sentía una gratificación intensa cuando lograba sacarle una sonrisa inusual de aprobación. Por las tardes, después de clase, iba a recoger el uniforme de Papilo, lo lavaba con el suyo y lo colgaba para que se secara antes de que llegara la hora de sus clases extracurriculares. Poco antes de la hora de estudio nocturna, planchaba los uniformes con la plancha de carbón y le entregaba el suyo a Papilo a la vuelta (en una ocasión, al entrar en el cuarto de Papilo, se lo encontró castigando a otro de sus chicos, y Papilo señaló las camisas que le llevaba Obiefuna y dijo que así era como debían quedar las camisas planchadas).

A Obiefuna le gustaban los beneficios que le brindaba ser el chico de Papilo. Podía saltarse sin problemas las reuniones de los preparativos de los sábados y quedarse en el rincón de Papilo por las mañanas, en esa cama amplia y mullida, leyendo o durmiendo o comiendo con él. La generosidad de Papilo lo asombraba. La idea de Obiefuna de la relación entre padre-hijo de la escuela era una en la que el hijo era en esencia el proveedor, y el padre, el protector. Pero Papilo nunca le pedía nada, ni siquiera esperaba nada de él. Papilo jamás se olvidaba de guardarle comida a Obiefuna cuando se saltaba la hora del almuerzo por estar ocupado con alguna tarea (por lo que Obiefuna empezó a no ir al comedor a propósito, ya que la comida que le traía Papilo estaba más rica y era más saciante). Papilo le daba montones de galletas empapadas en leche, y a Obiefuna le preocupaba que le doliera el estómago después. Pero lo que más le gustaba era la comida que le traía de fuera, cuando Papilo escalaba los muros del campus los jueves por la noche para ir a la ciudad. Era la única ocasión en la que reunía a sus cuatro «hijos», cada uno de una clase distinta, y los observaba con orgullo y altanería mientras devoraban los platos de arroz frito, pollo y ensalada que les llevaba envueltos de un modo elaborado en papel de aluminio.

Otros días, Obiefuna sufría el peso aplastante de su decisión. Papilo sacaba a veces un mal genio espontáneo de lo más aterrador, y era particularmente creativo con sus castigos. Aunque Obiefuna era consciente, ya que veía a los demás chicos soportar castigos horribles, de que le acabaría tocando a él también, cuando ese día llegaba nunca estaba preparado. A veces lo castigaba por cosas que era evidente que él no podía controlar. Cuando llovía, los uniformes no se secaban y, por tanto, no podía plancharlos (Papilo les había prohibido a todos planchar sus prendas si estaban mojadas), Papilo lo hacía tumbarse en el suelo, debajo de su cama, hasta medianoche, cuando inspeccionaban los cuartos. Cuando dejaba de prestar atención y no se enteraba de una sola palabra de las instrucciones de Papilo, le daba latigazos con el cinturón de cuero en los hombros desnudos. Después, Papilo le inspeccionaba las lesiones con una expresión casi de tristeza mientras repetía una y otra vez que era él quien lo obligaba a hacerle daño, lo que llevaba a Obiefuna a disculparse. Aun así, en el fondo era un intercambio justo, y tenía sus beneficios. Gracias a su relación, el resto de los mayores lo dejaban en paz, y algunos, por lealtad a Papilo, incluso excluían a Obiefuna de los castigos en masa. Y en julio, cuando llegó el momento de la graduación de Papilo, a Obiefuna se le formó un nudo obstinado en la garganta.

—¿Me vas a echar de menos? —le preguntó Papilo en una ocasión, mientras comían juntos un bol de galletas con leche que le había servido Papilo.

Obiefuna se quedó descolocado y se atragantó, y se tomó su tiempo para tragar mientras asentía. Papilo lo miró a los ojos durante un buen rato y, por una vez, por un instante, a Obiefuna le pareció que era capaz de interpretar lo que significaba el brillo vidrioso de sus ojos. Y entonces Papilo apartó la vista y luego volvió a mirarlo y, de un momento a otro, se había esfumado.

7

Tras dejar atrás la dicha de la infancia, Obiefuna adoptó varios atributos indeseables, entre los que se encontraba la propensión a caer enfermo. Las enfermedades parecían brotar de la nada, torturar su diminuto cuerpo y hacer que a Uzoamaka le subiera la tensión hasta que algo parecía estallar y la enfermedad desaparecía casi tan rápido como había llegado. Unos días después de su quinto cumpleaños, le subió la fiebre. Era incomprensible. La noche anterior, Uzoamaka se había despertado con el sonido de los pasos de alguien que subía las escaleras con pesadez, un golpeteo constante que había durado más de media hora y que no parecía acercarse ni alejarse. Cuando Anozie fue a investigar con una linterna, le aseguró que no había nadie allí fuera y que la puerta de seguridad que había a los pies de la escalera estaba completamente cerrada. Anozie le lanzó una de sus miradas acusatorias y le dijo que se lo había inventado todo, y Uzoamaka, dado que los niños estaban durmiendo en su cuarto y el sonido de los pasos había cesado tras volver a la cama, no quiso discutir con él.

Pero, al día siguiente, al despertarse, Obiefuna no se encontraba bien. Estaba estirado en la cama, ardiendo, con una fiebre que amenazaba con escaldarle el dorso de la mano a Uzoamaka, y estaba tan inmóvil que lo único que indicaba que seguía vivo era el lento ascenso y descenso de su vientre.

Respiraba con pesadez, con esfuerzo, y de tanto en tanto sus labios entreabiertos dejaban escapar unos sonidos que a Uzoamaka le parecían los gemidos de un hombre moribundo. El médico le puso un gotero con suero durante unos días, y Uzoamaka estuvo todo ese tiempo a su lado, vigilándolo, rociándolo con tapones de aceite de oliva y obligándolo a comer purés y a tragarse pastillas que había comprado en la farmacia, aterrada de apartar la vista de él y convencida, con una certeza obstinada, de que mientras ella estuviera allí a su hijo no le pasaría nada. Al quinto día, empezó a dar patadas mientras dormía, balbuceando algo que Uzoamaka no lograba entender. Se agachó a su lado, con miedo de tocarlo y con miedo de alejarse, suplicándole entre sollozos que no perdiera la batalla. Tras un rato, dejó de patalear con tanto frenesí y volvió a dejar los brazos pegados a los costados, con los puños cerrados con fuerza. Uzoamaka le acercó una luz a la cara y, aunque tenía los párpados abiertos y la estaba mirando fijamente, la inexpresividad de los ojos le indicaba que estaba muy lejos de allí. Se arrodilló a su lado y le tomó la manita entre las suyas, con la cabeza pegada a sus propias manos, y en esa posición se la encontró a la mañana siguiente, mirándolo con perplejidad y con los ojos abiertos de par en par mientras le acariciaba todo el cuerpo, incrédula, al niño que había estado a punto de morir ante sus propios ojos.

Uzoamaka siempre había sentido que era la única que lo comprendía. Había empezado a mirarlo con un interés renovado cuando, en un servicio religioso al que había asistido con su hijo mientras estaba embarazada de Ekene, la profetisa, una mujer gigante e imponente con una voz grave y masculina, se había detenido junto a Uzoamaka mientras recorría el banco en el que estaba sentada. Había recogido a Obiefuna, que apenas tenía un año por entonces y estaba profundamente dormido, de los muslos de Uzoamaka y lo había acunado en sus brazos mientras recorría el corto pasillo al tiempo que pronunciaba palabras ininteligibles, y se lo devolvió después a Uzoamaka sin decirle nada. Anozie le había quitado importancia al incidente; había afirmado que le parecía irrelevante.

—¿Qué hay de extraño en que una sacerdotisa te vea, se dé cuenta de que estás embarazada y llevas a un niño en brazos, y decida liberarte de esa carga durante unos minutos?

Pero tuvo que tragarse sus palabras tras un segundo incidente. Varios años más tarde, Anozie se endeudó por culpa del juego, y Udoka, a quien le había pedido dinero prestado, le había jurado con su mal genio y su mirada feroz que les haría la vida imposible si Anozie no le devolvía lo que le debía. Udoka se presentaba en la tienda y en su casa sin avisar, y en una ocasión incluso apareció por la peluquería de Uzoamaka, y los amenazaba con acudir a la policía, al oráculo de su aldea y a los sectarios. Una noche, mientras cenaban, aporrearon la puerta principal con tanta fuerza que incluso la mesa empezó a vibrar, y oyeron el estruendo de la voz de Udoka al otro lado, exigiendo ver a Anozie y amenazando con romper la puerta si se retrasaba. Uzoamaka llevó a Anozie al dormitorio a toda prisa y lo escondió donde guardaba las telas con la intención de decirle al hombre que su marido no estaba en casa, pero, antes de que pudiera planear toda la historia que le iba a contar, Obiefuna, que por entonces tenía cuatro años, había ido trotando hasta la puerta y la había abierto. Lo primero que pensó Uzoamaka, tras recuperarse del *shock* de oír la puerta al abrirse, fue que el hombre se llevaría a Obiefuna o a Ekene como garantía hasta que Anozie le devolviera el dinero, pero cuando fue corriendo al salón la estampa que se encontró la dejó asombrada. Allí estaba Obiefuna, tan pequeñito y con esas piernas raquíticas, apoyado contra el marco de la puerta y mirando al hombre enorme y corpulento que tenía delante con una actitud desafiante que ni siquiera Anozie poseía. El hombre se quedó mirando a Obiefuna, estupefacto, con el puño suspendido en el aire. Y entonces, todavía en silencio, Udoka se dio la vuelta y se fue. Obiefuna cerró la puerta tras de sí y pasó junto a Uzoamaka de camino a la mesa del comedor, se encaramó a la silla y, sin decir nada, retomó la cena que le habían interrumpido. Más tarde, cuando Uzoamaka se lo contó todo a Anozie, este se giró y miró a Obiefuna, que se había quedado dormido en una silla del salón mientras veía unos dibujos animados con Ekene, y lo que vio en la mirada de Anozie tal vez no fuera fe, pero sí algo parecido al asombro.

Cuando Obiefuna era niño, a Uzoamaka siempre le había resultado muy fácil conseguir que hablara con ella. A menudo, su inocencia y su ternura habían sido justo lo que había necesitado Uzoamaka para sobrevivir a un día duro. Le encantaban las noches, cuando volvía a casa con sus hijos después del trabajo, con un niño a cada lado. Obiefuna no paraba de hablar sobre todo lo que le había pasado en el colegio, reviviendo todos los acontecimientos gesticulando con frenesí, como si ansiara transportar a su madre a esos momentos, y su entusiasmo la hacía sonreír incluso en los peores días. Mientras los niños iban haciéndose mayores y Uzoamaka se desanimaba cada vez más por la picardía de Ekene, el favoritismo flagrante de Anozie y su propia incapacidad para quedarse embarazada una tercera vez, los pequeños momentos fugaces como esos eran los que le daban algo de fuerzas para seguir adelante. Una vez, tras un día especialmente duro de trabajo, estaba agotada y abatida, y el estrépito de los platos en la cena y la actitud distante de Anozie empeoraron su mal humor. Y entonces, de la nada, Obiefuna dijo: «Lo siento, mami», con su vocecita infantil, para sorpresa de todos, y eso fue lo único que hizo falta para que Uzoamaka se apoyara en la mesa y rompiera a llorar.

Uzoamaka pensaba cada vez más en la infancia de Obiefuna. Recordaba el momento en que había llegado a casa del hospital con él y Anozie había subido las escaleras antes que ellos para abrirles la puerta para que pasaran. Recibieron tantas visitas que a veces no había sitio suficiente para que se sentaran todos. Durante todo el primer mes, casi no pasó tiempo a solas con Obiefuna, y cuando lo buscaba por la habitación casi siempre lo encontraba en los brazos de alguna otra persona. A veces le resultaba agotador y deseaba que la situación fuera distinta, pero incluso entonces estaba convencida de que la mera presencia de la gente reforzaba su creencia: que su niño no era como ningún otro. Conforme lo veía crecer, cuando guardaba la ropa de bebé que tan rápido se le iba quedando pequeña o cuando lo llevó a la guardería por primera vez, iba planeando mentalmente, sin ser consciente de ello siquiera, la trayectoria vital que seguiría Obiefuna: las buenísimas notas que sacaría en el colegio, las universidades de primera categoría en las que estudiaría y el trabajo bien remunerado que conseguiría. Se había imaginado la chica preciosa con la que acabaría saliendo, los niños que tendría, que se parecerían a él y que corretearían por su casa y que la pondrían de los nervios mientras se quejaba con cariño de ellos con sus amigas, todas conscientes de que en realidad estaba encantada.

Uzoamaka observaba a Anozie mientras comía. Estaba comiendo despacio a propósito, dándole forma a su *garri* con una precisión casi ostentosa antes de mojarlo en la sopa. Tenía la mala costumbre de masticar con la boca abierta. Era el motivo principal por el que nunca comía fuera, para no exasperar a todos con la estampa y con el sonido desagradable que hacía al masticar. Uzoamaka se había acostumbrado a avisarle en silencio, con tan solo mirarlo, cuando el ruido se volvía insoportable, pero ese día se contuvo, preparándose para lo que estaba por llegar. Anozie se lavó las manos en el cuenco de agua que tenía delante al terminar la comida y se levantó de la mesa del comedor para marcharse al salón y ver las noticias de la noche.

—Voy a ir a ver a Obiefuna mañana —anunció Uzoamaka.

Anozie se dio la vuelta.

—Uzoamaka…

—Solo quiero asegurarme de que esté bien —lo interrumpió.

—Hablaste con él por teléfono el otro día y te dijo que le va bien —le dijo Anozie.

—Pero necesito verlo por mí misma.

—Este comportamiento absurdo es justo el motivo por el que el niño está donde está —contestó Anozie—. Ya lo verás cuando venga a casa durante las vacaciones —añadió, dando por concluido el asunto con un gesto de la mano, y se giró para recalcar que la conversación había terminado.

—Anozie… —empezó a decir Uzoamaka.

—¿Es que no me estás escuchando? —ladró mientras volvía a girarse—. He dicho que no vas a poner un pie fuera de esta casa para ir a ver a nadie.

Uzoamaka contuvo un bufido. Amontonó los platos de la cena y se los llevó a la cocina. Cuando regresó al salón, Anozie estaba en el sillón reclinable, viendo las noticias. Uzoamaka se quedó plantada junto al biombo, con los brazos cruzados.

—Anozie, llevamos mucho tiempo casados. A estas alturas ya sabes que voy a ir a verlo mañana, te guste o no.

Anozie parpadeó, sorprendido.

—¿En serio? ¿Conque esas tenemos?

Uzoamaka se dio la vuelta y, sin responder, se marchó al dormitorio. Oyó el agua que corría al final del pasillo; Ekene se estaba dando una de sus duchas nocturnas. Uzoamaka se metió en la cama y se cubrió con las sábanas hasta el pecho.

—Te acabo de decir que en menos de un mes le van a dar vacaciones —gritó de repente Anozie desde el salón—. ¿Qué es tan urgente como para que no puedas esperar hasta entonces?

La escuela era más grande de lo que se había imaginado. Uzoamaka se sentó junto a la capilla, contemplando los enormes campos del recinto del internado y maravillándose ante el contraste de las amplias zonas verdes de la institución y su ubicación urbana. El harmatán había llegado pronto ese año y, mientras observaba las paredes blancas resplandecientes de la capilla, cubiertas ahora por una fina película de polvo, Uzoamaka pensó que debería haberse traído un chal para protegerse los hombros del viento frío y seco. Recordaba, divertida al verlo en retrospectiva, el espectáculo de la puerta, un rato antes, con el portero obstinado que se había negado a dejarla pasar, alegando que no había ningún motivo para su visita, como si la sencilla explicación que le había dado, que quería ver a su hijo, no fuera suficiente. Había comenzado a aporrear la verja repetidas veces hasta que el hombre se había visto obligado a llamar a su superior, un hombre mayor y con aspecto de ser más inteligente que su subordinado al que tan solo le había hecho falta mirarla una vez para apreciar la decisión inquebrantable de su mirada y abrirle la verja, pidiéndole que al menos esperase hasta el recreo, para el que quedaba media hora. Obiefuna tardó tanto en aparecer que durante un momento la invadió un pánico vertiginoso, convencida de que su hijo no estaba allí, de que Anozie le había hecho algo espantoso. Y de pronto ahí estaba, delante de ella, con una sonrisa de confusión en la cara y una mata de pelo en la cabeza que, de haber estado en casa, Uzoamaka le habría recortado. ¿Le quedaba grande el uniforme o siempre había sido así? Lo abrazó dos veces y enterró la nariz en su pelo. No quedaba ni rastro del acondicionador de fresa que usaba en casa. No la abrazó con tanta fuerza como solía abrazarla antes.

—*Nwam.*

Uzoamaka le acarició la cara con los dedos. Parecía que se había olvidado de que debía hidratarse bien en la temporada de harmatán. Uzoamaka le vio varios granos recientes en la frente y el vello oscuro que le empezaba a brotar sobre el labio superior. Cuando la llamó «mami», Uzoamaka estuvo a punto de dar un paso atrás por acto reflejo. Solo habían pasado tres meses, pero su niño se había adentrado en la adultez a sus espaldas.

—Te veo bien —le dijo Obiefuna.

Uzoamaka sonrió. Era un halago extraño viniendo de él, o tal vez se lo parecía por el poco entusiasmo con el que se lo había dicho, que lo había despojado de toda sinceridad. Uzoamaka se había tomado su tiempo para elegir la ropa que se iba a poner y se había echado el perfume intenso que reservaba para las ocasiones especiales. No le resultó agradable que hubiera calificado su apariencia tan solo con un «bien».

—¿Qué tienes en la cara? —le preguntó Uzoamaka una vez que se habían sentado mientras le señalaba el lado izquierdo del rostro, donde tenía una ligera marca que le subía de la mandíbula hasta la oreja.

—Me he caído, mami —respondió Obiefuna.

Uzoamaka se apartó para mirarlo bien. No parecía en absoluto una herida de una caída, pero lo que más le sorprendió fue que recordaba que Obiefuna había usado justo las mismas palabras para describir los moratones que traía después de haber estado en el parque de pequeño, moratones que después descubrió que se los habían provocado otros niños. Se estaban metiendo con su hijo una vez más. Anozie lo había sacado de una buena escuela y lo había llevado al matadero.

—Estoy bien, mami —le dijo, como si le estuviera leyendo la mente—. De verdad.

Uzoamaka suspiró y decidió dejar la pelea para más adelante.

—¿Has hecho amigos?

Obiefuna asintió.

—Algunos.

Uzoamaka no sabía si creerle. No podía pretender conocer la idiosincrasia de los niños de dieciséis años, pero llevar a tus amigos a conocer a tu madre no se podía considerar algo anticuado, ¿no?

—¿Y se portan bien contigo esos amigos? —le preguntó a su hijo.

Obiefuna la miró con las cejas arqueadas, sin saber cómo tomarse la pregunta. A Uzoamaka no le gustaba esa nueva actitud soberbia que había adoptado. Si hubieran estado en casa, le habría tirado de las orejas a modo de advertencia.

Se inclinó hacia delante y lo intentó otra vez:

—*Obiajulu.* ¿Te gusta estar aquí? —le preguntó.

Obiefuna se encogió de hombros.

—Me gustan los profesores.

No era propio de él comportarse de ese modo tan evasivo. Uzoamaka le llevó la mano a la barbilla y le levantó la cara para vérsela bien. Obiefuna no opuso resistencia y movió el cuello hacia un lado y hacia otro según su madre lo maniobraba, como si estuviera sujeto por un resorte; dócil, en cierto modo, pero también derrotado. Uzoamaka sintió un dolor casi físico mientras se le caía el alma a los pies.

—Si aquí no eres feliz, siempre puedes volver a casa —le dijo a su hijo—. Lo sabes, ¿no?

Obiefuna vaciló antes de asentir. Tenía la atención dividida y la mirada clavada en algo a lo lejos. Uzoamaka apartó la vista. Le habría gustado poder sonar más convincente, poder creer en sí misma.

El silencio que se había interpuesto entre ellos se vio interrumpido por las voces de niños jugando. A lo lejos, sonó una campana, un tañido débil y breve.

—¿Qué es eso? —le preguntó Uzoamaka, dolida por el hecho de que, fuera lo que fuera, parecía haber captado su atención más de lo que lo había logrado ella en todo ese rato.

—La campana que indica que se ha acabado el recreo, mami —le dijo—. Y las visitas.

Uzoamaka asintió. Sintió un entumecimiento que se fue extendiendo poco a poco por todo el cuerpo, pero se levantó al ver que Obiefuna se ponía en pie y le tendió la bolsa de provisiones que le había llevado. Se dieron un abrazo demasiado corto para su gusto y, después, se separaron.

—Saluda a todos de mi parte —le dijo Obiefuna mientras se giraba ya para marcharse.

Uzoamaka asintió de nuevo y, entonces la mentira se le escapó sola, porque había anidado en su mente y se negaba a marcharse:

—Aboy ha preguntado por ti.

Pocas cosas se le quedarían tan grabadas en la memoria a Uzoamaka como la expresión de Obiefuna al darse la vuelta tras oír aquel mensaje; la alegría plasmada de un modo tan cautivador en el ascenso de sus cejas, el brillo instantáneo de sus ojos que ella no había sido capaz de causar. Le recordó a cuando llegaba a la guardería cuando Obiefuna era un bebé, después de haber pasado tantas horas separados: el chillido de expectación y alegría al oír su voz desde fuera de la sala, la expresión de felicidad pura e inocente que adoptaba cuando sus ojos asimilaban su figura, como si fuera la persona más valiosa del mundo. Era uno de los atributos encantadores de su infancia que había perdido en la adolescencia, pero, al fin, ahí estaba de nuevo, después de tanto tiempo, aunque fuera breve, aunque ahora se avergonzara de ello. Uzoamaka conocía bien esa expresión, y, aunque ahora estuviera dirigida a alguien que no era ella, era consciente de que su niño estaba enamorado.

8

El sermón del último día versó sobre el tema de la Navidad. Habían decorado la capilla para la ocasión y, mientras el capellán hablaba sobre el significado del nacimiento de Cristo y el valor de lo nuevo, Obiefuna se quedó mirando el ventilador que tenía encima, en el techo, adornado con globos de colores que silbaban conforme se movían las aspas. Cuando el sermón llegó a su fin, no se dio cuenta hasta que Jekwu le dio un codazo, y entonces se puso en pie, como los demás, para la bendición.

—Feliz Navidad por adelantado, hijos míos —dijo el capellán desde el púlpito, y Obiefuna observó a los demás niños girarse para repetírselo unos a otros.

Al regresar a la residencia, se tumbó en la cama sin hacer la maleta, tratando de ahogar el ruido de sus compañeros de cuarto, y de todo el alumnado, entusiasmados por marcharse.

—¿Es que no quieres volver a casa? —le preguntó Wisdom.

Obiefuna suspiró sin responder. Sentía un agotamiento que no comprendía. Una premonición extraña se había posado sobre sus hombros esa mañana y no había manera de deshacerse de ella, de modo que cuando su padre llegó al fin y lo informó, mientras se subían al coche, de que pasaría esas vacaciones, y las futuras, con su tía paterna en Owerri, no se sorprendió.

—¿Está Ekene allí también? —le preguntó.

—No —contestó su padre sin darle más detalles y, mientras salían del recinto del internado y se incorporaban a la carretera principal, Obiefuna entendió que su castigo seguía en vigor y no debía cuestionarse, sino tan solo aceptarse en silencio, con toda la dignidad que pudiera reunir.

La casa de su tía, en una calle tranquila y bordeada de árboles de la zona residencial Aladinma, lo dejó hechizado. Obiefuna solo recordaba ligeramente a su tía de sus breves visitas a la aldea cuando era pequeño, y se había preparado para odiarla. Pero se sorprendió a sí mismo al quedarse prendado de ella y fascinado con su enorme casa. Tenía un cuarto para él solo que antes había ocupado uno de sus primos, que ahora vivía en el extranjero. Se pasó días enteros solo en el dormitorio, viendo la tele, y solo salía para saludar a su tía antes de que se marchara a trabajar y cuando volvía a casa. A ella le preocupaba su peso y le pedía al servicio que le sirviera comida cada dos por tres y, en tono de broma, le prometió que en dos semanas recuperaría lo que había perdido en meses.

Su madre lo llamó en Nochebuena.

—*Obiajulu* —le dijo su madre. Parecía que llevaba muchísimo tiempo sin llamarlo así—. *Kedu?*

—Estoy bien, mami —contestó Obiefuna.

No se había dado cuenta de que había estado aguantando la respiración hasta que se empezó a marear un poco, y tuvo que apoyarse en la pared para no perder el equilibrio.

—Siento mucho que no hayas podido venir a casa con nosotros —le dijo Uzoamaka—. Es solo que tu padre pensaba que sería más fácil que te quedaras allí, ya que está muy cerca.

Obiefuna asintió y entonces, al darse cuenta de que su madre no podía verlo, le dijo:

—Ya, *Ma*.

—¿Se está portando tu tía bien contigo? —le preguntó.

—Sí.

—*Ngwanu*, salúdala de mi parte, ¿vale? Y, por favor, pórtate bien con ella tú también.

—Sí, *Ma* —repitió Obiefuna.

Le devolvió el teléfono a su tía y se dirigió hacia su habitación, aún mareado. Había estado convencido de que lo había llamado para decirle que lo sabía todo, que no le había costado nada atar cabos y que al fin había visto lo que había tenido siempre delante de sus narices. O puede que sencillamente su padre se lo hubiera contado, tras darse cuenta de pronto de que Obiefuna y él no habían acordado ningún pacto de confidencialidad, sobre todo en lo que se refería a su propia madre. Pensaba en cómo estaría Aboy. Las Navidades pasadas, las primeras y las únicas que había pasado con ellos, Anozie había llegado a casa con un pollo en Nochebuena y había cargado a Aboy con la responsabilidad de matarlo. Obiefuna y Ekene, entusiasmados, observaron a Aboy cavar un agujero en la tierra, sostener el pollo, que no dejaba de quejarse, con una mano y atravesarle el pescuezo con el cuchillo con la otra. Después, Ekene se pasó varios días recreando el forcejeo del pollo mientras Obiefuna se divertía, pero Aboy no se rio ni una sola vez.

—Ni siquiera fue así —le espetó una vez a Ekene, y todos se quedaron sorprendidos.

Ekene no volvió a representar jamás aquel numerito.

Con la llegada de los exámenes externos en mayo, Obiefuna había comenzado a ver menos a Papilo. Dado que los alumnos de último curso ya no tenían clases normales, y solo debían ponerse el uniforme los días en los que tenían exámenes, Obiefuna tenía menos ropa que lavar. Y en esos días en los que le tocaba hacer exámenes, Papilo terminaba tan pronto que ya había hecho que otra persona le entregara la ropa antes de que Obiefuna pudiera llegar a su residencia. Notaba a Papilo más distante, debido, suponía, a la tensión de los exámenes. Pero, en cualquier caso, lo echaba de menos. A veces, en mitad de una clase o mientras hablaba con sus compañeros de residencia, miraba por la ventana y veía a Papilo paseando a lo lejos con su grupo de amigos, y sentía un anhelo aplastante por aquellas zancadas desenfadadas, esa postura ligeramente torcida con el hombro derecho levantado, la facilidad con que destacaba entre los demás. De modo que cuando, un jueves por la tarde, después de las clases, Papilo lo mandó llamar, lo inundó una gratitud insondable que casi lo dejó mareado. Cuando llegó a su habitación, Papilo estaba en cuclillas junto a su armario, sirviéndose cereales en un cuenco. Buscó otra cuchara en el armario y se la tendió a Obiefuna.

—¿Cómo ha ido? —le preguntó Obiefuna.

Papilo se encogió de hombros.

—Física.

Su expresión de desolación comunicaba el resto.

Obiefuna lo vio verter varias cucharadas de leche en el cuenco. Después le echó unos cuantos terrones de azúcar y lo removió todo. Llevaba el pelo muy corto, con franjas de rizos que le recorrían la cabeza en diagonal y le brillaban por el aceite capilar que se aplicaba meticulosamente.

—¿Vas a ir a la ciudad hoy? —le preguntó de pronto Obie-funa.

Papilo lo miró de reojo desde el suelo. Poco a poco, su expresión contemplativa fue transformándose en una sonrisa.

—¿Por? ¿Quieres venirte conmigo? —le preguntó mientras devolvía el paquete de cereales al armario.

Para ello tendría que escalar los muros de la escuela. Si los atrapaban, podrían castigarlos, y, si se descubría la razón por la que se estaban escapando del campus (y tenía el presentimiento de que no sería una buena razón), podrían expulsarlos. Pero Obiefuna pensó en que solo le quedaban unas pocas semanas antes de que se acabara el curso, después de lo cual era posible que no volviera a ver a Papilo, de modo que aceptó su propuesta.

Papilo se detuvo durante unos segundos y después cerró el armario con llave. Al fin se dio la vuelta hasta quedar cara a cara con él. Obiefuna no era capaz de interpretar su expresión; no sabía si Papilo iba a echarse a reír o si iría a por el cinturón. Obiefuna sentía que el tiempo se le escapaba entre los dedos.

—Reúnete conmigo en la granja de la escuela a las ocho en punto —dijo Papilo al fin—. No llegues ni un minuto tarde.

Durante la hora de estudio, Obiefuna fue pasando las páginas de su libro, distraído, sin intentar entender siquiera ni una sola palabra. Estaba a punto de hacer algo increíblemente estúpido por lo que podrían expulsarlo. Se planteó la idea de echarse atrás, de poner alguna excusa, como que le dolía la barriga, que tenía deberes o que debía estudiar para un examen, pero estaba seguro de que Papilo sabría que lo estaba engañando. A las ocho menos cuarto, salió de la clase y se dirigió a la granja del internado. La verja no estaba cerrada con llave, y chirrió cuando entró. Divisó la silueta de Papilo de inmediato entre los cocoteros esbeltos. Papilo se miró el reloj y asintió con aprobación. Le pasó a Obiefuna una camisa y unos vaqueros.

—En un momento vendrá Chijioke —anunció.

Obiefuna intentó no estremecerse. ¿Por qué iba a ir con ellos el prefecto que se encargaba de las labores agrícolas? Lo primero que se le pasó por la cabeza fue la iniciación de una secta, y al instante lo invadieron las náuseas mientras volvía a oír, demasiado alto, las advertencias de su madre al despedirse, la noche antes de marcharse al internado. Había oído rumores sobre los constantes golpes con machetes que tenían que sufrir los nuevos iniciados hasta que los que no podían resistir el proceso de entrenamiento acababan muriendo. Intentó encontrar alguna señal en el rostro de Papilo en la oscuridad, pero no logró descifrar nada en su expresión plácida mientras esperaba a que Obiefuna se vistiera. Obiefuna llevaba la mitad de los botones de la camisa abrochados cuando oyeron unos pasos acercándose. Cuando Chijioke apareció, se quedó mirando, confundido, a Obiefuna y a Papilo.

—Viene con nosotros —le explicó Papilo.

—¿Estás loco? —le preguntó Chijioke.

—Relax. —Papilo miró a Obiefuna de arriba abajo y pareció estar satisfecho con su breve evaluación—. Puede con ello.

—No lo van a dejar pasar ni de broma —insistió Chijioke.

—Pues claro que sí. Por el precio adecuado.

Chijioke seguía sin parecer convencido, pero se encogió de hombros y los condujo hacia el extremo de la granja. Obiefuna los siguió mientras las náuseas lo embargaban de nuevo. Pensó que quizá debería cambiar de opinión y darse la vuelta. Papilo estaría furioso con él, pero podría soportar sus castigos. Cuando llegaron al muro, Obiefuna levantó la vista hacia las botellas afiladas que asomaban en lo alto.

¿Cómo pretendían escalarlo? Sin decir nada, Papilo y Chijioke se pusieron manos a la obra para despejar una zona de hierba en la base del muro. Después Chijioke extrajo dos bloques de la base y reveló un agujero pequeño pero lo bastante amplio como para que se colaran por él. Chijioke fue el primero en pasar; primero metió las piernas y luego el resto del cuerpo. Papilo decidió ir el último y le dio un empujoncito hacia delante a Obiefuna. Mientras se introducía por el agujero, Obiefuna se imaginó durante un segundo terrorífico que se quedaba atascado, incapaz de moverse hacia dentro ni hacia fuera. Al salir al otro lado, vio el sendero desierto que se extendía hasta la carretera principal, donde se subieron a un taxi.

Se pasaron todo el trayecto en silencio. Ni siquiera Chijioke se mostraba tan cascarrabias como siempre; tan solo miraba por la ventana, meditabundo, sin pronunciar palabra. Papilo iba en el asiento del copiloto, junto al conductor del taxi, dándose palmaditas en las rodillas como siempre que estaba sumido en sus pensamientos, sin girarse ni una sola vez para mirar a Obiefuna a los ojos. Al fin, le susurró algo al conductor, que se volvió hacia él para dirigirle una mirada escéptica antes de centrar la vista de nuevo en la carretera. Obiefuna detectó el ligero ascenso de la barbilla del conductor al esbozar una sonrisita. Tragó saliva mientras sentía cómo le pasaba el viento a toda velocidad por las orejas. El conductor giró por fin y se adentró en un camino estrecho. Obiefuna miró por la ventana las farolas difuminadas que bordeaban la calle e iluminaban con su luz tenue los rostros de las mujeres que estaban a ambos lados del camino, inclinadas hacia delante como si estuvieran esperando para llamar a un taxi. Obiefuna contempló sus vestidos cortos, sus escotes exagerados, las posturas que adoptaban para llamar la atención, los rostros ocultos tras las gafas de sol. El conductor se detuvo delante de una verja, aún con esa sonrisa macabra en la cara. Cuando se bajaron del taxi, Papilo los condujo hacia una verja pintada de verde. Un hombre enorme con una chaqueta brillante bloqueaba la entrada, y fulminó a Obiefuna con una mirada feroz. Papilo le pasó el brazo por el hombro a Obiefuna y le tendió un billete doblado al hombre, que lo aceptó a regañadientes tras una pausa y les abrió la puerta, agitando un dedo a modo de advertencia en la cara de Papilo. Dentro había un patio inmenso con una hilera de casas de un solo piso a cada lado y varias mujeres pavoneándose. Chijioke se despidió de Papilo con un movimiento de cabeza, se alejó del grupo y se dirigió hacia un rincón poco iluminado del recinto. Papilo llevó a Obiefuna hacia una de las chicas que estaba sentada en la acera de la hilera de casas de la derecha. Se estaba mirando en un espejito que sostenía en alto mientras se aplicaba el maquillaje con una linterna.

—¿Dónde está Angel? —le preguntó Papilo.

La mujer apartó la vista del espejo y les dirigió una mirada gélida mientras sostenía el delineador de ojos.

—¿Acaso parezco la secretaria de Angel?

—Lo siento —le dijo Papilo, aunque no parecía sentirlo en absoluto—. Pero ¿sabes dónde está?

La mujer cerró el espejito con brusquedad y se lo metió en el bolso.

—Angel está ocupada con un cliente ahora mismo. Pero yo puedo ser tu ángel esta noche —añadió, adoptando una expresión pícara.

Papilo rio por la nariz. Tenía la mueca ligeramente alterada que adquiría cuando se le estaba agotando la paciencia.

—¿En qué habitación está?

La mujer lo miró con los ojos abiertos de par en par.

—¿Quieres ir con ellos? —le preguntó.

Papilo fulminó con la mirada a la mujer sin ofrecerle respuesta alguna. Al principio, ella le devolvió una mirada desafiante, pero al final flaqueó, como Obiefuna sabía que ocurriría, y señaló hacia una puerta de la fila de casas de enfrente. Mientras se alejaban, Obiefuna se giró y vio que la mujer seguía observándolos. Papilo llamó a la puerta que le había indicado. Obiefuna no dejaba de moverse, nervioso, y se metió las manos en los bolsillos de los vaqueros extragrandes que llevaba para evitar que le temblaran. ¿De verdad pretendía interrumpirlos Papilo mientras follaban solo porque quería ver a Angel? Al cabo de unos minutos, se abrió la puerta y Obiefuna apenas pudo contener un grito ahogado cuando apareció por la puerta una mujer enorme y rolliza. Por su nombre, había esperado toparse con una chica joven y más guapa.

—Angi, cariño —le dijo Papilo.

La mujer suspiró; casi parecía hastiada.

—Papilo. ¿Qué tal?

—Bien, bien. —En lugar de mirarla a ella, Papilo observó la habitación que quedaba a su espalda—. He oído que estás ocupada.

Angel frunció el ceño.

—¿Ocupada? ¿Quién te ha dicho eso?

Papilo echó la cabeza hacia atrás para señalar a la otra mujer. Obiefuna se dio la vuelta justo a tiempo para verla apartar la mirada.

Angel resopló.

—Menuda chica *yeye* —le dijo mirando a Papilo—. Hoy no trabajo *o*. Es mi día libre.

—Ah —respondió Papilo mientras se rascaba la cabeza—. ¿Por qué hoy, *na*? Te he traído a mi amigo para que le hagas un trabajito.

Obiefuna se quedó paralizado. Angel, que no parecía haberse dado cuenta de su presencia hasta ese momento, lo miró de arriba abajo. Al principio mantuvo el rostro inexpresivo, pero luego se echó a reír. Obiefuna pasó la mirada de ella a Papilo.

—Pero ¿qué broma es esta? —le preguntó Angel cuando dejó de reírse.

—Ah, Angi, no te creas que este es un *pikin* pequeño, eh. El chico está crecidito. Y esto tampoco lo tiene pequeño —añadió mientras se agachaba y, con un movimiento rápido, acunaba el bulto de Obiefuna con la palma de la mano, ante lo que Obiefuna aspiró con brusquedad.

Angel contempló el espectáculo, divertida.

—En fin, como te decía antes, hoy no trabajo.

Papilo se sacó la cartera.

—Te pago el doble.

Angel suspiró, haciendo como que estaba exasperada. Volvió a estudiarlo con unos ojos burlones, pero en ese momento Obiefuna supo que acabaría cediendo.

—Vale —dijo al fin—. Solo porque dices que el chico está bien *sha*.

Angel le guiñó un ojo a Obiefuna y se apartó de la puerta para volver a entrar en la casa. Obiefuna miró a Papilo, que le devolvió la mirada con las cejas alzadas y le hizo gestos para que entrara. Obiefuna respiró hondo y se adentró en la casa. La habitación era pequeña y cuadrada, con un olor penetrante a humedad. Casi no había muebles, salvo por una cama (que en realidad era solo un colchón) junto a la pared, una mesa de plástico diminuta y un armario empotrado en el que solo había perchas vacías. Las paredes estaban cubiertas casi por completo con pósteres de superestrellas estadounidenses. No había sillas en las que sentarse por ninguna parte, de modo que Obiefuna se quedó en el centro de la habitación e intentó no escuchar la conversación que Angel mantenía con Papilo. La vio tomar dinero de las manos de Papilo y cerrar la puerta tras de sí. Sin moverse del sitio, la chica se llevó la mano a la espalda para desabrocharse la cremallera del vestido, se lo quitó y lo dejó hecho un gurruño en la mesita. Se quitó también la ropa interior sin mirar a Obiefuna ni una sola vez y sin parecer sorprendida por el hecho de que él no se hubiera desvestido aún. Una vez que se hubo quedado desnuda por completo, se metió en la cama y se colocó una almohada bajo la cabeza. Obiefuna se quedó donde estaba, mirándola.

—¿Qué pasa? —le preguntó al fin, alzando la vista hacia él.

A Obiefuna se le había quedado la lengua congelada. ¿Lo había dejado allí Papilo y se había vuelto a la escuela? Quería darse la vuelta hacia la puerta y salir de allí, pero le temblaban las piernas como si fueran de gelatina. Angel se puso de rodillas y gateó hacia el borde del colchón. Estiró un brazo para agarrarlo y atraerlo hacia ella hasta que Obiefuna quedó de pie frente al colchón, mirándola desde lo alto.

—¿Es tu primera vez? —le preguntó la mujer en voz baja.

Obiefuna asintió y Angel le estudió el rostro de más cerca.

—¿Cuántos años decías que tenías?

Obiefuna tragó saliva. Por cómo lo miraba Angel, sabía que sería inútil mentirle.

—Dieciséis —respondió—. Casi diecisiete —añadió innecesariamente.

Sintió que Angel dejaba de agarrarle el brazo con tanta fuerza. Se preguntó si iría a apartarlo de un empujón. Lo cual significaría devolver el dinero que Papilo le había dado. A lo mejor Angel sabía que alguna otra chica estaría encantada de aceptarlo por la tarifa normal. Durante un momento, Obiefuna notó que vacilaba, como sopesando sus principios. Pero al final, con un suspiro, se levantó para desabrocharle la camisa. Se movía con frenesí, con la respiración entrecortada. Mientras le desabrochaba el cinturón, Obiefuna mantuvo la vista centrada en una foto de Rihanna que había en la pared, algo incómodo por el modo en que esos ojos le devolvían la mirada. Angel le bajó los vaqueros y Obiefuna dio un paso para deshacerse de ellos sin apartar la vista del póster. Angel le agarró el pene.

—Esto no es de un niño de dieciséis años, *o* —le dijo con un silbido, y Obiefuna se sonrojó.

Jugueteó con el pene de Obiefuna durante un rato, intentando decidir qué hacer con él. Cuando se lo llevó a la boca, Obiefuna dejó escapar un grito ahogado. Era consciente de que no era el protocolo habitual, y no sabía si debía sentirse halagado por el hecho de que Angel hubiera decidido hacer una excepción con él. Sintió que se le ponía cada vez más dura en la boca de Angel hasta alcanzar una erección total. Se le habían empezado a enroscar los dedos de los pies por sí solos, y sentía como si se le fueran a doblar las rodillas en cualquier momento. Se preguntaba si parte del acuerdo al que habían llegado en la puerta consistiría en que Angel le contara a Papilo más tarde cómo se había portado, si Papilo empezaría a mirarlo de una manera distinta si Angel consideraba que había aprobado. Angel se separó de él, volvió a tumbarse en la cama y abrió las piernas. Obiefuna se colocó a su lado en el colchón, y en ese momento lo invadieron las ganas de vomitar. Se incorporó, aún desnudo a su lado, y miró a su alrededor.

—¿Qué pasa? —le preguntó Angel.

—Necesito un condón —murmuró Obiefuna.

Angel se quedó sorprendida durante un momento y luego se echó a reír.

—¿Qué enfermedades va a tener un niño pequeño como tú?

Agarró a Obiefuna, se lo acercó a ella y lo guio hacia su entrepierna. Al adentrarse en ella, lo envolvió una calidez que amenazaba con dejarlo inconsciente. Intentó no mirarla mientras sentía la convulsión de sus venas. Angel estaba cambiando de posición para complacerlo cuando Obiefuna sintió un súbito torrente de éxtasis en la punta. No le dio tiempo de contenerse, de modo que se rindió y se desplomó sobre ella, jadeando, espantado por haber terminado. Angel se incorporó en la cama, azorada, intentando entender qué acababa de ocurrir. Y entonces se puso en pie y rodeó la cama para recoger la ropa interior que había dejado en la mesa. Al ver que no hablaba, Obiefuna le dijo:

—Lo siento.

Angel se encogió de hombros mientras se ponía la ropa interior y, sin mirarlo, le respondió:

—Era tu primera vez. *Na so e dey be.*

Unos días más tarde, Obiefuna se despertó con fiebre. Empeoró rápido y se le empezaron a agarrotar las articulaciones, de modo que la enfermera de la escuela lo obligó a permanecer en cama mientras lo supervisaba con atención. Le dolía la garganta y se la notaba seca, no tenía apetito y no era capaz de ingerir la comida que le traía Jekwu del comedor; tan solo lograba tomar alguna que otra cucharada cuando llegaba Papilo y le daba de comer él mismo. No lograba dormir más que a ratos, y tan solo era ligeramente consciente de la presencia de

Papilo, que estaba sentado en una silla a su lado y le llevaba el dorso de la mano al rostro de tanto en tanto para tomarle la temperatura. En ocasiones padecía alucinaciones leves en las que la cara de Angel, arrugada de desdén, flotaba a través de su campo de visión, burlona y aterradora a la vez. Obiefuna recordaba aún el momento, tras el incidente, en el que se había sentado a su lado en la cama, ya vestido, a esperar; en su interior, algo se había encogido más aún al compás del fuerte tictac del reloj, hasta que Papilo llamó a la puerta y anunció que ya estaban listos para irse. Papilo le había estudiado el rostro durante un instante sin decir nada y, mientras se marchaban, Obiefuna lo vio lanzarle un guiño a la mujer que les había mentido sobre Angel antes. Habían llegado a la residencia justo antes de que apagaran las luces y, cuando Wisdom le preguntó a Obiefuna dónde había estado, murmuró algo sobre unos recados que había tenido que hacer para Papilo.

—Jekwu me ha dicho que te fuiste del aula antes de que terminara la hora de estudio —le dijo Wisdom—. Fuimos a la residencia de Papilo a buscarte, pero no estabais allí.

—¿Acaso he dicho que tuviera que hacer los recados en su residencia? —replicó Obiefuna con una voz lo bastante cortante como para evitar que Wisdom siguiera haciéndole preguntas.

Se moría de ganas de darse un baño, pero sabía que era demasiado tarde, y pronto los mayores estarían al acecho, para azotar a los alumnos que aún estuvieran despiertos después de que apagaran las luces. Unos minutos más tarde, cuando sonó la alarma, se metió en la cama, incómodo por no haber podido deshacerse del olor de Angel, que seguía aferrado a su piel, y por tener los calzoncillos pegajosos. Y se quedó allí tumbado y despierto durante un buen rato, mirando el techo encalado.

Ahora estaba sentado junto a la ventana en el rincón de Papilo, observando a un grupo de chicos más pequeños que se dirigía al comedor para cenar. Llevaba ya tres días enfermo; la peor fase ya había pasado, pero seguía notándose la lengua pastosa y no había manera de que se le calmara el dolor de cabeza. Papilo, enfrente de él, escuchaba distraído una conversación en su rincón. En más de una ocasión, Obiefuna se percató de que lo miraba. Pudo deducir de la conversación que Papilo pensaba saltar el muro una vez más ese día para ir a la ciudad. ¿Vería a Angel allí? ¿Hablarían sobre él? Entonces, con un suspiro, cayó en la cuenta de que seguía allí, en el rincón de Papilo, después de todo. Vio su tenue reflejo en el espejo, con una sonrisita débil. Últimamente había empezado a ver a Papilo, y su amistad, de un modo distinto. ¿Sería aquello algo que Papilo hacía con todos sus chicos? ¿Sería una especie de rito de iniciación? Algo le decía que no era el caso. Papilo lo había escogido a él expresamente, y no lograba comprender por qué. Hasta ahora no había podido pasar un momento a solas con él, aunque, si se le presentara la ocasión, tampoco tenía claro qué le diría. Y, después de ese día, tal vez nunca tuviera oportunidad de decirle nada. Papilo había tenido su examen final el día anterior. Obiefuna había observado desde la barandilla, junto a sus compañeros, como los mayores se esparcían por el campo y corrían exultantes por las residencias. Poco después empezaron a jugar a levantarse unos a otros y a lanzarse a una pequeña piscina infestada de algas que había cerca de la granja de la escuela. Papilo fue uno de los últimos a los que agarraron (hacía falta un ejército para someterlo) y sostuvieron en alto, y al salir de la piscina, mojado y pegajoso, se echó a reír. ¿Cómo lo hacía? ¿Cómo era capaz de irradiar esa despreocupación, cuando Obiefuna se sentía como si se estuviera desmoronando? Como si el mundo se tambaleara bajo él.

Más tarde, mientras rebuscaba entre las pertenencias de Papilo para ver con qué podía quedarse, tuvo que esforzarse por no caerse al suelo. Los demás chicos se lanzaron directamente a por los objetos de valor: el armario grande y robusto, la cama amplia y mullida, las sandalias marrones elegantes, la lona blanca y los cubos. Pero Obiefuna se quedó sentado en la cama, aferrado a la plancha de carbón y los uniformes que, como era natural, había heredado, consciente de que Papilo no le quitaba ojo. Después, cuando los chicos ya se habían ido, Papilo le llevó la mano a la rodilla y le dijo que todo iría bien, y en ese momento Obiefuna sintió el impulso de echarse a llorar, porque sabía que no era cierto en absoluto.

Obiefuna sintió la mano de Papilo en el hombro y alzó la vista.

—Hay alguien a quien quiero que veas —le dijo Papilo.

Obiefuna miró hacia la puerta, a través de las hileras de literas.

—¿A quién?

—Aquí no —le respondió Papilo—. Dentro de unos minutos iremos a la granja de la escuela.

Siguieron la ruta que conducía al prostíbulo, pero a mitad de camino Papilo le pidió al conductor que se detuviera y entraron en un supermercado. Obiefuna seguía a Papilo, observándolo asombrado mientras se hacía con algunos artículos de aseo, incluidas unas compresas, y se los llevaba a la caja. Cruzó la carretera tras Papilo y se subieron a otro taxi que los llevó en la dirección de la que habían venido. Se bajaron delante de la escuela y Papilo lo condujo por un sendero estrecho y corto. Cuando Obiefuna levantó la vista, vio el cartel del campus de las chicas. Se le formó un nudo en la garganta. ¿Acaso estaba intentando que los atraparan? Estuvo a punto de abrir la boca para detenerlo, pero Papilo ya estaba llamando a la puerta que tenían delante. El visor se abrió y un par de ojos los miraron. El hombre adoptó una expresión de cautela al instante.

—¿Sí? —les dijo; era evidente que los chicos desconocidos no eran bienvenidos por allí.

—Buenas tardes, señor —lo saludó Papilo, y Obiefuna estuvo a punto de sonreír ante la falsedad de su tono—. Vengo a traerle unas cuantas cosas a mi hermana.

El hombre frunció el ceño.

—Hoy no es día de visita.

—Ya lo sé, señor, pero nos ha llamado para decirnos que se había quedado sin provisiones, y nuestros padres me han pedido que me pase por aquí, ya que vivo muy cerca.

—¿Quién eres? —quiso saber el hombre.

—Estudio en la universidad de la ciudad, señor.

—¿Y este quién es?

El hombre pasó la vista a Obiefuna.

—Es mi primo, señor. Se llama Francis.

El hombre volvió a fruncir el ceño mientras observaba a Obiefuna, como si lo estuviera retando a negar que ese fuera su nombre. Entreabrió la puerta y sacó la mano para aceptar la bolsa.

Papilo retrocedió.

—Por favor, señor, tengo que dársela en persona. Y también tengo que darle un mensaje de parte de nuestros padres.

El hombre lo fulminó con la mirada.

—Jovencito, ¿sabes todos los problemas en los que me podría meter por dejarte pasar cuando no es día de visita?

Papilo sacó un billete de la cartera.

—No tardaré ni haré ruido, señor —le prometió mientras extendía el puño cerrado hacia él—. Y puede quedarse con esto para una cerveza.

El hombre suspiró y tan solo vaciló durante un instante antes de aceptar el billete de Papilo y apartarse para dejarlos pasar. Obiefuna se quedó asombrado por la belleza del campus nada más entrar. Era mucho más pequeño que el de los chicos, pero, por lo que pudo ver, mucho más ordenado y elegante: edificios diseñados con plantas idénticas y pintados del mismo tono de gris que el del cielo, jardineras que bordeaban el camino de entrada y las aulas y que impregnaban el aire de un aroma dulce y embriagador. El hombre les hizo gestos para que lo siguieran a la garita.

—¿Cómo decías que se llamaba? —le preguntó, una vez dentro.

—Munachiso Amaeze. De SS3C —contestó Papilo.

—¿Y cómo te llamas tú?

Papilo exhaló.

—Obiefuna Amaeze, señor.

Obiefuna lo miró, pero Papilo mantuvo la vista al frente y el rostro inexpresivo hasta que el hombre salió por la puerta, y entonces dejó escapar una risita. Estiró la mano para ajustarle el cuello de la camisa a Obiefuna, aunque a él no le parecía que fuera necesario ajustárselo.

—Prepárate para cuando llegue —le dijo.

—¿Por qué?

—Viene con su «hija» de la escuela, y quiero que la conozcas.

De modo que por eso quería Papilo que fuera con él. Obiefuna se quedó mirando un grafiti que había en la pared, el nombre de alguna chica que, sin duda, no quería que olvidaran que había estudiado allí. El hombre volvió poco después con una chica gorda con la piel del color del chocolate, seguida de una más pequeña.

—Papilo —dijo la chica sin conseguir ocultar la sonrisa.

El hombre le dirigió una mirada gélida a Papilo.

—Es solo un apodo, señor —le explicó a toda prisa—. Mi auténtico nombre es Obiefuna.

El hombre volvió a centrar la atención en el libro de registro. Mientras charlaban sobre sus padres ficticios, hablando en clave de tanto en tanto, Obiefuna estudió a la niña que tenía enfrente. Era esbelta, con un rostro ovalado que podía llegar a considerarse hermoso, y llevaba el pelo con la raya a un lado. Se había sentado con las piernas muy juntas y la vista clavada en las manos, entrelazadas en el regazo, y Obiefuna sabía que la chica era consciente de que la estaba mirando. Se preguntó cuánto le habría llevado a Papilo organizar ese encuentro, qué esperaría que ocurriera. Llamaron a la puerta exterior y el hombre lanzó una mirada de advertencia a Papilo antes de salir de la sala. Papilo fue corriendo a abrazar a Munachiso.

—Te he echado de menos —le dijo con el rostro enterrado en su cuello mientras le acariciaba el trasero y la chica se retorcía en sus brazos como una lombriz de tierra que se hubiera topado con sal, tratando de contener unas risitas.

—Te estuve esperando en mi cumpleaños y no apareciste —le dijo cuando se separaron.

—Lo siento, nena, ya sabes cómo son estas cosas. —Agarró la bolsa que había dejado en la silla—. Pero no me he olvidado de tu regalo.

La chica se hizo con la bolsa.

—Gracias —le dijo con cierto brillo en la mirada.

Le dio un beso en la mejilla y siguieron hablando un rato más antes de que Papilo señalara a la niña que Munachiso tenía detrás.

—¿Así que esta es la niña?

—Sí —contestó Munachiso, dándose la vuelta—, esta es Rachel.

Papilo murmuró algo a modo de respuesta y asintió despacio. Obiefuna intentó no chillar cuando Papilo se volvió hacia él y le dio un golpe en el hombro.

—Pues aquí está mi chico. Se llama Obiefuna.

Y entonces Rachel levantó la vista. Obiefuna se quedó desconcertado ante su mirada; parecía recorrerle el rostro de un lado a otro sin posarse en ningún lugar. Se mordió con delicadeza el labio inferior y Obiefuna le vio los dientes. En medio del silencio, Obiefuna se dio cuenta de pronto de que tenía todas las miradas clavadas en él, a la espera. Se sentía como un actor al que se le habían olvidado de repente sus frases.

—¿Obiefuna? —le dijo entonces Papilo, y Obiefuna lo miró—. No la tengas ahí esperando —añadió con una risa incómoda—. Ahora es cuando tienes que pedirle que sea tu chica.

9

Tiene algo en la cara que a Uzoamaka le resulta familiar. Tal vez sea el estado de la cabeza, ovalada, rapada y torcida en un ángulo antinatural, mirando hacia arriba, aunque el cuerpo está básicamente tumbado bocabajo, tendido en la acera. Tiene las manos cruzadas a la espalda, como si estuviera esposado: prisionero incluso después de morir. De la boca, abierta, emerge una lengua blanquecina. Las moscas revolotean a su alrededor, dándose un festín. Pero a Uzoamaka lo que más le impacta son los ojos: abiertos, mirando hacia arriba, hacia el cielo, suplicantes. Ninguna de las personas que han formado un pequeño círculo alrededor del cadáver para chasquear los dedos y especular sobre su identidad y la causa de la muerte se acerca para cerrarle los ojos. En la tierra natal de Uzoamaka, morir con los ojos abiertos de ese modo es un mal presagio. Su espíritu no descansará jamás. Y, cuando piensas en el muchacho, que no debe de tener más de dieciséis años, básicamente un niño que debería estar ayudando a su madre o irritándola sin cesar, y no tirado en el suelo como un muñeco de trapo bajo un sol abrasador con los ojos abiertos… A Uzoamaka, esos ojos la inquietan profundamente.

De modo que no se sorprende ni se alarma del todo cuando ve, a lo largo del día, destellos del rostro del chico. Son esos ojos los que se le aparecen en la mente, como si quisieran decirle algo que no logra comprender. Cuando Uzoamaka vuelve a ver el cadáver, está en una postura ligeramente distinta, con la cabeza en una posición más natural. Y lo que es más importante: tiene los ojos cerrados. La dulzura que transmite ahora su rostro, con los ojos cerrados, lo vuelve casi etéreo, y hace que Uzoamaka no pueda evitar quedarse mirándolo. Es consciente de que debe estar ofreciendo un espectáculo curioso allí plantada bajo el sol abrasador, junto al cadáver, pero es incapaz de apartar la vista. También es incapaz de evitar acercarse a él con unos pasos deliberados y calculados; es incapaz de detener el martilleo de su corazón. Parte del rostro ha quedado oculto, y Uzoamaka tiene que girarle la cabeza de nuevo hasta un ángulo poco natural para verle por completo la cara. El sol está en su punto álgido, y a Uzoamaka se le queda la blusa pegada a la piel por el sudor. Es consciente de que todo el mundo la está mirando. Decidida, le da la vuelta al cadáver con un esfuerzo considerable (¿cómo puede pesar tanto?) y le levanta la camiseta. Recorre todo el cuerpo del muchacho con la mirada, deseando verlo con más claridad y, a la vez, deseando no reconocerlo. Al posarle la mano sobre el vientre hinchado, siente su calor antes de verle la marca de nacimiento, tal y como la recuerda: una mancha oscura moteada justo por encima de la pelvis. Es, tal vez, lo único que no ha cambiado, un rasgo definitorio que ha permanecido intacto. Uzoamaka piensa que se lo ve relajado, casi feliz de haber muerto, justo antes de golpearlo y gritar. A pesar de ver borroso, distingue a gente corriendo hacia ella. Le tiran de los hombros, intentando apartarla del cadáver, pero no puede desviar la vista de ese rostro ni las manos de ese cuerpo, no puede evitar decir su nombre: «¡Ekene! ¡Ekene! ¡Ekene!», como un cántico. Entre la multitud de voces, por fin identifica una que le resulta familiar, y al girarse ve a Anozie. De pronto, él es la única persona presente en una sala poco iluminada, sumida en un silencio sepulcral, y la está mirando confundido.

—¿Qué te pasa? —brama Anozie en igbo, furioso—. Casi despiertas a toda la calle.

Uzoamaka no entiende de qué está hablando. Mira a su alrededor en busca de Ekene, pero se ve rodeada de sábanas, de modo que se levanta de un brinco de la cama y va corriendo al dormitorio de los niños. Se acerca deprisa a la cama de Ekene y lo sacude con fuerza hasta que el chico se revuelve y se incorpora, alarmado. La voz de Anozie, a su espalda, le retumba en los oídos. Está tan angustiada por todo que lo único que le parece razonable en ese instante es romper a llorar, aferrándose a Ekene, hasta que el amanecer se cuela por la ventana.

Uzoamaka suspiró. La mujer que tenía delante, a la que le estaba trenzando el pelo, le lanzó una mirada ofendida.

—Lo siento —se disculpó Uzoamaka con una sonrisa débil antes de recolocarle la cabeza en la posición correcta.

Sus aprendices, dos muchachas jóvenes que estaban aprovechando la huelga universitaria para aprender un oficio, intercambiaron una mirada desconcertada, sin duda confundidas por el hecho de que Uzoamaka pareciera la más afectada de todas las personas que había en la peluquería por las noticias del tiroteo.

—Ahí tirado en la acera… —comenzó a decir la mujer de nuevo, chasqueando los dedos como para repudiar ese destino.

Había sido ella la que les había contado la noticia del tiroteo, ya que aseguraba haber estado en el lugar de los hechos. No parecía manifestar el terror que Uzoamaka esperaba, sino que más bien presentaba el porte ligeramente exultante de quien posee la información más deseada.

—*Na wa* —dijo otra mujer, que tenía el pelo metido en el secador y hablaba sin mover la cabeza, lo cual resultaba casi cómico—. Primero no podíamos dormir por los sectarios, y ahora por los militares.

—Pero dijeron que era sospechoso —comentó una de las mujeres.

—¿Sospechoso de qué? —contraatacó la portadora de la noticia—. Solo pretendía contestar una llamada.

—Pero no sabemos a quién estaba llamando…

Uzoamaka contuvo otro suspiro. Por más que la conversación captara su atención, en su fuero interno deseaba que las mujeres dejaran de hablar. Su día había pasado de maravilloso a espantoso en un abrir y cerrar de ojos. Era el cumpleaños de Obiefuna. Esa mañana había cumplido los diecisiete, y Uzoamaka lo había sorprendido llamándolo para cantarle, al igual que hacía siempre cuando aún vivía en casa, y el tono de sorpresa y alegría que había notado en la voz de su hijo la había acompañado hasta la peluquería, donde sus aprendices la habían recibido con la noticia del tiroteo. Y ahora la bocazas esa no dejaba de darles detalles. Había tenido lugar en Ikeokwu Junction, a un paseo de la tienda. Los enfrentamientos entre sectas habían alcanzado su punto más crítico, con cadáveres que nadie reclamaba apilados en las cunetas. Corrían rumores de que dichas sectas eran el producto de las semillas que habían sembrado los políticos, e incluso se había mencionado alguna que otra vez el nombre del gobernador. Se creía que el propio partido del gobernador había apoyado a una parte de la secta el año anterior para amañar las elecciones a su favor. Tras resultar ganador, había incumplido su promesa y los había dejado de lado, de modo que se habían lanzado a las calles para sembrar el caos de un modo inenarrable, con las mismas armas que el Gobierno les había comprado. A Uzoamaka, esa historia le parecía demasiado conspirativa para ser cierta, pero la osadía de los grupos sectarios la hacía dudar. Se había sumado a una manifestación pacifista organizada por las mujeres del barrio que había recorrido el mercado y había llegado hasta las dependencias del Gobierno, donde se habían instalado para cantar y exigir que se tomaran medidas hasta que habían llegado los furgones policiales y habían lanzado gases lacrimógenos para dispersar a la multitud.

La respuesta del gobernador, tras semanas de manifestaciones, había sido declarar el estado de emergencia, con lo que había dejado oficialmente la seguridad del Estado en las manos de los militares. Los hombres irrumpían sin previo aviso, empuñando armas casi la mitad de grandes que ellos mismos, con unos uniformes almidonados intimidantes, y recorrían la ciudad en furgones nuevos y resplandecientes con la rotulación «Operación Vacila y Morirás» a modo de advertencia. Se decía que iban por ahí con los labios cerrados con un candado (Uzoamaka no lo había comprobado aún, pero con esa gente nada era imposible) y el dedo colocado en el gatillo, listos para disparar en cualquier momento. Habían anunciado nuevos protocolos de seguridad por la radio, habían declarado toques de queda nocturnos, llevaban a cabo inspecciones aleatorias y habían instalado puestos de control en los cruces principales, en los que exigían a los transeúntes que caminaran con las manos en alto, como en señal de rendición, sin permitir que las bajaran por ningún motivo. Uzoamaka había oído rumores sobre un anciano que se había orinado encima porque lo habían presionado y había estado demasiado asustado como para bajar las manos. Semana tras semana, el gobernador, satisfecho, emitía mensajes por la radio en los que ensalzaba su propia «habilidad» para poner orden, ajeno al eterno estado de pavor de sus ciudadanos, o ignorándolo a propósito. La última víctima, según había deducido Uzoamaka de la conversación, había sido un niño. Se había despistado en uno de los puestos de control porque le había sonado el teléfono, y se había llevado la mano al bolsillo para sacarlo. Tal vez lo estuviera llamando su novia, o su mujer, o su madre. Tal vez la emoción había hecho que se olvidara, durante un instante, de dónde estaba, y había percibido demasiado tarde, justo cuando la lluvia de balas impactaba contra su piel, el caos que había causado y que lo había llevado a abandonar este mundo antes incluso de tocar el suelo. Uzoamaka se preguntaba si le habría dado tiempo de contestar la llamada antes de que le disparasen, se preguntaba qué habría pensado la persona que había al otro lado de la línea de los disparos entrecortados que debían de haber sonado como fuegos artificiales en julio, el rumor de los gritos, el zumbido de la línea telefónica, el silencio permanente de después.

—Pero en realidad no podemos culpar al ejército *sha* —afirmó la portadora de noticias; no había manera de hacerla callar—. Los Deebam esos eran una auténtica pesadilla.

Todas emitieron distintos sonidos de conformidad. Uzoamaka juntó las trenzas, ya acabadas, y se hizo con una vela para quemar las puntas. No entendería jamás cómo era posible que algunos chicos jóvenes se despertaran una mañana y decidieran, sin más, unirse a una secta, que disfrutaran matando a hachazos a sus rivales a plena luz del día y viendo cuerpos jóvenes hincharse al sol. Hasta ese momento, habían estado en todas partes; ni siquiera se preocupaban por ocultar su identidad y pasaban por delante de su peluquería con esos andares ladeados que los caracterizaban, arrastrando un pie como si estuviera a punto de desprendérsele de la cadera y con un hombro levantado de un modo cómico y el otro pegado al costado, casi como si tuvieran una deformidad. Incluso iban ataviados con los mismos colores, con un pañuelo de un rojo intenso o amarillo o negro atado a la muñeca o alrededor del cuello o asomando del bolsillo trasero. Una vez, en el mercado, la mujer que vendía ropa de segunda mano la había disuadido de comprar un par de pantalones cortos rojos que le habían gustado para Ekene, porque el rojo, según la mujer, era uno de sus colores, y tal vez Ekene atrajera su atención si exhibía su color. La mujer le habló del hijo de sus vecinos, que había salido con unos zapatos amarillos; la familia se había pasado la mayor parte de la noche recibiendo pedradas en el tejado, y solo cesaron cuando el chico salió a reunirse con ellos. Volvió dos días más tarde con heridas de machete en la espalda como prueba de su iniciación, y ahora robaba dinero de las tiendas de la calle y se peleaba en público con su padre. A Uzoamaka le preocupaba Ekene. Solo tenía dieciséis años, y ya se había visto obligada a hacerles frente a los primeros signos de rebelión, a pesar de que odiaba su tono de voz cuando tenía que gritarle por trasnochar o la sorpresa absoluta que la había embargado al sorprenderlo una vez fumándose un cigarrillo en su habitación. Tal vez les habría venido bien que Obiefuna siguiera allí; siempre había ejercido una influencia calmante sobre Ekene y lo había vigilado cuando Uzoamaka no estaba presente. Pero ahora casi parecía que fuera hijo de la hermana de Anozie, y Ekene pasaba demasiado tiempo solo, en privado. Se tiraba horas y horas jugando al fútbol en el campo y se juntaba con gente que Uzoamaka casi no conocía de nada. En una ocasión lo vio desde el balcón sacudiendo al hijo de uno de sus vecinos y haciéndole después una seña que Uzoamaka no entendió. No era más que un niño, y se le escapaban las implicaciones de lo que estaba haciendo; aun así, Uzoamaka lo esperó hasta que llegó a casa esa noche y fue a por él con un bastón. Lo azotó una y otra vez hasta que los dos acabaron llorando y, durante todo ese rato, Uzoamaka pensaba en ese cadáver tendido en la acera, en esos ojos ausentes clavados en los suyos. Y pensaba, también, en que esa muerte podría haberse evitado si la madre del muchacho lo hubiera azotado un poco más, un poco más fuerte.

10

Todo el mundo sabía que no había mejor momento para andarse con cuidado que en SS2. Mientras Obiefuna atravesaba la segunda verja tras el registro, acarreando su caja y respirando de nuevo el aire cálido del campus tras las vacaciones, sintió una mezcla de euforia y terror. Fue Jekwu quien le explicó esa misma noche el protocolo. Los primeros meses de SS2 se consideraban los más delicados para los alumnos, ya que estaban a solo un trimestre de asumir el papel de líderes de la escuela, las prefecturas. Tendrían que soportar la última ronda de tortura por parte de los alumnos de SS3, así como de los prefectos que estaban a punto de marcharse. Y lo que era aún peor: la escuela había decidido, por alguna extraña razón, tener las dos residencias de los alumnos mayores una al lado de la otra, de modo que Obiefuna no podía pasar ni un solo día sin toparse con un alumno aburrido de SS3 con ganas de maltratarlo solo por diversión. La estrategia que le recomendó Jekwu consistía en evitar los problemas siempre que fuera posible, soportarlos en caso de que no quedara más remedio y consolarse contando los meses que les faltaban para convertirse ellos mismos en prefectos, cuando la escuela, y el mundo entero, en realidad, estaría a sus pies.

A Obiefuna le parecía que, cada año, el harmatán llegaba antes. Y cada año se sorprendía al notar el viento más frío y más feroz. Una noche de noviembre, todos los alumnos se fueron a dormir como cualquier otra, y a la mañana siguiente se encontraron el campus envuelto en una niebla tan espesa que Obiefuna casi no podía distinguir las siluetas que tenía a solo unos metros. Muchos de los chicos fueron a la capilla cubriéndose los hombros con las sábanas, y los prefectos tenían demasiado frío como para molestarse en castigarlos. Obiefuna temía que el agua le tocara los labios al lavarse los dientes, y más aún darse un baño. Una horda de chicos inundó la cocina con cubos e historias de alergias varias, pero el personal de la cocina los echó de allí. Wisdom propuso ir a correr por el campo para estimular el calor interno, pero Obiefuna se rindió después de la primera vuelta, encontrándose peor que antes y con las costillas doloridas. Cuando fue al grifo, se quedó plantado y tiritando mientras veía como se llenaba el cubo de agua, intentando calentarla con la mente. En el área de los baños de cerca de su residencia no había el bullicio de siempre. Muchos de los chicos habían decidido saltarse el baño de la mañana y se habían vuelto a la cama después de la capilla. Algunos acabaron optando por lo que llamaban «frotar y abrillantar». La idea de «frotar y abrillantar» (lavarse las manos y las piernas y aplicarse crema y colonia en lugar de darse un baño propiamente dicho) siempre lo había repugnado, pero, allí plantado delante del grifo mientras el frío le envolvía los hombros, consideró la idea seriamente, aunque solo fuera por esa vez.

—Qué frío, *abi*? —le dijo alguien desde atrás.

Obiefuna se giró y vio a Kachi, el prefecto principal de la escuela. Llevaba una toalla alrededor de la cintura y una esponja en la mano. Obiefuna vio a un chico de su clase detrás de él que sostenía el cubo de agua de Kachi. Obiefuna sufrió al ver el vapor que se alzaba de él.

—¿Te hace falta agua caliente? —le preguntó Kachi.

Obiefuna se quedó mirándolo un rato en silencio, aturdido, antes de asentir.

—Sígueme —le dijo Kachi, y se giró hacia donde dormían los prefectos.

Obiefuna lo siguió, consciente de las miradas envidiosas que le lanzaban los demás chicos. El dormitorio de Kachi era un cuadrado espacioso con tres camas con armazones de madera en las que dormía su equipo de prefectos, además del prefecto de la capilla. En un rincón había una habitacioncita separada con una cama que era donde dormía Kachi. En la pared, al lado de la cama, había un enchufe al que estaba conectado un calentador de inmersión, medio hundido en un cubito de agua. Kachi apagó el interruptor y le hizo gestos a Obiefuna para que se llevara el agua.

Obiefuna vertió el agua en su propio cubo, deleitándose con el calor que le aliviaba la cara.

—Gracias, Kachi —le dijo.

Kachi no respondió. Estaba dándole la espalda a Obiefuna, observando la niebla a través de la ventana en silencio. Pero, cuando se disponía a marcharse, Obiefuna se dio la vuelta en la puerta principal y vio a Kachi de pie junto a la entrada de su cuartito, observándolo.

Obiefuna recobró la conciencia poco a poco. Miró a su alrededor, a oscuras, hasta que distinguió la silueta del rostro que lo miraba desde arriba. Le olía el aliento ligeramente a tabaco.

—Levántate —le ordenó Kachi en voz baja.

Obiefuna se incorporó y se apoyó sobre los codos. Kachi se hizo a un lado para dejarle espacio, con las manos hundidas en los bolsillos laterales de los pantalones cortos y holgados que llevaba. Obiefuna sacó las zapatillas de debajo de la cama y, cuando fue a por una camiseta, Kachi lo detuvo.

—Ven conmigo de una vez.

Siguió a Kachi en fila hacia la puerta. Una ráfaga de viento frío le azotó la cara nada más salir al pasillo. Mientras lo recorrían, Kachi no miró a Obiefuna ni una sola vez. Estaban ya cerca de los pies de las escaleras, en el rincón más oscuro, cuando Kachi se detuvo y se giró hacia él.

—*Obi* —le dijo sin más.

Obiefuna lo miró. Incluso a oscuras, sabía que Kachi había desviado la mirada y se había llevado la mano a la boca. Y, ya que no daba el primer paso, fue Obiefuna quien lo dio. Acercó la cara a la suya, sonrojado, mientras la respiración de Kachi le retumbaba en los oídos. Cuando notó las manos de Kachi en el pecho, oponiendo resistencia, no le encontró el sentido hasta que saboreó el aire con los labios. El corazón le latía con fuerza mientras esperaba al próximo paso. Kachi le recorrió la cabeza con las manos y las posó detrás de las orejas de Obiefuna, como si quisiera acercarlo, pero después lo empujó hacia abajo. Kachi no llevaba calzoncillos bajo los pantalones cortos. Olía a jabón de lavanda. Obiefuna se lo llevó a la boca y notó que dejaba de apretarle la cabeza con tanta fuerza conforme movía la lengua y se separaba para tomar aire de tanto en tanto. Aguantó allí incluso cuando un torrente salado le inundó la boca, con un sabor extraño y nauseabundo. Kachi lo levantó y le dio unas palmaditas cariñosas en la cabeza, como si fuera un cachorrito, y le dijo que volviera a la cama.

Obiefuna no sabía cuánto tiempo había estado durmiendo, pero a la mañana siguiente se despertó sintiéndose más ligero. Al fin le ocurría algo auténtico. Mientras le asignaban las tareas, no dejaba de buscar a Kachi con la mirada, pero Kachi, que estaba dividiendo a los chicos de SS1 en grupos, no se la devolvía. Fue más tarde, mientras trabajaba con los demás chicos, cosechando mandioca en la granja de la escuela, cuando se dio cuenta de que Kachi lo estaba evitando. Algo que había sido mágico para él, significativo y auspicioso, no había sido para Kachi más que un desahogo necesario pero sin mayor importancia. Obiefuna tan solo había sido una herramienta que había tenido a mano. Esa noche pensó en ello mientras intentaba dormir sin éxito. Un poco antes de la medianoche, sintió una presencia a su lado y, al girarse, vio a Kachi. Obiefuna volvió a levantarse sin pronunciar palabra y lo siguió hasta llegar al rincón oscuro junto a la escalera, donde se puso de rodillas dócilmente. La misma situación se repitió día tras día, pero, aun así, la actitud de Kachi hacia él en público no cambió. Obiefuna no pudo evitar sentirse herido. Entendía la necesidad de esconderse, sobre todo cuando eras Kachi, el prefecto principal, el orgullo de la escuela, una estrella resplandeciente con una reputación que mantener, pero era incapaz de contener el dolor y el resentimiento que sentía. Y día tras día pensaba en ponerle fin a aquello, pero su decisión se disipaba en cuanto Kachi aparecía junto a la cama y lo conducía hacia las escaleras. Al final, resultó que la decisión se tomó sola, sin que él tuviera que hacer nada.

Un domingo, Obiefuna y Kachi decidieron no ir a la capilla y se quedaron acurrucados en la cama. Obiefuna oyó la bendición desde allí, y vio por la ventana a los niños salir al exterior vestidos de blanco. Kachi también los estaba observando.

—Mira eso —le dijo al cabo de un rato.

Obiefuna se inclinó hacia delante para ver mejor. Había chicos caminando en todas las direcciones, pero, por alguna razón, sabía perfectamente a quién se refería Kachi. Ese característico vaivén despreocupado de las caderas y ese meneo de la muñeca hicieron que Obiefuna soltara una risita.

—¿Festus? —le preguntó.

Kachi suspiró.

—¿Así se llama?

Obiefuna asintió.

—Ese chico me repugna —añadió Kachi.

—Mmm —dijo Obiefuna por toda respuesta.

—No entiendo por qué iba a querer un chico comportarse como una niña —siguió diciendo Kachi, y Obiefuna permaneció en silencio. Kachi se giró hacia él—. Nunca me hablas sobre tu novia, Obi.

Obiefuna sacudió la cabeza.

—Porque no tengo.

Kachi parecía sorprendido.

—¿Por qué no? Tienes que echarte una novia, Obi.

—¿Por qué? —le preguntó Obiefuna; no era necesario preguntárselo, pero lo hizo de todos modos.

—Porque la necesitas —le aseguró Kachi. Se separó de la ventana y se estiró sobre la cama—. No le des demasiadas vueltas. Es solo un juego. Todos los chicos deberían tener novia.

Obiefuna se quedó mirándolo. Kachi volvió a recostarse en la cama y se quedó tumbado con los botones desabrochados, mostrándole el pecho desnudo. Obiefuna se puso en pie. Una sensación extraña se apoderó de su estómago; empezaba a sentir náuseas, y de pronto lo abrumó el asqueroso sabor de Kachi aquellas noches en las que Obiefuna se había puesto de rodillas y Kachi le había sujetado la cabeza con las manos. En una ocasión, incluso se había atrevido a preguntarle a Kachi si le gustaba lo que le hacía sentir, y Kachi le había dicho que no. «Solo te lo permito porque sé que tú quieres —le había dicho—, pero a mí no me gusta. Yo no soy como tú».

Obiefuna se marchó de allí y se fue a su residencia. Delante de su dormitorio había estallado una pelea entre Festus y otro muchacho; Festus estaba agarrando al chico por el cuello de la camisa y, con la cabeza inclinada y muy pegada al rostro del chico, lo estaba retando a repetir el insulto que le había soltado. Obiefuna se quedó allí plantado, mirándolos. Siempre había sentido cierta fascinación, carente de atracción, por Festus. Su extravagancia estaba impregnada de confianza. Respondía a los silbidos y piropos que le lanzaban a modo de burla parpadeando con exageración y, cuando lo insultaban por homosexual, respondía al instante: «Me lo ha pegado tu padre». Una vez lo azotaron por pintarse las uñas con tinta. Todos usaban vaselina para protegerse los labios del harmatán, pero Festus se los dejaba tan brillantes que llamaba la atención de todo el mundo. En las conversaciones, intercalaba apodos cariñosos. En una ocasión, le dijo a Obiefuna: «¿Me pasas la libreta, querido?», y Obiefuna le espetó: «Yo no soy tu querido». Los dos se quedaron en silencio y, mientras los demás giraban la cabeza hacia ellos para observarlos, Festus lo miró a los ojos con una calma que dejó a Obiefuna helado. Era consciente de que Festus lo tenía calado, y durante un instante le aterró la idea de que dijera algo. Obiefuna recordaba una ocasión en la que Festus estaba recorriendo el pasillo de la residencia y un grupo de chicos había empezado a meterse con él, como de costumbre, y de pronto, con una decisión que parecía a la vez espontánea y premeditada, se volvió hacia uno de los chicos y le dijo: «¿Tú también, Oscar? ¿Después de lo de anoche?», y, antes de que Oscar se apresurara a negarlo todo, Obiefuna se percató de que adoptaba una expresión de pánico durante un segundo. Aunque los demás chicos se echaron a reír, restándole importancia a la situación, Obiefuna no pasó por alto el tono artificial de las carcajadas, el silencio incómodo en que se sumieron después, lo alejados que se mantuvieron de Oscar a partir de ese momento.

Durante una semana entera, Kachi no apareció por su rincón. Obiefuna se quedaba tumbado en la cama, despierto, la mayoría de las noches, anhelando oír esos pasos ligeros y sentir la respiración cálida y agitada en un lado de la cara acompañada de esas palmaditas vacilantes. Al octavo día, salió de la cama justo después de la inspección y se dirigió a los cuartos de los prefectos. La luna llena y resplandeciente iluminaba la noche, y su brillo le otorgaba a la habitación una apariencia etérea. Sin que Kachi lo guiara, se sentía menos seguro, más aprensivo. Al llegar a la puerta, tomó aire antes de entrar, sin saber si debería excusarse en voz alta en caso de que alguno de los demás prefectos estuviera despierto. La puerta de Kachi estaba entreabierta. Obiefuna se inclinó hacia delante al oír unos pasos. A lo mejor Kachi sí que tenía pensado ir a por él esa noche, después de todo. Se dio la vuelta para marcharse, pero algo lo hizo detenerse, agacharse detrás de un armario y esperar para ver qué sucedía a continuación. Al parecer, no tuvo que esperar demasiado, ya que unos pocos segundos después una silueta que no era la de Kachi salió por la puerta. Obiefuna se fijó en la muñeca suelta del chico, en el ligero balanceo de las caderas al caminar. El muchacho se giró durante un instante al llegar a la puerta principal y Obiefuna pudo verle la cara. Se trataba de Festus y, como era de esperar, parecía muy satisfecho de sí mismo.

11

Uzoamaka pensaba, allí sentada en la sala de espera del hospital, en la blancura. Las paredes del hospital, el techo, las baldosas del suelo, incluso los uniformes de los médicos y las enfermeras que pasaban a su lado eran de un blanco cegador, el tipo de blanco que hace daño al mirarlo. Sabía que era una elección consciente, y podía entenderlo, pero aun así le resultaba extraño; toda esa pureza, la promesa inmaculada de la perfección para un lugar en el que la esperanza se frustraba tanto como se reavivaba. Uzoamaka llevaba esperando ya una hora, pero no le importaba. Había aceptado que su caso no era una emergencia, que ya iba tarde de todos modos.

«Si hubiéramos podido diagnosticárselo antes…», le había dicho el médico hacía justo cinco meses, aunque le parecía que había pasado más tiempo. Había empleado un tono que sonaba casi a una disculpa, como si hubiera podido averiguarlo por sí mismo de algún modo antes de que Uzoamaka se presentara en el hospital. Y, aun así, durante esos primeros meses en los que aún le quedaba la rabia suficiente, impulsada por la incredulidad, impulsada por la negación, le había parecido oír cierto toque de culpa en su tono de voz, cuando en retrospectiva sabía que no había sido así; y le había levantado la voz, lo había llamado «mentiroso», había pedido una segunda opinión y se había derrumbado delante de desconocidos.

Ahora, tras dos operaciones y varias sesiones de quimioterapia, casi no le quedaban fuerzas para estar irritada. Aceptaba
todo tal y como era, con toda la dignidad que podía reunir.

—Uzoamaka Aniefuna —la llamó alguien.

Uzoamaka levantó la mano y siguió a la enfermera por el
pasillo que conducía a la estrecha salita que era la consulta del
médico. Era una rutina a la que ya se había acostumbrado: la
enfermera caminaba con paso ligero, se detenía de tanto en tanto para esperar a que Uzoamaka la alcanzara e intentaba contener su impaciencia y sonreír airosamente. Si fuera por
Uzoamaka, le habría propuesto que se saltara todo ese proceso.
Ya sabía dónde estaba la consulta del médico; tenía grabada en
la memoria la sonrisa tensa del hombre cuando la veía, la alegría falsa y demasiado exagerada de su tono de voz al decirle:
«¿Cómo está usted hoy, señora?». La primera vez, Uzoamaka
casi ni lo había mirado, asombrada por la facilidad del hombre
para ser tan superficial. Pero, a esas alturas, ya había aprendido
a devolverle la sonrisa y asentir. A veces, decía de broma que
tenía la sensación de que iba a morir pronto. No tenía claro que
al hombre le resultara gracioso, ya que nunca se reía al oírla.

—Hoy no ha venido su marido —comentó el médico después de que Uzoamaka se sentara, mirando a su espalda, hacia la puerta.

—No —contestó Uzoamaka.

Le había dicho a Anozie que se encontraba lo bastante
bien como para ir sola esa vez. No se atrevía a decirle que su
presencia, verlo allí sentado, tenso e inquieto, fulminando al
médico con la mirada casi con una actitud agresiva, hacía que
se sintiera peor. Cuando Anozie la acompañaba, a veces se
daba cuenta de que incluso contenía la respiración.

—¿Le parece buena idea? —El médico parecía preocupado—. No me gusta que venga sola, señora. El tratamiento

podría dejarla muy débil. Va a necesitar que la ayuden a volver a casa.

—He venido en taxi. Puedo volver igual.

El médico no parecía convencido, pero se encogió de hombros y comenzó a hablar. No le dijo nada nuevo, y Uzoamaka se quedó mirando los diagramas ilustrados de anatomía humana de la pared del despacho mientras le hablaba. Los médicos seguían pensando que la quimioterapia era la opción más viable. Las operaciones le habían dado más tiempo, pero el cáncer se había extendido muy deprisa desde su última biopsia. Uzoamaka asentía sin entender del todo lo que le decía. Empezaba a estar un poco mareada, como siempre que iba al hospital, y para distraerse se puso a estudiar las fotos que tenía el médico en la mesa. En una de ellas aparecía vestido con su bata blanca, acompañado de una anciana sonriente y un niño. Se preguntó dónde estaría el padre.

—Quería comentar con su marido la posibilidad de…

—¿Es su madre? —le preguntó Uzoamaka, interrumpiéndolo.

El médico la miró, sorprendido.

—Sí.

—¿Cuándo se graduó usted?

Otra pausa, más larga esa vez.

—Hace once años.

Uzoamaka asintió. No lo habría adivinado; parecía demasiado joven.

—¿Sigue viva?

—¿Quién?

Uzoamaka señaló la foto.

—Su madre.

El médico se quedó mirando a Uzoamaka frunciendo el ceño de un modo casi imperceptible. Por un momento a ella le pareció que no iba a responderle, pero luego le dijo:

—¿Le duele algo ahora mismo, *Ma*?

Uzoamaka contuvo una sonrisa, consciente de que la estaba castigando.

—Lo siento —le dijo—. No ha sido una pregunta muy apropiada.

Pero seguía pensando en la foto mientras volvía a casa en el taxi. No sabía por qué le había causado tanta impresión, por qué le había despertado tanta curiosidad. Quería saber si la ausencia de un hombre mayor en la foto significaba que su padre había fallecido, quería saber dónde estaba la mujer ahora. El médico había retomado su explicación tras una pausa incómoda, en un tono neutro que la dejó impresionada, aunque después Uzoamaka se percató de que le lanzaba miraditas, como si se cuestionara su cordura. Se lo imaginó llamando a su madre después de que Uzoamaka se marchara de la consulta; se imaginó a ambos riéndose de la situación, viéndola como uno de esos casos peculiares con los que solía tener que lidiar en el trabajo.

Al volver a casa, lo primero que hizo fue meterse en la ducha, y allí se quedó incluso después de lavarse todo el cuerpo. La pregunta había tenido que ver con Obiefuna. Desde que había recibido el diagnóstico, mientras veía su mundo venirse abajo ante sus propios ojos, en quien pensaba era en su hijo. Ya llevaba más de un año sin verlo. Se había puesto furiosa cuando Anozie le había dicho, aquella prometedora mañana de diciembre de hacía quince meses, que Obiefuna no iba a volver a casa esas vacaciones, ni esas ni ninguna, con lo que básicamente había confirmado las sospechas de Uzoamaka: el exilio de su hijo no era algo temporal. Desde ese momento, se habían pasado todas y cada una de las vacaciones discutiendo a gritos. En una ocasión, Anozie la había amenazado con abofetearla si volvía a hablarle así, y Uzoamaka se había quedado muda al instante, más atónita que aterrada, ante la clase de hombre en que su marido se había convertido.

Recordaba los incidentes con humor por lo irónico que le parecía todo. Porque ahora era ella, más que Anozie, quien no quería que Obiefuna volviera a casa. Había aceptado sus propias reticencias a la hora de verlo o, más bien, de dejar que él la viera en su estado. Se había recuperado bien de las operaciones, y estaba en buena forma; aún tenía un aspecto lo bastante saludable como para engañar a sus amigas y a sus clientas. Pero Obiefuna no era tonto. Con solo verla, sabría que algo iba mal. Y nunca se tomaba bien esa clase de cosas. Uzoamaka no dejaba de pensar en una ocasión en la que se había caído cuando Obiefuna era aún un niño pequeño. Se había tropezado al subir las escaleras y se había caído al suelo. No se había hecho demasiado daño; tan solo unos rasguños en la zona del brazo que se había raspado contra el suelo, pero más tarde, cuando le estaba dando un baño a Obiefuna y el niño le vio las heridas, se asustó tanto que le subió la fiebre. Uzoamaka deseaba, por el bien de su hijo, que las heridas se curasen pronto; se ponía siempre manga larga para ocultar los moratones y le decía que estaba mejor aunque no fuera cierto. Uzoamaka consideraba a su hijo su otra mitad; en cierto modo, estaba eternamente unido a ella. Y, por mucho que temiera por su propia vida, le resultaba desgarrador pensar en cómo se tomaría su hijo la noticia.

12

L o primero en que se fijó Obiefuna fue en su uniforme: la camisa blanca siempre inmaculada, resplandeciente cuando le daba el sol, bien metida en los pantalones elegantes y entallados, con las rayas muy marcadas en los laterales, calcetines blancos y unos zapatos que no parecían haber olido siquiera el polvo o la tierra jamás. Se llamaba Mordecai, pero todo el mundo, por algún motivo, le decía Sparrow. Formaba parte del grupo de chicos más guais de la clase, los chicos conocidos por su esnobismo; los seis llevaban una vida en apariencia despreocupada y sin complicaciones, sin los obstáculos que tan familiares resultaban a los demás. Lo tenían todo mucho más fácil gracias a sus «padres» de la escuela, que los protegían, y a los profesores, que los adoraban. En cierto modo, parecían elevarse sobre el resto de la clase, como si existieran en su propia órbita exclusiva. Todos compartían ciertos aspectos: siempre iban impecables y llevaban los mejores relojes y sandalias; siempre se saltaban la reunión en la que se asignaban las tareas; e incluso tenían dormitorios propios, gracias a haber llegado pronto o haber intimidado al ocupante previo para que aceptara un intercambio de cuarto. Su poder resultaba curioso. Ninguno de ellos poseía una fuerza física destacable y, aun así, ejercían su influencia incluso sobre los estudiantes más fuertes. Su líder, Makuo, era un alumno estrella, el segundo mejor de toda la clase y un genio de las matemáticas. También era el mejor amigo de Sparrow y, junto con otro chico que se llamaba David, formaban un trío que parecía habitar una órbita más exclusiva aún que la del resto del grupo, y se relacionaban con los demás chicos guais con una condescendencia velada que solo notaría alguien perspicaz. De vez en cuando, Obiefuna fantaseaba con convertirse en uno de ellos, en disfrutar del respeto de los demás sin tener que hacer ningún esfuerzo consciente. Y, sobre todo, le causaba curiosidad saber qué se sentiría al ser amigo de Sparrow. Era consciente de que Sparrow ni siquiera había reparado en su existencia. Durante el tiempo que llevaba Obiefuna en la escuela, Sparrow nunca le había dirigido la palabra; nunca había habido motivo alguno para que sus caminos se cruzaran. No obstante, Obiefuna lo observaba con asiduidad, satisfecho con poder contemplarlo, cautivado por su actitud pícara, su vida impecable y sus andares confiados y relajados. Sparrow exhibía una chulería arrogante que a Obiefuna le resultaba irresistible. Era uno de los instrumentistas de la capilla y, a veces, al verlo tocar el piano con esos dedos largos y esbeltos, cerraba los ojos y se permitía fantasear durante un instante con esos mismos dedos acariciándole la piel desnuda.

Obiefuna estaba en el segundo trimestre del curso SS2, de modo que se acercaba la fecha de la ceremonia de traspaso de las prefecturas, donde evidentemente Sparrow estaría entre los mejores candidatos. Obiefuna se había planteado solicitar ser prefecto, pero para los puestos que le atraían (salud, agricultura o laboratorio) ya había candidatos, la mayoría de ellos recomendados por quienes pronto serían sus predecesores, y Obiefuna no tenía el entusiasmo ni la fuerza de voluntad para enfrentarse a ellos. Jekwu solicitó el puesto de prefecto de su residencia, y el día previo a la entrevista estaba tan muerto de nervios que ni siquiera logró salir airoso de la entrevista que Obiefuna le había preparado como simulación. Por la mañana, seguía sin poder recitar las frases que se había aprendido de memoria para presentarse, y se pasó varios minutos, mientras esperaba a que lo llamaran para la entrevista, tratando de respirar hondo.

—Puede que sea mejor que pases del discursito y seas tú mismo —le sugirió Obiefuna.

Jekwu lo miró aterrado.

—¿Te parece malo el discurso?

—No, pero a lo mejor resultas más convincente si no dices la mitad de las palabras tartamudeando.

Jekwu suspiró y tiró la hoja de papel al suelo.

—Ni siquiera sé en qué estaba pensando cuando me presenté.

—Escúchame, puedes hacerlo. Ni siquiera tienes competencia. Deja de darle tantas vueltas.

—Eso no les ha impedido descalificar a otros alumnos en el pasado —contestó Jekwu con pesimismo—. Esa gente es capaz de persuadir a alguien que ni siquiera está interesado en el puesto para que lo solicite y descalificar a quien lo quería de verdad.

Obiefuna soltó una carcajada porque sabía que era cierto. Cuando Papilo aún estudiaba en el internado, se decía que el prefecto principal había estado en clase, estudiando, cuando lo habían convocado a la rectoría y le habían concedido el puesto, ignorando a toda la horda de muchachos que se habían pasado el día entero recitando manifiestos ante el comité de prefectos. Al propio Papilo le habían ofrecido en repetidas ocasiones el puesto de prefecto de deportes, a pesar de que ni siquiera lo había solicitado.

—Oye, ¿me prestas tu corbata? —dijo una voz.

Al dar media vuelta, Obiefuna vio a Sparrow señalando a Jekwu. ¿Cómo había aparecido por allí de la nada? El aroma embriagador de su colonia le inundó las fosas nasales a Obiefuna.

—¿Qué? —le dijo Jekwu, estupefacto.

—Acabo de enterarme de que soy el siguiente y se me ha olvidado la mía —contestó Sparrow, despreocupado, ignorando el tono ofendido de Jekwu.

—¿Acaso crees que eres el único que se presenta para ser prefecto? —le dijo Jekwu.

—¿Tú te presentas? —le preguntó Sparrow con expresión de sorpresa.

—Sí —le espetó Jekwu; él también se había dado cuenta de la expresión de Sparrow, y parecía irritado—. ¿Sabes que existe más gente en el mundo aparte de ti y tu estúpida...?

—Toma la mía —le dijo Obiefuna.

Los dos se giraron para mirarlo; Jekwu, sobresaltado y traicionado; Sparrow, sorprendido, confundido y, al fin, consciente de su presencia. Obiefuna se quitó la corbata sin mirar a Jekwu y se la tendió a Sparrow.

Sparrow la aceptó, asintió ligeramente y se la ató alrededor del cuello con un nudo firme. Obiefuna nunca había visto su corbata tan bonita como en ese momento, contra la camisa blanca de Sparrow.

—No lo olvidaré —le dijo Sparrow.

Esa misma noche, estaba jugando a las cartas con Wisdom cuando Sparrow le devolvió la corbata. Le ofreció su sonrisa característica, pero algo le enturbiaba la mirada.

—¿Ha ido bien? —le preguntó Obiefuna para sacar conversación.

Se sorprendió a sí mismo por la facilidad con la que se había dirigido a él, como si estuviera acostumbrado a charlar con Sparrow.

—Más o menos —contestó, pero no le desaparecieron las arrugas de preocupación del rostro.

Se quedó allí varios segundos, como si no quisiera marcharse. Su presencia le imponía; temía emplear la carta equivocada y atraer su atención, lo cual sería aún peor que perder la ronda.

—¿Te lo estás leyendo? —le preguntó de pronto Sparrow mientras agarraba el libro que tenía Obiefuna en la cama.

Estudió la cubierta con atención, articulando en silencio el título, *Ciudadana de segunda*, con el rostro serio.

—Sí —contestó Obiefuna.

—¿De qué trata? —le preguntó Sparrow.

—Eh…, bueno… —Obiefuna nunca sabía qué contestar a esa clase de preguntas, y ahora, con Sparrow mirándolo a los ojos, muy interesado, al parecer, en lo que tuviera que decirle, se quedó en blanco—. Va de una mujer que se va a Londres para estar con su marido —concluyó, horrorizado consigo mismo.

—Suena bien. —Sparrow le dio la vuelta al libro—. Buchi Emecheta. Me suena.

—Es la autora de *Las delicias de la maternidad*. ¿Lo conoces?

—Creo que sí. ¿El que va sobre una esclava?

Obiefuna reflexionó durante un instante.

—En dos de sus novelas hay mujeres esclavas. Pero *Las delicias de la maternidad* es más popular.

—Ah, vale —dijo Sparrow. Hojeó el libro y se leyó la biografía de la autora que venía al final antes de dejarlo de nuevo sobre la cama—. Me ha impresionado que leas —dijo—. Me gusta la gente que lee. A mí también me gusta leer, pero últimamente me interesa más ganar dinero.

Obiefuna soltó una risita. Comprobó que tuviera la carta correcta antes de usarla. Sparrow lo miraba como si esperase una respuesta, y de pronto a Obiefuna le pareció que el aire que lo rodeaba era demasiado denso, demasiado sólido como para inhalarlo. Seguía oyendo el eco de las palabras de Sparrow: «Me gusta la gente que lee».

—Bueno, me voy —dijo Sparrow, poniéndose en pie—. Gracias otra vez.

—¿Ahora eres amigo de Sparrow o qué? —le preguntó Wisdom una vez que Sparrow hubo salido por la puerta.

Sonaba envidioso y, a la vez, como si no le pareciera bien.

Obiefuna se encogió de hombros.

A Sparrow le caía bien. A Obiefuna le costaba creérselo; casi le parecía irreal y, conforme pasaban los días y veía que Sparrow se dejaba caer por su cuarto de vez en cuando para saludar o charlaba con él como si nada cuando se cruzaban en público, Obiefuna empezó a prever que algo acabaría saliendo mal, que todo se estropearía y volvería a ser como siempre. Incluso a veces, de manera inconsciente, daba pie a que ocurriera. En una ocasión, mientras subía las escaleras para ir a clase, distinguió a Sparrow y a sus amigos en lo alto e intentó pasar sin llamar la atención para no crear una situación incómoda para nadie, pero Sparrow lo vio y lo llamó, e incluso se acercó a él para estrecharle la mano delante de todos sus amigos, y Obiefuna no pasó por alto las miradas desconcertadas que intercambiaron unos con otros. Se preguntaba qué pensarían de esa nueva amistad, incluso cuando Sparrow se acercaba al pupitre de Obiefuna durante la hora de estudio para hablar con él, y a veces se quedaba allí todo el rato. A pesar de que dichas conversaciones lo privaban de un valioso tiempo de estudio, las esperaba con ansias, y se preocupaba cuando Sparrow tardaba en llegar. Solía hablarle, sobre todo, de sus relaciones, de las películas que le gustaban, de las letras de canciones que se sabía de memoria. La fascinación que compartían por la saga de *El señor de los anillos* los unió, pero no se ponían de acuerdo respecto a cuál era el mejor disco de Michael Jackson. Sparrow le ofrecía monólogos arrebatadores sobre lo mucho que adoraba a Lil Wayne y YMCMB. Soñaba con ser rapero, como Lil Wayne, y con cubrirse todo el cuerpo con tatuajes similares, exudar una extravagancia similar.

A veces se quejaba de sus amigos. Decía que eran todos iguales, unos falsos, la gente más insoportable que conocía. Eran unos presumidos, cuando no tenían nada de lo que presumir. A Obiefuna le sorprendía ver que Sparrow criticaba con tanta facilidad el carácter engreído de sus amigos cuando a él lo envolvía una arrogancia similar. Pero, aun así, lo escuchaba con atención, se mostraba empático, dándole la razón y regodeándose cuando, en un momento dado, Sparrow le dijo:

—Se creen muy especiales, pero son unos necios. Mírate a ti, por ejemplo; eres muy inteligente, pero no quieres llamar la atención.

A veces, Sparrow aparecía con ejercicios para que los resolviera Obiefuna, y lo escuchaba con un ligero interés mientras Obiefuna se los explicaba. Puso al día los apuntes de Sparrow, y se quedó encantado cuando elogió su letra pulcra y redondeada. Le encantaba oírlo decir, cuando sacaba buenas notas en alguna tarea gracias a la ayuda de Obiefuna: «No sé qué habría hecho sin ti, Obi».

Algunas noches, enseñaba a Sparrow a hacer cálculos complejos, aunque Sparrow no parecía comprenderlos nunca y esperaba ansioso a que Obiefuna hiciera una pausa para soltarle algún dato cualquiera sobre Lil Wayne, una nueva idea para un tatuaje que le gustaba, algo sobre los Illuminati…

—No sé por qué hay tantas «masas» en Química —se quejó una vez Sparrow mientras Obiefuna intentaba explicarle la masa molecular y la masa atómica.

Obiefuna respondió que una vez alguien le había dicho que los profesores de Química parecían panaderos, todo el rato hablando de masas; era una broma tonta, y por eso mismo se sorprendió al ver que Sparrow se echaba a reír, subiendo y bajando los hombros por el ímpetu de la risa. Obiefuna era consciente, demasiado consciente, de la mano que Sparrow le había posado con delicadeza en el muslo izquierdo y que movía de un lado a otro sin control cuanto más se reía. Sus propias manos se le habían dormido, y sentía unas cosquillas casi dolorosas cuando las movía. Se preguntó si Sparrow habría sentido esa misma chispa cuando le posó la mano en el muslo. Fue un momento forzado, envuelto en incertidumbre, y los dos se quedaron allí sentados, en silencio después de la risa, palpándose los muslos mutuamente a través de los pantalones, haciéndose los tontos, pero conscientes de su auténtica intención. La mano de Sparrow se topó con la erección de Obiefuna, dura y dolorida, encerrada en ese espacio tan estrecho. La apartó un poco, como si hubiera sido un accidente, y Obiefuna agradeció que la iluminación tenue de la sala ocultase su rubor. Permanecieron en silencio durante un buen rato, aún con la mano en el muslo del otro, y entonces Sparrow llevó la suya de nuevo a la erección de Obiefuna, y esa vez no la tocó con delicadeza; se la agarró sin ninguna sutileza, sin tratar de fingir. Obiefuna movió la mano más despacio, la llevó al cinturón de Sparrow y trató de desabrochárselo sin éxito hasta que sintió que el chico le daba unos toquecitos con los dedos en el dorso de la mano.

—Vamos a la residencia —le dijo.

Obiefuna se reunió con él en las escaleras de la casa Amadi diez minutos más tarde, el intervalo de tiempo necesario para disipar las sospechas. Sparrow lo acercó a él con una fuerza que, durante un instante, lo alarmó, al igual que lo alarmó la pericia con la que le desabrochó todos los botones a la vez y, de algún modo, logró dejarlos todos intactos. Pero Sparrow no le dejó tiempo de asimilar todo aquello; antes de que Obiefuna se diera cuenta, ya estaba tirándole del cinturón y llevándole la lengua a la boca. La sensación era nueva para él y, en consecuencia, repugnante, y Obiefuna se retiró, aterrado de pronto ante la idea de perder una parte de sí mismo que no podría recuperar.

—No.

Sparrow mantuvo las manos en el aire durante unos segundos antes de bajarlas. Respiraba con dificultad, con pesadez. Incluso con la cabeza gacha, Obiefuna sentía la mirada desconcertada de Sparrow clavada en él.

—Lo siento —se disculpó Obiefuna, y esperó con ansias a que Sparrow dijera algo.

Pero ya estaba abrochándose el cinturón a toda prisa y murmurando algo entre dientes, como un ronroneo. Obiefuna pensaba que al momento se marcharía y no volvería a hablarle jamás, pero, cuando acabó de ponerse el cinturón, se acercó a Obiefuna y lo ayudó a abrocharse la camisa, ronroneando más alto.

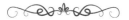

Se convirtió en una rutina. Salían del aula a la vez en plena hora de estudio para encontrarse bajo las escaleras y se frotaban el uno contra el otro a oscuras durante varios minutos, hasta que Obiefuna sucumbía a la fuerza electrizante que acababa dejándole esa sustancia viscosa en la ropa interior. Sparrow se reía cada vez que ocurría, lo que llevaba a Obiefuna, que en realidad no tenía claro qué era lo que resultaba tan gracioso, a echarse a reír también. Sparrow lo embriagaba; con él, sentía una felicidad desenfrenada que a veces lo obligaba a dejar los ojos en blanco. Esperaba con ansias las noches en que se derretía en las manos de Sparrow. Esas noches emitía sonidos fuertes que incluso a él mismo le resultaban extraños, y en ocasiones Sparrow le cubría la boca con la mano y después le preguntaba, bromeando, si acaso quería que los atraparan. Y sí que los atraparon una vez, una noche lluviosa de sábado. Se habían enfrentado a la lluvia para reunirse, y habían llegado a su lugar habitual empapados, riéndose juntos.

—Mira, por tu culpa estoy mojado —le dijo Sparrow, y Obiefuna se echó a reír más alto.

Lo había inundado una sensación melosa y embriagadora, como si se hubiera emborrachado con vino dulce. Sparrow se acercó para salvar la distancia que los separaba y le llevó una mano a un lado de la cara para sujetársela de modo que Obiefuna lo mirase a los ojos. No se comportaban con el frenesí al que estaban acostumbrados; lo que sentían era la emoción de dos personas que estaban comenzando a enamorarse, dos personas que podían obtener satisfacción con tan solo mirarse. Sparrow le llevó las manos al pecho, a la cintura, al brazo, y, cuando le introdujo la lengua en la boca, lo dejó sin aliento. Obiefuna tenía los ojos cerrados, al igual que los oídos, de modo que no vio de inmediato la linterna que le iluminaba la espalda a él y a Sparrow el rostro ni oyó la voz familiar que les gritaba desde lejos:

—¡Alto ahí!

Más adelante, Obiefuna se quedaría asombrado ante lo bien que se había desenvuelto en ese momento. Salió corriendo antes de poder comprender del todo lo que había ocurrido; dejó atrás los bananos que rodeaban el grifo y los bloques de cemento que yacían en montones desordenados alrededor del recinto del internado, hasta llegar al fin al aula. Los habían visto. Oyó pasos tras él y se giró con brusquedad, con lo que hizo que el niño más pequeño que él que había allí se alejara corriendo. Sparrow no lo había seguido. Lo habían atrapado. Lo llevarían ante la comisión disciplinaria y lo obligarían a revelar quién era la persona con la que había estado. Todo el mundo conocería el secreto de Obiefuna. Se sentó en el escalón, intentando aplacar el temblor de las manos, los latidos dolorosos del cuello y el martilleo intenso del pecho. A su espalda, oyó la voz preocupada del niño, que le preguntaba si estaba bien; y, desde el piso de arriba, el sonido irritante de la campana que indicaba el fin de la hora de estudio inundó el hueco de la escalera.

Solo dos días después, la noticia de que habían sorprendido a dos chicos en el hueco de las escaleras de la casa Amadi manteniendo «relaciones antinaturales» ya se había extendido por todo el internado. Sparrow se había convertido en un ejemplo de todo lo inmoral y prohibido. Se mostró firme ante su humillación; ni siquiera negó su delito, sino que aceptó la constatación de que su caso era espiritual, que lo habían poseído miles de demonios y necesitaba que lo salvaran. Pero no confesó con quién había estado esa noche. Cuando lo interrogaron al respecto, mantuvo un silencio inquebrantable. Con él habían hecho una excepción a la norma que prohibía la flagelación; había recibido en público veinte azotes con el bastón por parte del propio señor CY y lo habían amenazado con expulsarlo y exponer lo ocurrido en un periódico popular. Aun así, nunca reveló el nombre de Obiefuna. Dos días después y Obiefuna vagaba por las aulas y por su residencia con unos movimientos lentos y adormecidos, con unos pasos cargados de terror e inseguridad. Buscaba a Sparrow con desesperación, pero, cuando al fin lo veía, se acobardaba. Quería ser invisible, desaparecer de la escuela, estar muerto. Deseaba que Sparrow lo mirase, que le comunicara con los ojos lo que sentía, y después, cuando Sparrow al fin lo miraba, apartaba la vista, deseando que no lo mirase. Quería hablar con él, pero ni siquiera tenía claro sobre qué, y esos días Sparrow lo evitaba, se mantenía alejado de los asientos de atrás siempre que le era posible y, aunque podía pensar en ese cambio de actitud como la forma que tenía Sparrow de proteger su anonimato, eso no le impedía sentir la melancolía de lo que podrían haber tenido, y cuando se topó con Sparrow en lo alto de las escaleras un miércoles por la noche, después de las clases extraescolares, esperaba que se alejara de él. Obiefuna lo agarró del brazo con delicadeza, vacilante, y Sparrow podría haberse sacudido y haberse marchado, tal y como parecía que quería hacer, pero permaneció inmóvil, mirando el suelo.

—¿Qué vas a hacer? —le preguntó Obiefuna.

Sparrow no contestó. Tenía la vista fija en los escalones inferiores, estudiando el descenso. Con esa postura abatida y la camiseta ligeramente arrugada, encarnaba una inocencia que a Obiefuna le resultaba desgarradora. No quedaba ni rastro de la actitud rebelde que mostraba en público. Se lo veía asustado y confundido.

—Por favor, no les digas mi nombre —le pidió Obiefuna.

En ese momento Sparrow lo miró, tal vez por primera vez desde aquella noche, y Obiefuna vio que su mirada se endurecía y se volvía firme. Sparrow abrió la boca para hablar, pero entonces pareció cambiar de opinión y tan solo negó con la cabeza y se sacudió para zafarse de la mano de Obiefuna antes de subir las escaleras sin mirar atrás.

El jueves por la mañana, el primer caso del que se ocuparon fue el de Sparrow. La profesora que leyó el caso, con un rostro arrugado que mostraba lo mucho que la repugnaba, levantó la vista para mirar al público cuando mencionó al «culpable anónimo» del informe, y Obiefuna sintió que se le helaba la sangre, convencido de que la profesora tenía la mirada clavada en él, al igual que el resto de los presentes en la sala. Notaba que muchas de las especulaciones que llevaban días circulando se habían gestado a su alrededor, y todas las miradas que le lanzaban estaban cargadas de significado. Estaba seguro de que todo el mundo estaba esperando el momento más conveniente para desenmascararlo.

Cuando llamaron a Sparrow al podio, estalló un alboroto acompañado de aplausos por aquí y por allá a modo de burla. Se dirigió al podio con movimientos enérgicos, con la mirada al frente y unos pasos casi decididos a pesar de los abucheos, a pesar de que los alumnos mayores sentados delante le bajasen los pantalones y estuviera a punto de tropezarse. Se quedó allí plantado, impasible, con las manos entrelazadas a la espalda y la mirada fija en el público, ya que el señor CY no le permitía bajar la vista, y así permaneció durante todo el rato que estuvieron revisando su caso y durante la inevitable sentencia posterior. Iban a expulsarlo.

Tenía hasta el final del día para reunir sus pertenencias y marcharse.

El siguiente caso tenía que ver con un robo y, como de pronto tenía ganas de orinar, Obiefuna se levantó para salir de la capilla, preocupado por si se caía y se manchaba de polvo la camisa. Los baños estaban vacíos cuando llegó; tan solo había moscas enormes revoloteando alrededor de los montones de heces esparcidos por el suelo. Se quedó en un rincón con los ojos cerrados, el cinturón desabrochado y el pene en la mano derecha. No le salía el pis. Casi esperaba que Sparrow apareciera y lo abofeteara, que le pegara una y otra vez hasta que se desplomase y se quedase hecho un ovillo en el suelo, o que lo mirase con esa expresión carente de emoción que casi le dolía más de lo que le podrían doler jamás los puños. Se preguntaba si Sparrow se consideraría valiente, si la decisión de protegerlo había surgido de la lealtad que sentía hacia él. Sparrow no tenía por qué protegerlo; no tenía nada que perder y, potencialmente, mucho que ganar si lo entregaba. Después de que hubieran decidido su destino, se había bajado del podio mirando el suelo y, mientras salía de la capilla, Obiefuna se lo había imaginado dándose la vuelta en la puerta en el último segundo y gritando su nombre para que lo oyera todo el mundo. Pero se había marchado sin mirar atrás ni una sola vez. Sparrow lo había salvado.

Y, aun así, a pesar de su gratitud, sentía alivio. Sparrow iba a desaparecer. Ya no podría cambiar de opinión y desenmascararlo más adelante. Qué cruel, qué egoísta y qué mezquino pensar en su propia seguridad por encima de todo. Qué monstruoso sentir aún más gratitud por el hecho de que Sparrow no fuese a volver nunca, de que su relación, tal y como era, hubiese acabado, de que le hubiesen puesto fin. El hedor se había vuelto insoportable y, junto con el calor, había empezado a marearlo y darle náuseas. A unos metros de él, una nube de moscas zumbaba alrededor de un montoncito de heces, y se separaron cuando Obiefuna escupió, pero volvieron a reunirse poco después. Durante un instante, Obiefuna envidió esa habilidad tan simple, la facilidad con la que se desplazaban por el aire, ese don que les otorgaban las alas. El grifo viejo de la pared emitió un sonido quejumbroso y dejó escapar unas gotas de agua marrón. Obiefuna se apoyó contra la pared del baño y se imaginó volando.

Después, los alumnos siguieron especulando durante días. Festus era un blanco fácil, a pesar de que mucha gente podía corroborar que en el momento del incidente había estado en clase, formando más alboroto del habitual. Makuo amenazó con pelearse con la próxima persona que se atreviera a mencionar su nombre de nuevo. Él no era maricón, ni tampoco amigo de ninguno.

—Pero ¿estamos completamente seguros de que la persona es de nuestra clase? —preguntó un chico, un tal Kayo—. Por lo que sabemos, podría haber sido algún chico de SS1.

—¿Con Sparrow? —contestó Makuo—. Ni de broma. Tiene que haber sido alguien de nuestra clase —concluyó, y posó la mirada sobre Obiefuna durante un momento.

Después, Jekwu dijo:

—Lo que no entiendo es cómo puede un chico como él ser gay. Si podría tener a la chica que quisiera.

—A lo mejor no es culpa suya —contestó Obiefuna.

—¿Lo estás defendiendo?

—¿Qué? No, solo digo que…

Jekwu se rio.

—Que es broma, *biko*. —Hizo una pausa y estudió a Obiefuna durante un rato—. Obi, solo porque fuerais amigos durante dos minutos no quiere decir que lo conozcas. No puedes apoyar el mal. —Y, con una risa burlona, añadió—: Quién sabe, puede que fuera a por ti porque quería tu culito.

Obiefuna logró esbozar una sonrisa. El tono forzado de la risa de Jekwu le sonó extraño. Notaba algo en él, en todo el mundo, que le decía que era solo cuestión de tiempo que lo desenmascarasen. Y por eso, sin darse cuenta de ello, se fue preparando para cuando llegara el momento. Lo más duro era la espera, ser consciente del destino que le aguardaba sin ser capaz de detenerlo. No obstante, una semana más tarde, cuando lo convocaron a la rectoría, Obiefuna deseó que le hubieran dado más tiempo. Analizó el rostro del compañero de clase que le había transmitido el mensaje, suplicándole con la mirada que le dijera lo que ya sabía. Mientras recorría el pasillo de la segunda planta en dirección a la rectoría, miró hacia abajo por la barandilla, preguntándose cuánto tardaría en morir si se tirase. Se preguntaba cómo se habrían enterado. ¿Por fin habría conseguido recordar el señor CY lo ocurrido con la claridad suficiente como para visualizarlo? Al fin y al cabo, recordaba que la luz de su linterna le había iluminado el rostro; sí, tan solo durante unos instantes, pero ¿acaso no había sido eso suficiente como para identificarlo? O tal vez Sparrow lo hubiera delatado al fin. Tal vez le hubieran propuesto imponerle tan solo una sanción si nombraba al otro culpable, y tal vez hubiera decidido que no valía la pena salvar a Obiefuna.

La secretaria del rector lo observó de arriba abajo en cuanto Obiefuna entró, con el rostro fruncido por su irritación habitual, mientras le hacía señas para que entrara en el despacho del rector. Obiefuna llamó a la puerta, asustado ante la voz de barítono que lo invitó a pasar. Nunca había estado allí antes, y al instante lo intimidó la amplitud de la sala, las paredes blancas resplandecientes, la sensación de orden compulsivo. No vio a Sparrow por ninguna parte, pero junto al rector vio al señor Okafor, el presidente de la comisión disciplinaria, y al otro lado, el señor CY. Le costaba respirar. Tan solo oía algo parecido al zumbido penetrante de una radio que no funciona bien. Al instante tuvo la sensación de que debía arrodillarse y suplicar clemencia. También pensó en negarlo todo. Al fin y al cabo, era su palabra contra la de Sparrow. Rompería a llorar cuando lo acusaran, les diría que Sparrow había estado acosándolo y, por haberlo rechazado, había querido vengarse. Su expediente impecable lo respaldaría. El señor CY se quedó en un extremo de la sala, con cuidado de mantener una expresión neutra que no revelase nada. El señor Okafor le hizo señas a Obiefuna para que se acercara.

—¿Eres Obiefuna? —le preguntó el rector.

Obiefuna se planteó, durante un momento de locura, decir que no. Pero asintió.

—¿No sabes hablar o qué? —le espetó el señor Okafor, impaciente.

—Sí, señor. Soy Obiefuna.

—¿De SS2 A?

—Sí, señor.

—¿Conoces la infracción que ha cometido hace poco Mordecai Njemanze?

Obiefuna tragó saliva.

—Sí, señor.

—¿Y qué opinas?

Obiefuna parpadeó.

—¿Cómo, señor?

—Quiero saber qué te parece lo que ha hecho —le aclaró el rector.

Obiefuna se percató por primera vez de lo pequeña que tenía la cabeza el rector, incluso para su baja estatura. Hacía que pareciese una estaca. Se giró hacia el señor CY y el señor Okafor, que lo estaban observando con una impasibilidad prudente, aunque Obiefuna percibía en ellos una emoción que apenas podían contener. ¿Estarían intentando confundirlo, tratando de que se cavara su propia tumba?

—¿Mmm? —insistió el rector.

Obiefuna tomó aire.

—Mal, señor, me parece que está muy mal.

El rector asintió, conforme con su respuesta.

—Exacto. Y va en contra de todo lo que defendemos. No queremos a ese tipo de alumnos aquí, y los pescaremos a todos.

Obiefuna volvió a asentir. De pronto sintió una oleada extraña de fuerza, una determinación que lo impulsaba. Ya estaba aclarado el tema. Podía permitirse respirar con tranquilidad.

—En fin —dijo el rector, y sus palabras lo devolvieron a la sala—, resulta que, cuando aún estudiaba aquí, Mordecai era el prefecto sanitario, y tras su expulsión el puesto ha quedado libre. El comité de prefectos se ha reunido esta mañana para decidir el sustituto, y todos te han elegido a ti.

Obiefuna parpadeó de nuevo.

—¿Señor?

El rector ignoró por completo la interrupción.

—El puesto de prefecto sanitario es muy importante, y nos hemos quedado bastante impresionados con tu expediente. —Se detuvo—. ¿Por qué diablos no habías solicitado el puesto?

Obiefuna miró a los presentes a la cara de uno en uno. A su espalda, el aire acondicionado zumbaba con fuerza sin emitir aire frío. Se dio cuenta, sobresaltado, de que los dos hombres lo estaban mirando, esperando su respuesta. Estuvo a punto de estallar en carcajadas. Debía de ser una broma descabellada.

—Obiefuna —lo llamó el señor CY—, ¿estás bien?

Obiefuna se contuvo.

—Sí, señor.

—Sabemos que la decisión puede tomarte por sorpresa, pero estamos seguros de que no nos decepcionarás —concluyó el rector.

Obiefuna asintió, preguntándose qué pensaría Sparrow.

—Sí, señor.

El rector se recostó en su asiento, satisfecho, al parecer, con la facilidad con la que se había llevado a cabo la tarea.

—Genial. Lo anunciaremos en la asamblea de mañana y te entregaré tu placa de identificación.

—De acuerdo, señor.

—Ya puedes marcharte —le dijo el rector.

—Gracias, señor.

Obiefuna se dirigió a la puerta y salió de la sala. La secretaria estaba dormida en el escritorio. Una vez fuera de la rectoría, se quedó durante unos minutos junto a la barandilla, contemplando los amplios campos del recinto de la escuela.

A la mañana siguiente, anunciaron su nuevo puesto en la asamblea. Cuando Obiefuna subió las escaleras hacia el podio, todos lo recibieron con aplausos y silbidos. Se plantó ante ellos erguido y con las manos a la espalda mientras el señor CY le ponía la chapa en la camisa, y, al mirar al público desde el podio elevado, al mar de ojos clavados en él, se preguntó si habría alguien entre ellos que lo supiera.

13

Obiefuna se pasó el sermón entero muerto de vergüenza. Incluso el título, «Una mente réproba», hizo que se estremeciera ante su severa implicación condenatoria. El capellán hablaba a gritos casi todo el tiempo, como si la amplificación del micrófono que tenía en los labios no fuera suficiente para recalcar su mensaje. Leyó versículos escalofriantes de la Biblia que amenazaban con arrojar la ira de Dios contra quienes cometiesen los numerosos vicios enumerados. El hombre era dado a hacer pausas dramáticas que los instrumentistas llenaban en el momento oportuno, inundando la sala de sonidos lúgubres. Obiefuna mantuvo la cabeza gacha durante la crónica de los hijos rebeldes de Israel y las osadas transgresiones de Ananías y Safira, pero fue el versículo sobre los hombres de Sodoma y Gomorra lo que le provocó un tic en el ojo.

—¡Algunos de vosotros sois como ellos! —gritó el capellán desde la iglesia—. ¡Deseáis a vuestros compañeros! ¡Debería daros vergüenza!

Hablaba con un vigor tembloroso, como si estuviera a punto de romper a llorar. Obiefuna casi esperaba que el capellán le lanzara el micrófono. Se sintió aliviado cuando les pidió a todos que se levantaran, lo cual indicaba el fin del sermón. Era hora del llamado al altar.

—Si estáis aquí y sabéis que seguís presos de alguna tendencia inmoral, aún hay esperanza para vosotros. Jesucristo acoge a todas las almas perdidas. Esta es vuestra última oportunidad de salvación.

Obiefuna se tensó. Oía los pasos de todos los chicos a su alrededor, chicos que se dirigían al altar, pero él permaneció en su sitio. Incluso cuando el capellán exigió que todos cerraran los ojos, resaltando el destino que habían sufrido Ananías y Safira por haber desobedecido y haber mentido en la casa de Dios, Obiefuna siguió inmóvil. La culpa lo reconcomía, pero no se movió. El capellán no había concretado; podría ser cualquiera de los pecados que había enumerado. Nadie descubriría el suyo. Pero, aun así, se quedó allí. Le parecía que levantarse sería una derrota y, como respuesta, apretó los dedos de los pies con fuerza contra el suelo, desde dentro de los zapatos, hasta que le dolieron. El miedo se le asentó en el pecho en forma de nudos pequeños y endurecidos. El capellán estaba concluyendo las oraciones de perdón. Era su oportunidad de dar un paso adelante y que lo liberasen de sus pecados. Estaba a solo un paso. Abrió los ojos y se giró hacia la persona que tenía al lado para pedirle que lo dejara pasar, y en ese momento el capellán dijo: «Amén».

Estuvo varios días sin dormir bien. Se despertaba sobresaltado, con imágenes pesadillescas en las que estaba en un descenso constante e infinito, con las manos y los pies atados y oyendo una risa estruendosa y siniestra a su alrededor. Cuando se bañaba, la idea de tocar su propio cuerpo lo repugnaba. Jekwu le preguntó en más de una ocasión si estaba bien. Por alguna razón, la preocupación sincera que veía en el rostro de su amigo hacía que deseara contárselo, pero ya había reproducido mentalmente el desenlace inevitable en numerosas ocasiones: Jekwu se estremecería ante la revelación y después empezaría a evitarlo. La posibilidad lo irritaba, al igual que lo irritaba Jekwu. Pero, sobre todo, estaba irritado consigo mismo. Su madre percibió algo extraño en su voz cuando lo llamó por teléfono y le preguntó qué le pasaba.

—Obiajulu, soy tu madre. A mí puedes decírmelo —le dijo.

Y, solo por eso, por la sinceridad de su tono de voz, estuvo a punto de contárselo. Pero, al final, dada su incapacidad para formularlo, para expresar con la voz algo tan despreciable y auténtico de su interior, además de su incapacidad para prever y soportar la reacción de su madre, respondió:

—No me pasa nada, mami. Solo me duele un poco la cabeza.

—*Ewo*. Lo siento, *inu?* ¿Has ido a la enfermería?

Dijo que sí y cambió de tema. La inocencia de su madre, surgida de la confianza, lo entristecía. Decidió que iría a ver al capellán esa misma tarde. Tal vez pudiera ir a visitarlo a su casa. No era un lugar al que soliesen ir los alumnos, pero seguro que el capellán, cuando oyera los motivos de Obiefuna, entendería la necesidad de privacidad. Pero ¿y si el capellán se negaba a aceptar la presencia de Obiefuna en su casa? ¿Y si lo echaba de allí repugnado o, lo que sería peor, lo desenmascaraba ante toda la escuela por haber mentido durante todo ese tiempo? La fiera hostilidad del capellán hacía que la posibilidad resultase más probable. Además, tal vez estuviera enfurecido por que Obiefuna no hubiera atendido el llamado al altar. Le aterraba pensar en lo que pudiera ocurrir.

Pero, aun así, fue. Se saltó la cena, salió del recinto del internado y tomó el sendero desierto y bordeado por árboles que daba a la casa del capellán, un bungaló semiadosado unido al del administrador de la escuela. La estampa del edificio envejecido a lo lejos, con la pintura amarilla desconchada, le provocó un terror paralizante. Llamó dos veces a la puerta con delicadeza, casi esperando que no se dieran cuenta. Pero oyó la cerradura girar desde dentro y la puerta se abrió despacio. Al principio no vio a nadie, pero luego la distinguió, agazapada junto a la puerta. Solo se le veía una parte de la cara. Era la primera vez que veía a la mujer del capellán de cerca, y notó algo en su rostro que lo desconcertó. Le daba la impresión de que su presencia la había alterado.

—¿Sí? —preguntó desde detrás de la puerta.

—Buenas tardes, *ma*. Venía a ver al capellán —le dijo.

La mujer salió de detrás de la puerta y se tomó un tiempo para sonarse la nariz con un pañuelo mientras lo estudiaba.

—¿Hay algún problema?

Obiefuna vaciló, debatiéndose entre asentir o sacudir la cabeza.

—No, *ma*.

La mujer siguió mirándolo durante un buen rato.

—Ahora mismo el capellán no está en casa. —Hablaba con una voz ronca, como si estuviera resfriada, y parecía estar aferrándose ligeramente a la puerta, como si la asustara y, a la vez, necesitara apoyarse en ella—. Pero puedes… puedes pasar y esperarlo dentro si es importante —concluyó.

Obiefuna no quería esperar. Pero la mujer ya se había apartado, había entrado en la casa y había dejado la puerta entornada, de modo que lo único que podía hacer era quitarse los zapatos y seguirla al interior. El estrecho pasillo conducía a un saloncito con escasos muebles. Las ventanas estaban abiertas, pero las cortinas estaban echadas, con lo que la sala se había teñido de azul. En el ambiente flotaba una fragancia cítrica, como a naranjas calientes.

La mujer señaló un sillón.

—¿Quieres un poco de agua?

Obiefuna negó con la cabeza. El asiento estaba blando y frío. La mirada lúgubre y distante de la mujer, junto con su aire distraído, hizo que Obiefuna se preguntase si se encontraba bien.

Cuando desapareció por las cortinas, Obiefuna se inclinó hacia delante en el asiento de manera inconsciente, aguzando el oído. El salón poseía un aura de prohibición que hacía que estar allí resultara inapropiado. Obiefuna tenía la sensación perturbadora de estar espiando a través de la mirilla del baño de una anciana, y a la adrenalina que le provocaba la situación la acompañaba una vergüenza profunda. Contempló los cuadros enmarcados que había en las paredes. En la mayoría aparecía el capellán, sonriente, con un traje de tres piezas, y de joven, sentado con las piernas cruzadas con el birrete y la toga típicas de la ceremonia de graduación, con tela de Ankara. No había fotos de su boda. Tan solo había dos fotos de la mujer en la pared, y en ambas salía con el capellán: en una tenían una pancarta de una reunión de reavivamiento tras ellos, y en la otra salían sentados, uno al lado del otro, con un estampado idéntico. En la última foto, el rostro inexpresivo de la mujer contrastaba con la amplia sonrisa del capellán, y tenía las manitas extendidas y ligeramente enterradas bajo las del capellán. Con lo baja que era y con ese rostro redondo y sin maquillaje, el capellán podría haber pasado por su padre.

—¿Cómo te llamas?

Obiefuna se dio la vuelta con un sobresalto y la vio junto a las cortinas, con los brazos cruzados, mirándolo fijamente.

—Obiefuna —contestó.

La mujer asintió despacio, como si estuviera reflexionando sobre su nombre. Salvó la corta distancia que los separaba y se sentó a su lado. Las rodillas de la mujer le rozaron las suyas.

—¿Por qué quieres ver al capellán? —le preguntó.

Obiefuna se quedó mirándola. Su porte le resultaba enigmático, y lo observaba como si supiera todo lo que ocultaba. Se le heló la sangre y casi se le paró el corazón solo de pensarlo. Pero era imposible que lo supiera. Lo había ocultado bien.

—Puedes hablar conmigo, Obiefuna.

Pronunció su nombre con firmeza, como si lo conociera. Obiefuna se centró en contar las rayas de los dibujos de la alfombra azul. De pronto la sentía demasiado caliente bajo las plantas de los pies, como si se le fueran a escaldar si las dejaba allí un solo segundo más. Lo sobresaltó el sonido repentino de la campana que indicaba el comienzo de la hora de estudio.

—Tengo que irme, *ma*.

La mujer se quedó mirándolo durante un momento antes de asentir. Mientras Obiefuna se dirigía a la puerta, lo llamó de pronto.

—Obiefuna.

Se detuvo y se giró hacia ella.

—*Ma?*

—No hay nada que Dios no pueda hacer si se lo cuentas y crees con todo tu corazón que lo hará.

Desde donde se encontraba, le veía mejor la cara a la mujer. Ahora tenía el rostro sereno, pero lo que se había aplicado debajo de los párpados, fuera lo que fuera, no había logrado disimular del todo la hinchazón de los ojos. Obiefuna se preguntó cuánto tiempo habría estado llorando, si rompería a llorar de nuevo cuando se marchase. La mujer le dio la espalda y atravesó las cortinas. En el exterior, Obiefuna se detuvo frente a las flores de al lado del camino de entrada durante un buen rato, y se asombró, por alguna razón, ante la velocidad con la que había caído la noche.

Obiefuna empezó a rezar. Se apuntó al grupo de los Guerreros de Oración, asistía como era debido a todas las sesiones de los viernes por la noche y se quedaba hasta mucho después de que se hubieran marchado todos, arrodillado ante el altar. Solían dejar para el último lugar las plegarias por la salvación, pronunciadas en susurros serios y fervientes. En ocasiones se le saltaban las lágrimas mientras rezaba y sentía que algo en su interior se expandía, a punto de explotar. De vez en cuando oía la voz de la mujer del capellán en la cabeza. Esa mujer sabía lo que ocultaba. Se habían comunicado sin hablar; habían compartido una confianza mutua sin necesidad de palabras. Obiefuna pensaba mucho en ella. Sabía que el capellán y ella llevaban casados ocho años y que no tenían hijos. Algunos de los chicos de primero afirmaban haberse despertado muchas noches con el sonido de su voz desde su casa al rezar. Obiefuna también se preguntaba si su marido le pegaría. Se imaginaba la escena, veía al capellán, tan estricto e imponente, y a su mujer, delicada y frágil. ¿Usaría los puños o un cinturón de cuero? ¿La acunaría en los brazos después, repitiendo una y otra vez que se veía obligado a hacerle daño hasta que ella se disculpase?

A veces, cuando rezaba, Obiefuna hablaba despacio, como manteniendo una conversación, y se imaginaba a Dios estremeciéndose ante sus preguntas bruscas sobre por qué lo había creado así, cuando sabía que esa forma de vida no era apropiada. En otras ocasiones le suplicaba, ya que creía que Dios no le daría de lado si se mostrara arrepentido y dócil, si sencillamente pidiera perdón. Después de todo, según la concepción que tenía de Dios, era una persona que perdonaba los errores. A veces creía que Dios le había respondido, y que había logrado cambiar, que había conseguido liberarse de algo que llevaba dentro, que se había quitado un peso de encima, que había nacido algo nuevo en él. Y a veces sentía el silencio de Dios envolviéndolo, como si sus plegarias y sus llantos ocasionales no fueran más que suspiros patéticos a oídos de Dios. En una noche así, se despertó y se dio cuenta de que estaba en el suelo del altar. Era más de medianoche. Le dolía el lado de la cara que había tenido pegado contra el suelo duro durante un buen rato. Se levantó y se quedó allí, con las manos en los bolsillos, a oscuras, en el altar de una capilla vacía, muy lejos de casa. Y después se sacudió la ropa para quitarse el polvo y se dirigió a la residencia.

14

Obiageli había vivido una vida fascinante. De niña, estaba convencida de que acabaría siendo una cantante famosa, y sometía a Uzoamaka a actuaciones larguísimas, fingiendo estar en un escenario, tras las que Uzoamaka aplaudía con todas sus fuerzas porque no tenía el valor de decirle a Obiageli la verdad. En secundaria, decidió que quería ser enfermera, y bromeaba sobre infligirle a la gente el mismo dolor con las inyecciones que ella había recibido a lo largo de su vida. Tras suspender tres veces seguidas el examen de acceso a la universidad, al fin se graduó en Agricultura con tan solo un aprobado, para la decepción de sus padres. Había trabajado en la oficina de correos, había sido profesora de secundaria durante unos cuantos años y había ocupado un cargo en la administración local, un puesto que le había conseguido el hombre con quien mantuvo una relación durante nueve años, un hombre que Obiageli, en un principio, había creído que era viudo y que no tenía hijos. Cuando se enteró de que estaba felizmente casado con una mujer viva y que además tenía cuatro hijos (el primero, casi tan mayor como ella), rompió con él y se declaró eternamente célibe. Ahora tan solo le interesaban Dios y la devoción.

Uzoamaka no sabía por qué había decidido, de entre todas las opciones que tenía, acudir a Obiageli. Anozie la había informado de que Obiefuna regresaría a casa en vacaciones. La hermana de Anozie estaría ocupada durante esos días; tenía que ir a Lagos para cuidar de su hija y de su nieto recién nacido. «Y, la verdad, Uzoamaka —había añadido Anozie—, esto empieza a ser ridículo. No puedes seguir ocultándoselo. Va a acabar descubriéndolo de un modo u otro».

Uzoamaka se había planteado la posibilidad de quedarse en casa. Había mantenido la conversación mentalmente, se había imaginado la cara de su hijo al enterarse de la noticia, había creado escenarios alternativos y, al final, dos días antes de que llegara, había llamado a Obiageli. Esperaba que le dijera que no y, cuando Obiageli se quedó callada después de que se lo preguntara, Uzoamaka empezó a pensar en las disculpas que le ofrecería, pero Obiageli le dijo: «Ya era hora. Ha pasado demasiado tiempo, *Ada nnam*».

A Uzoamaka le gustaba la casa. Le gustaba el salón, ordenado y con pocos muebles; el espacioso balcón en el que se sentaba la mayoría de las tardes para que le diera un poco de aire fresco. Y lo que más le gustaba era estar a menudo sola, permitirle a su mente volar libre. Obiageli se marchaba al trabajo por las mañanas antes de que Uzoamaka se despertara. Cuando volvía a casa por las tardes, se mantenía ocupada con las tareas del hogar sin prestarle atención a Uzoamaka. Los viernes iba a las vigilias y volvía por la mañana cansada, con los ojos irritados por el sueño. Aun así, Uzoamaka notaba que Obiageli la observaba con curiosidad. A veces, le preguntaba qué le ocurría.

—¿Por qué crees que me pasa algo? —le respondió Uzoamaka en una ocasión.

Obiageli resopló y se encogió de hombros como diciendo: «¿Acaso no es obvio?».

—Porque, a pesar de que intentas evitarme por todos los medios, cuando la cosa va mal de verdad, vienes corriendo a mí —le dijo.

Uzoamaka se quedó mirándola, muda de sorpresa. La distancia hacía que fuera muy fácil pensar en la gente con cariño y olvidar por qué te habías alejado de ella en primer lugar. Sintió que la ira se iba acumulando poco a poco en su interior hasta concretarse en una rabia cegadora que la empujó a salir disparada a su habitación, recoger toda la ropa de las perchas y meterlas en la maleta. A mitad de camino, recordó que tenía algunas prendas colgadas de cuando había hecho la colada esa mañana, de modo que aplazó la partida hasta la mañana siguiente. Por la noche, la peor fase del enfado ya había pasado, y fue capaz de apartar al fin el rencor que sentía hacia Obiageli y admitir que había dicho la verdad.

Habían estado muy unidas de pequeñas. En una época, podían adivinar con facilidad lo que la otra estaba pensando. Pero Uzoamaka había pasado la mayor parte de la adolescencia apartada de Obiageli, trabajando como asistenta para su tía materna, que, a cambio, le había pagado la educación secundaria. Cinco años más tarde, había vuelto a casa y se había encontrado con una Obiageli grosera, que empezaba peleas sin motivo, sin que nadie la provocara, y le respondía con una crueldad que antes no poseía, sin tener en cuenta los tres años que se llevaban. La deferencia de sus padres hacia Uzoamaka no había hecho sino irritar aún más a Obiageli. Uzoamaka no era capaz de encontrarle el sentido; le costaba aceptar la posibilidad de que Obiageli la envidiase. Obiageli tenía la piel más clara y lucía una belleza más convencional, y había estudiado en la universidad, un privilegio que a Uzoamaka le habían negado. A veces, Uzoamaka se encontraba en esa posición extraña de tener que restarles importancia a sus pequeñas victorias intranscendentes para atribuirle a Obiageli un mérito inmerecido, aunque solo fuera para conseguir mejorar la opinión de sus padres sobre ella y, así, mejorar la opinión de Obiageli sobre ella. Pero no había manera de complacer a Obiageli.

No obstante, había momentos en los que Obiageli había sorprendido a Uzoamaka. Ella había sido la única que había apoyado su decisión de casarse con Anozie. Sus padres lo habían rechazado incluso antes de haberlo conocido. A pesar de que él también fuera igbo, no les gustaba el hecho de que no fuera de su mismo estado y, cuando lo conocieron al fin y les habló de su trabajo como comerciante y de su piso de una habitación en una zona marginal de la ciudad, le preguntaron a Uzoamaka si Anozie la había hechizado. «Parece que te necesita de verdad —le dijo más adelante Obiageli, para su sorpresa—. Fíjate en cómo te mira. Como si se fuera a morir si algo le impidiera casarse contigo. —Se rio—. ¡*Biko*, sigue a ese hombre *o*! ¡No te dejes llevar por lo que te digan los demás!».

Después de la boda, sus padres estuvieron un año entero casi sin hablarle. Fue Obiageli la que se quedó a su lado, enviándole sacos de comida y prestándole dinero cada vez que Uzoamaka se lo pedía, aunque también informaba alegremente de la situación a sus padres. Cuando llegaron los abortos involuntarios, sus padres consideraron que su rechazo había estado justificado. Fue Obiageli, después del cuarto, quien había aparecido sin avisar una mañana y la había sacado a rastras de la cama, donde había estado casi sin moverse durante una semana, con ganas de morirse, y se la había llevado a su casa, donde la estuvo cuidando varias semanas hasta que se encontró mejor.

Unos cuantos días después de que Uzoamaka decidiera quedarse con ella, Obiageli volvió a casa del trabajo con una bolsa de plástico y una sonrisa traviesa.

—Te he comprado *oka* y *ube*. La mujer que los vende calle abajo es clienta mía y me reserva lo mejor.

Uzoamaka estuvo a punto de devolverle la sonrisa mientras sacaba una mazorca de maíz de la bolsa que le había entregado Obiageli. El calor atravesaba el papel de periódico en el que estaba envuelta y le quemaba la palma de la mano. Obiageli fue a verter agua caliente en un plato para ablandar las peras africanas con las que iban a comerse el maíz. Era lo más parecido a una disculpa que recibiría Uzoamaka.

—Estoy enferma, Obiageli —le dijo Uzoamaka.

Obiageli levantó la vista.

—*Ewo*, lo siento. —Le tomó la temperatura con el dorso de la mano—. ¿Estás muy mal?

Uzoamaka se apartó.

—No, no es eso. —Tomó aire y se armó de valor—. Dicen que es cáncer.

Obiageli se echó a reír; una risa carente de alegría, más como un cacareo asustado.

—*Oyibo!* Es solo que has caído enferma, Uzoamaka.

—Me han puesto un tratamiento de quimioterapia —le explicó Uzoamaka. Se sentía como si estuviera apretando una herida que no se había curado, a la espera de algún tipo de reacción—. El médico dice que no me queda mucho.

—¿A quién prefieres creer? ¿A Dios o a los médicos?

—Está avanzado, Obi…

—¡Calla ya, Uzoamaka! —le gritó Obiageli mientras se ponía en pie.

Se tropezó con las patas de la mesa de madera que tenía delante y la volcó, con lo que las mazorcas de maíz salieron volando y aterrizaron a los pies de Uzoamaka. Obiageli se dirigió hacia la ventana y le dio la espalda a su hermana. Se quedó allí durante un buen rato, con los hombros encorvados hacia delante y la cabeza gacha. Uzoamaka imaginaba que estaría llorando en silencio. Pero, cuando al fin habló, lo hizo con una voz firme y clara:

—Vas a venir conmigo a ver al sacerdote. El diablo es un mentiroso de cuidado.

El sacerdote era un hombre menudo con la cabeza rapada. Uzoamaka se había pasado tanto tiempo imaginándose sus rasgos, a partir de las numerosas historias que le había contado Obiageli sobre él, que se sintió un poco decepcionada al sentarse frente a él. Obiageli se la presentó al hombre como «la única familia que me queda», y el sacerdote asintió piadosamente. Uzoamaka se preparó para arrodillarse y dejar que le pusiera las manos encima, pero el hombre les dijo que extendieran las manos y recitó las oraciones desde donde se encontraba. Aceptó el sobre que le tendió Uzoamaka con una sonrisa tensa pero comprensiva.

—Si ni siquiera me ha tocado... —le dijo Uzoamaka a Obiageli en el autobús de vuelta a casa.

—¿Qué?

—Tu sacerdote. Vi que le temblaban las manos cuando le di el sobre. Y se aseguró de no rozarme las mías.

Obiageli la miró durante un buen rato y dejó escapar un suspiro.

—Esto no va a funcionar si no tienes fe, Uzoamaka.

Ahora, sentada junto a Obiageli en un taxi en dirección al mercado, su hermana iba tarareando para sus adentros. La notaba distinta de algún modo. Incluso cuando rezaban cada noche, agarradas de las manos, y Obiageli trataba de expulsar los demonios de generaciones pasadas, Uzoamaka percibía su miedo. Tres noches antes, Obiageli había roto en sollozos, desconsolada, en mitad de las plegarias, y Uzoamaka se había quedado allí plantada, observándola, pensando en que el dolor era capaz de conmover incluso a los menos caritativos. En ese momento supo que había tomado la decisión correcta al acudir a su hermana y esperar para contárselo a Obiefuna. Era mejor que tuviera unos cuantos meses más de felicidad, ajeno a aquello, que no tuviera que presenciar durante mucho tiempo cómo se iba desvaneciendo poco a poco.

—¿Te acuerdas de Achalugo? —le preguntó Obiageli, y Uzoamaka se sobresaltó.

—¿Quién?

—Achalugo *naw* —insistió Obiageli—. De la aldea. El que se vestía de mujer.

—¿El que toca el *ogene*?

—*Gbam!* —contestó Obiageli.

—¿Qué le pasa?

—¿Mmm? Nada *o*. Solo que llevo todo el día oyendo sus canciones en la cabeza. —Obiageli se rio—. ¿Te acuerdas de que solía bailar para él?

Uzoamaka soltó una carcajada. ¿Cómo iba a olvidarlo? Obiageli nunca dejaría de recordárselo.

—¿Dónde estará ahora? —le preguntó.

Obiageli se encogió de hombros.

—Lo último que oí fue que seguía en su pequeña choza de la aldea. ¡Menudo desperdicio de talento!

Uzoamaka asintió. Los recuerdos de aquel hombre le inundaron la cabeza: lo visualizaba con su blusa escotada, su falda y su tocado. Con un maquillaje sin igual. Uzoamaka no conocía a nadie que estuviera a su altura como artista. Su dominio del *ogene* era incomparable; su talento, tan misterioso como su propia vida. Era uno de los favoritos del jefe de la aldea, que solía invitarlo a tocar en su palacio, y a veces en la plaza de la aldea. En una ocasión, Uzoamaka había intentado unirse a su grupo de baile. Bailar nunca había sido lo suyo, pero había seguido a Obiageli a la audición. Ahora recordaba que el traje que le habían proporcionado le quedaba demasiado apretado por el pecho y estaba hecho de un tipo de tela que le irritaba la piel. Había bailado fatal, confundiéndose de movimientos y quedándose siempre atrás, y al final le habían pedido que se marchase. Las otras chicas se habían reído lo bastante alto como para que Uzoamaka se escondiera entre los arbustos y rompiera a llorar. Al rato, oyó el crujido de las hojas y el sonido de unos pasos que se acercaban, y se enderezó y se enjugó las lágrimas. Le costó un momento reconocer a Achalugo. Con sus gestos amanerados y aquel rostro imberbe y repleto de maquillaje a la luz menguante del atardecer, podría haber pasado por cualquier mujer de por allí.

—¿Por qué lloras? —le preguntó el hombre, mirándola con el rostro serio.

Uzoamaka hundió el talón en la tierra sin responder.

—¿Qué más da que no sepas bailar? ¿Acaso es el fin del mundo? Si no se te da bien una cosa, solo tienes que encontrar cuál es tu punto fuerte, *oburo ya*? —Hablaba en una voz aguda que resultaba extraña, o tal vez fuera solo que no se trataba del tipo de voz que Uzoamaka esperaba de un hombre—. Sécate los ojos, *biko*. Ven a divertirte con nosotros.

La tomó de la mano y la llevó de vuelta a la plaza. Su amabilidad le había permitido volver a la audición como espectadora sin estar avergonzada e ignorar el regodeo de Obiageli más tarde, cuando salió elegida para el grupo de baile. De eso hacía ya toda una vida, y tan solo recordaba aquel encuentro vagamente, pero en 2005 había vuelto a rememorarlo, cuando había llegado a casa del trabajo y había oído música en el salón. Para entonces ya era consciente del don de Obiefuna, de su fascinación por Psquare, el grupo de gemelos cuyas canciones dominaban la radio. (A veces, Uzoamaka observaba a Obiefuna, que por entonces solo tenía trece años, intentar imitar sus pasos de baile. Usaba a Ekene como compañero para imitar al grupo, y ella se divertía presenciando la torpeza de Ekene a la hora de bailar, sin poder explicarse por qué accedía siquiera). Anozie, con su gusto sobrio, no era partidario de esas canciones; cambiaba de emisora cada vez que las reproducían y les prohibió a sus hijos oírlas. Aquel día, Uzoamaka miró por la ventana del salón y, de repente, vio con total claridad a Achalugo, encarnado por su hijo al bailar, con la piel desnuda empapada de sudor mientras se movía de un lado de la habitación al otro, gritando la letra de la canción *Busy Body*. Estaba desobedeciendo a Anozie; si se enteraba, podía meterse en líos. Pero estaba bailando, haciendo sin esfuerzo algo con lo que Uzoamaka tan solo podía soñar. La alegría que veía en su rostro, la libertad total, hizo que Uzoamaka se quedara allí, inmóvil, durante unos instantes más. Llevó a cabo un movimiento fluido de delante hacia atrás, giró las caderas a un lado y al otro con una flexibilidad increíble y dio una pirueta en el aire como si fuera lo más fácil del mundo. En ese momento, Uzoamaka vio la sonrisa que había esbozado su hijo, presenció la felicidad absoluta que irradiaba y, a su pesar, Uzoamaka tuvo que admitir que aquello le llegaba al alma.

15

En la radio del coche tenían puesta la emisora Highlife. A su lado, desde el asiento del conductor, su padre iba asintiendo al ritmo de la canción. Obiefuna pegó la cara a la ventana para observar el tráfico que avanzaba despacio y los vendedores ambulantes que se abrían paso entre los coches para anunciar sus productos. Casi se le había olvidado cómo era el bullicio de una ciudad llena de vida. Ekene estaba tumbado en el asiento de atrás, dormido, roncando tan alto que se le oía por encima de la música. La llegada de su padre y de Ekene lo había sorprendido; esa mañana, se había despertado con idea de marcharse a casa de su tía para pasar las vacaciones. Para entonces, ya sabía cómo llegar hasta allí y no le hacía falta que lo llevara su padre. De modo que, cuando le habían informado mientras se vestía de que un hombre y un chico que se parecía a él habían ido a recogerlo, no se lo había creído. Pero el propio Ekene había terminado yendo a por él, y le había advertido que su padre estaba empezando a perder la paciencia. Cuando llegaron a casa, ya había caído la noche. Su padre se persignó, se bajó del coche y fue a sacar la mochila de Obiefuna del maletero. Obiefuna lo siguió por las escaleras. Mientras su padre preparaba las llaves de la puerta principal, Obiefuna se giró hacia Ekene y le preguntó:

—¿Todavía está trabajando mamá a esta hora?

Quien le respondió fue su padre:

—Obiefuna —le dijo—, tu madre no está en casa.

Ekene no sabía dónde estaba su madre. Había vuelto de la escuela un día y se había encontrado con que se había ido. Había supuesto que había ido a visitar a su tía Obiageli, pero no sabía cuándo volvería. Obiefuna estaba desconcertado; le parecía muy extraño. ¿Qué hacía él allí? ¿Por qué se había ido su madre justo en ese momento? Su padre no respondía a sus preguntas, e incluso le contestó de mala manera cuando, en una ocasión, Obiefuna le insistió demasiado. En ese momento, Obiefuna intentó encontrar indicios en los ojos de su padre que le revelaran si se lo había contado todo a Uzoamaka. Al intentar quedarse dormido, lo despertaban imágenes de su madre tirándolo de un acantilado o renunciando a su custodia. Un mes más tarde, cuando cumplió los dieciocho, su madre no lo llamó para cantarle el *Cumpleaños feliz*, como hacía siempre. La ocasión, que Obiefuna solía imaginarse como un acontecimiento monumental, pasó desapercibida para todos, salvo para Ekene, que dos días más tarde le preguntó:

—Antes de ayer fue tu cumpleaños, *abi*? ¡Feliz cumpleaños con retraso *o*!

Podría haber sido el cumpleaños más triste de la historia si no fuera porque su padre, a la semana siguiente, lo sorprendió al volver a casa con un paquete que le entregó sin ceremonias, como si el Nokia, que tan de moda estaba, fuera un regalo cualquiera.

Obiefuna se dejó arrastrar por la alegría de reconectar con sus amigos del barrio. Y, con el nuevo móvil, podía mantener el contacto con sus amigos de la escuela. Ekene le pedía a menudo que le contara batallitas de su residencia, y Obiefuna lo complacía, halagado por su interés, y adornaba la mayoría de las historias para darles un efecto dramático, encantado con el entusiasmo que veía en la mirada de su hermano. De vez en cuando pensaba en Aboy, se preguntaba cómo estaría. Después de aquella primera visita, Aboy no había vuelto a ponerse en contacto con él. Aunque, en realidad, tampoco era que Obiefuna lo esperase. Su padre sí que había ido a visitarlo más veces, unas visitas breves que parecían llegar a su fin nada más comenzar, con una precisión absoluta. Una vez, cuando su padre lo mandó a por combustible para el generador, se topó con Dibueze en la gasolinera.

—¿Tú no eres el hijo de Oga Anozie? —le preguntó Dibueze, estudiándolo con un asombro exagerado—. ¿Cómo has crecido tanto?

Obiefuna le ofreció una sonrisa afable. Cuando le preguntó por Aboy, Dibueze frunció un poco el ceño.

—No lo ha visto nadie desde que se marchó.

—¿Se marchó?

—Sí. Ya no vive con nosotros. —Dibueze hizo una pausa—. Ganó algo de dinero y se mudó.

Obiefuna intentó no pensar demasiado en el rencor de su voz.

—¿Sabes dónde está ahora?

—No sé dónde vive, pero vende materiales de construcción en Ikeokwu —respondió Dibueze.

Obiefuna prestó atención mientras le daba la dirección. Lo sorprendió que Dibueze le siguiera el rastro tan de cerca a alguien con quien ya no se llevaba bien. Y lo sorprendió también que Aboy hubiera elegido un lugar que no quedaba demasiado lejos de la tienda de su padre. Se preguntó si se habrían topado el uno con el otro esos últimos meses (lo cual era bastante probable, dado lo pequeño que era el mercado), si habrían intercambiado alguna palabra, cómo de incómodo habría sido el encuentro. Al día siguiente se propuso ir a ver a Aboy. Dibueze le había descrito una mujer que vendía plátanos maduros asados en la esquina, y ella fue la que le indicó cuál era la tienda de Aboy. Delante de la puerta había una tabla de madera grande y plana repleta de clavos de la que colgaban brochas, sierras y demás utensilios de construcción. Encontró a Aboy en el interior. Era increíble lo mucho que había cambiado; le había empezado a brotar vello a ambos lados de la cara. Estaba sentado en la única silla que había en la tienda con una chica en el regazo.

—¿Obiefuna? —lo llamó con una voz aguda que al instante le pareció falsa. ¿Dónde se había metido su seguridad en sí mismo? Le ofreció una sonrisa que era todo dientes y le preguntó—: ¿Cómo estás?

Aboy empezó a incorporarse de la silla como si se hubiera olvidado de la existencia de la chica, de modo que ella tuvo que levantarse de su regazo, pero Aboy permaneció a su lado, agarrándola de la cintura con la mano izquierda.

—¡Cuánto tiempo sin verte! —exclamó Aboy con el brillo animado de siempre aún presente en su mirada—. ¿Cómo has estado?

—Bien —respondió Obiefuna con sequedad.

Había cometido un error. No tendría que haber ido a verlo.

—Ven a sentarte —le dijo Aboy, señalando la silla—. ¿Qué tal está tu padre? ¿Y tu madre? ¿Qué quieres beber?

Pero Obiefuna no apartó la vista de la chica. Tenía la cara pequeña, toda manchada de delineador de ojos. Desprendía la energía extravagante pero prudente de una chica que estaba aprendiendo a explorar su sexualidad. Puede que fuera la primera vez que se sentaba en el regazo de un chico. Parecía evitar mirar a Obiefuna a los ojos, y se preguntó si sería consciente del motivo exacto por el que él la miraba. Aboy salió de la tienda. Obiefuna lo oyó pedirle a gritos a alguien de la tienda de al lado que le trajera una botella de Pepsi rápido.

—¡Fría *o*! —puntualizó.

Obiefuna se dio la vuelta hacia la puerta.

—¡Eh, eh, Obi! —chilló Aboy, trotando para alcanzar a Obiefuna. Lo agarró de la muñeca—. ¿A dónde vas? Entra, vamos a charlar *naw*. ¡Ha pasado mucho tiempo!

Obiefuna no pudo evitar contemplar esos ojos que tan tímidos habían sido cuando le había abierto la puerta aquella tarde de octubre para dejarlo entrar en su casa. Lo que le sorprendía (la ira llegaría más tarde) no era que lo hubiera traicionado, sino que Aboy pareciese ignorar alegremente dicha traición. Ahora tenía su propia tienda, con un surtido decente de productos. Al fin había cumplido su sueño. A su alrededor, el comercio florecía, los vendedores llamaban a gritos a los clientes, y Obiefuna sabía que pronto empezarían a llamar la atención. Se imaginó durante un instante a Aboy arrodillándose allí mismo, en público, para suplicarle que volviera, echando a la chica de la tienda, explicándole a Obiefuna la escena, diciéndole que tan solo era un ligue sin importancia. Pero ya había empezado a sentir que Aboy lo agarraba con menos fuerza; puede que él también fuera consciente de que la gente estaba comenzando a quedarse mirándolos. Y Obiefuna supo entonces que no se arrodillaría, que no echaría de allí a la chica, que no obtendría ninguna explicación. Al momento, aflojó tanto la mano que Obiefuna pudo apartar la muñeca sin esfuerzo y se giró para marcharse mientras oía la última palabra que oiría jamás de la boca de Aboy: su nombre, Obiefuna. Pero no se dio la vuelta.

En el campo de fútbol, los chicos estaban divididos sobre qué club tenía más posibilidades de ganar ese año la Premier League. Era el principio de la temporada y tan solo se habían jugado unos pocos partidos. El consenso general era que el Manchester United continuaría su impresionante racha de tres victorias desde la temporada 2008-2009. Obiefuna había visto el primer partido en el club con Ekene, en el cual el Chelsea le había ganado a Hull City dos a uno, y, con la destreza cada vez más admirable de Drogba, le parecía que no había que subestimar al Chelsea. Y eso fue lo que dijo en plena discusión. Tras su intervención se hizo un silencio repentino, y algunos de los chicos asintieron, sorprendidos. Y entonces Chikezie dijo:

—Si la gente habla, ¿tú también?

Los chicos se echaron a reír con esas risas mecánicas suyas, entre las que la voz de Ekene resonó en los oídos de Obiefuna. El sol estaba en lo más alto, y ya sentía un lado de la cara achicharrado. Chikezie, sin dejar de mirar a Obiefuna, recibió el cigarro que se estaban pasando de unos a otros, con aspecto divertido, como siempre. Obiefuna miró a Ekene. Él también tenía esa sonrisa relajada que se le dibujaba en la cara tras unas buenas risotadas. Puede que la broma hubiera sido graciosa de verdad. Puede que él mismo se hubiera reído si no hubiera sido él el objeto de las burlas. Obiefuna se levantó de la hierba y rodeó el semicírculo hasta detenerse junto a Chikezie, consciente de que todos tenían la vista clavada en él.

—Repite lo que acabas de decir —lo retó Obiefuna.

Chikezie inclinó la cabeza hacia arriba para mirarlo con una expresión a medio camino entre la sorpresa y la diversión.

—¿Qué pasa? ¿Que quieres pelearte conmigo?

—Solo quiero que repitas lo que acabas de decir.

Alguien silbó. Chikezie puso mala cara y pareció vacilar durante un instante, indeciso, pero el silencio en el que se habían sumido estaba cargado de expectación, de modo que Chikezie también se levantó del suelo. Se tomó su tiempo para quitarse los tallos de hierba muerta que se le habían quedado pegados a los pantalones cortos.

—Lo que digo es que no tienes ni idea de fútbol. Solo estás aquí sentado con nosotros por Ekene. Deberías estar en casa jugando al Oga con tus amigas del patio.

El resto de los chicos del grupo se echó a reír y algunos dejaron escapar soniditos de sorpresa. Obiefuna tomó aire por la boca. Chikezie lo estaba mirando a los ojos, y Obiefuna notaba que Chikezie quería evitar aquella confrontación tanto como él. Pero, aun así, no se había echado atrás, convencido de que sería Obiefuna el que se acabaría acobardando. Tal vez fuera solo la crudeza de ese hecho, o tal vez fuera la culminación de la rabia que se había ido acumulando poco a poco a lo largo de todos los años anteriores. O tal vez fuera el sonido de la voz de Ekene al reírse, casi indistinguible de la voz de los demás, lo que hizo que Obiefuna le asestara un puñetazo repentino a Chikezie. Le dolió el puño en cuanto impactó contra el hueso. Chikezie se tambaleó hacia atrás, aturdido durante un instante. Parecía sorprendido incluso mientras adoptaba la posición de pelea, se abalanzaba sobre Obiefuna para contraatacar y le pegaba de lleno en la barbilla. La pelea fue breve; al momento Obiefuna sintió unas manos que los separaban. Miró a Chikezie, forcejeando para zafarse de las manos de los chicos que lo estaban reteniendo. Obiefuna volvió a la hierba para recuperar las zapatillas. Se irguió después de ponérselas y se dio la vuelta para marcharse, preguntándose por primera vez dónde se habría metido Ekene. Los demás chicos se quedaron allí, observándolo con expresión de alarma, y Obiefuna, al bajar la vista tras seguir sus miradas, descubrió unos goterones oscuros en su camiseta azul cielo; se palpó el puente de la nariz y, al volver a bajar los dedos, vio que los tenía cubiertos de sangre. Alzó la vista de nuevo para mirar a Chikezie y ahí estaba, calzándose las botas con diligencia para volver al partido. Obiefuna se quitó las zapatillas. Cargó contra él sin pensar, sin estar seguro de lo que pretendía, y solo se dio cuenta de lo que estaba haciendo cuando Ahmed lo interceptó a medio camino y estuvo a punto de perder el conocimiento a causa del dolor punzante que sintió en los hombros por la fuerza con la que lo estaba agarrando Ahmed. El chico le estaba ladrando al oído, declarando su suspensión indefinida. Obiefuna sentía náuseas. Volvió a mirar a Chikezie y, a pesar de que veía borroso, en mitad de toda esa conmoción sintió, al fin, una pequeña victoria ante el miedo que detectó en el ceño fruncido de Chikezie. El corazón le martilleaba en el pecho con tanta fuerza que le dolía, y estaba mareado por el calor. Se liberó de las garras de Ahmed, se giró por impulso hacia un lado y allí estaba Ekene, con los brazos en la cadera, observándolo en silencio, asombrado. Obiefuna escupió en la hierba y se llevó las zapatillas en la mano. No dejó de caminar hasta que llegó a casa.

Estuvieron varios días esquivándose, intercambiando pocas palabras más allá de las interacciones inevitables. Sin necesidad de decirlo en voz alta, cada uno se creó su propio territorio en el dormitorio que compartían y evitaban el espacio del otro. La noche de la pelea, mientras cenaban juntos,

Ekene estiró el brazo para tocarle la mandíbula a Obiefuna y se la inclinó hacia arriba para comprobar la gravedad de los daños, y Obiefuna le dio una palmada a su hermano en la mano para que la apartara, se levantó y se marchó de la habitación para quedarse junto al balcón que daba al patio. No habría tenido sentido esperar nada más por parte de Ekene; si hubiera intervenido, en todo caso, habría empeorado su humillación. Sin embargo, haber presenciado la facilidad con la que su hermano se había quedado allí sentado, riéndose con extraños, haberlo visto tan indistinguible de los demás... Obiefuna recordaba momentos de su infancia en los que su madre le había otorgado la responsabilidad de cuidar de Ekene al ir al colegio o al parque. «Sabes que es tu hermano pequeño», le recordaba, una información redundante pero que demostraba lo mucho que confiaba su madre en su capacidad de proteger a su hermano. Aunque al final, por supuesto, a Ekene nunca le había hecho falta que cuidaran de él, con ese don que tenía para hacer amigos sin esfuerzo, para encajar en cualquier sitio sin problemas. Obiefuna no entendía lo fácil que le resultaba a Ekene, por qué su cuerpo parecía en sintonía por naturaleza con algo que, para Obiefuna, era una ciencia complicada.

Al ver a Ekene irse al campo de fútbol solo durante las semanas siguientes y volver a casa justo antes de la cena, Obiefuna se dio cuenta de que sentía algo similar al alivio, al saber que Ekene no tendría que cargar con su presencia. Obiefuna se quedaba encerrado en su habitación, haciendo como que estudiaba. Echaba de menos a su madre. No entendía cómo, pero le daba la impresión de que en esos momentos su presencia habría mejorado la situación. Vagaba por el patio y miraba desde el balcón a los niños pequeños del barrio que jugaban a Oga y a Swell. Había descubierto una pequeña colonia de hormigas en la pared de su apartamento, y se pasaba las tardes observando la hilera de hormigas que subían y bajaban, fascinado por las breves pausas que hacían durante el proceso para comunicarse unas con otras. Allí era donde lo encontraba Ekene todas las tardes y se miraban durante solo un instante y, aunque Ekene nunca le decía ni una palabra, Obiefuna se preguntaba si las arrugas de su frente serían de decepción.

Una tarde, el día antes de que se terminaran las vacaciones de Obiefuna, Ekene volvió del campo de fútbol con el balón en la mano y se ofreció a enseñarle a trotar.

Obiefuna se levantó del suelo y se puso a su altura. Aún tenía una pizca de rabia contenida de la pelea que le hacía querer darle puñetazos a la pared de vez en cuando. En ese momento, la cara de Ekene parecía la pared perfecta. Notaba los martillazos del corazón contra el pecho, y los puños se le cerraban y se le abrían por sí solos, como si poseyeran voluntad propia, separados del resto de su cuerpo.

—No me insultes, Ekene, por favor.

—Solo quiero enseñarte a trotar con el balón como es debido —le dijo Ekene—. O sea, sin que parezcas una gallina.

Hablaba sin mirarlo, con una sonrisa extraña que no era típica de su confianza habitual. Obiefuna se percató entonces de que aquello era una disculpa, del único modo en que Ekene sabía formularla. Salieron al patio y se pusieron a correr. Obiefuna lo observaba intentando concentrarse al máximo mientras Ekene le hacía una demostración, levantando el balón con suavidad y elegancia con los dedos de los pies ligeramente curvados. También se fijó en la delicadeza de su sonrisa, la dulzura casi seráfica de su rostro y el modo en que sus brazos parecían bailar a sus costados mientras se movía sin esfuerzo para mantener el equilibrio, cambiando de pie y dándose la vuelta de tanto en tanto, pero sin dejar de mantener de algún modo el ritmo fluido. Cuando lo intentó Obiefuna, no tuvo tanto éxito. La pelota no se doblegaba a la voluntad de su mente y no se le quedaba en la punta de los pies como pasaba cuando lo hacía Ekene; al intentar mantener el equilibrio se tambaleaba, y en un momento dado se retorció tanto que estuvo a punto de torcerse el tobillo. Ekene le dijo que no fuera tan agresivo, que no se esforzara tanto, que no pensara en el proceso y se dejara fluir.

—¡Lo estoy intentando! —le espetó Obiefuna, y le dio una patada al balón con todas sus fuerzas.

Rebotó por todo el patio y aterrizó en una zanja. Obiefuna se dejó caer al suelo y se quedó sentado con las rodillas pegadas al pecho. Le empezaba a palpitar la cabeza.

Ekene salió corriendo y regresó con la pelota, botándola en el suelo para quitarle la suciedad que se le había quedado pegada. Ekene se dejó caer al suelo también para sentarse junto a Obiefuna, que sintió la calidez de su hombro desnudo contra el suyo.

—No valgo para nada —le dijo Obiefuna.

—Venga ya, que no has estado tan mal —le contestó Ekene, y Obiefuna lo miró de reojo—. Vale, has estado bastante mal —admitió Ekene, con una carcajada a punto de brotar de la garganta.

Obiefuna se inclinó hacia el otro lado para escupir. Era bastante tarde, pero aún le incomodaba el calor del sol en la piel. Ekene tenía una botella de agua en la mano, pero estaba casi vacía, y Obiefuna sabía que, si le daba un sorbo, solo conseguiría tener más sed. No tenía la fuerza de voluntad necesaria para levantarse del suelo y entrar en la casa.

—¿Te acuerdas de la época en la que solías ganar un montón de premios en las competiciones de baile? —le preguntó Ekene—. Dios, te tenía tanta envidia... No dejaba de preguntarme cómo lo hacías, y al intentar imitarte hacía el ridículo.

Obiefuna giró la cabeza para mirarlo.

—¿Por qué ya no bailas, Obi? —le preguntó Ekene.

Obiefuna exhaló. Claro que recordaba los momentos de los que estaba hablando su hermano, e incluso le sorprendió la nitidez de sus recuerdos. Algunas de esas competiciones se habían celebrado allí mismo, en el patio. Hubo un tiempo en que Obiefuna había sido la estrella del espectáculo, en que los espectadores coreaban su nombre como un cántico. Recordaba el placer en los ojos de su madre mientras lo señalaba al hablar con otros padres, mientras colocaba otro trofeo más encima de la nevera para que pudiera verlo todo el mundo. Recordaba también la desaprobación de su padre, el impacto de sus palmas aplanadas contra su rostro, infundiéndole una vergüenza que desde entonces se le había quedado grabada.

Obiefuna sintió que se levantaba de manera involuntaria; era Ekene, que lo estaba poniendo en pie.

—Tú baila y ya está, Obi —le dijo—. Venga, demuéstrame que todavía sabes cómo se hace.

Obiefuna lo agarró de las manos y plantó los pies en el suelo para que su hermano dejara de zarandearlo. Se sacudió para liberarse. Estaba mareado, aturdido. Todo le daba vueltas.

—Somos demasiado mayores para estas tonterías, Ekene —le dijo, aunque no podía evitar sonreír.

—No nos va a ver nadie —le prometió.

—Se me han olvidado casi todos los pasos.

—Lo hagas como lo hagas, me vale.

—No hay música...

—¿Y para qué estoy yo? —le dijo Ekene, que empezó a dar palmas y pisotones para crear un ritmo improvisado—. *Onye ga gba egu iya! Ga gba egu iya!* Obiefuna *ga gba egu iya!*

Al principio Obiefuna se echó a reír. Por la elección de la canción, por la postura cómica de Ekene, por lo ridícula que era la idea... Pero Ekene no se rindió, impertérrito, y entonces Obiefuna movió un pie hacia delante y luego otro. Eran unos pasos desgarbados, torpes, una imitación pobre de los recuerdos. Pero también era consciente de que estaba soltando las extremidades, del viento en las orejas, de esa sensación familiar de libertad. Empezó a bailar, ignorando el calor de los rayos del sol, las ventanas que se iban abriendo y las cabezas que se iban asomando para contemplarlo. Bailó hasta que le dolieron las rodillas y se tiró al suelo, riéndose y respirando con dificultad. El sol del final de la tarde se alzaba sobre él con una luz tan cálida y radiante que le dañaba la vista. Aun así, se resistía a levantarse o darse la vuelta. Ekene se quedó de pie a su lado, bebió agua de la botella y le ofreció una sonrisa de satisfacción. Obiefuna pensó por primera vez en lo maravilloso que era Ekene, lo brillante y luminoso y hermoso que era todo. Sentía un torbellino de placer en la cabeza. El aire que lo rodeaba le secó el sudor de la piel y lo relajó. Después, Ekene le echó agua, lo llamó «gallina» y se rio al ver que su hermano fruncía el ceño de broma. Cuando Ekene lo ayudó a levantarse de nuevo, le pasó un brazo por el hombro y se acercó a él para susurrarle: «¡Bien hecho!», ya estaba anocheciendo, y lo invadió una sensación de asombro ante lo perfecto que era el mundo en ese instante, aunque estuviera cansado y tuviera sueño y sed. Sobre él, oía el canto sonoro de los pájaros.

16

Uzoamaka estaba sentada sola en el largo banco de la sala de espera. No había sitio en el resto de los bancos, y en el suyo solo estaba ella, pero en dos ocasiones se había acercado alguien para sentarse a su lado y luego había cambiado de opinión a medio camino y se había alejado. Más de una vez se le había pasado por la cabeza irse al cuarto de baño a estudiar su reflejo, ver qué era lo que asustaba tanto a la gente, pero la idea se le hacía un mundo, y en un instante aparecería Anozie por la puerta de la consulta del médico armado con una nueva lista de medicamentos, con información sobre los cambios en su estilo de vida que debía hacer por su salud y con su determinación de verla recuperarse. Últimamente la trataba de un modo que la hacía sentir como si la estuviera cortejando. Notaba cierta preocupación por ella de la que Uzoamaka no siempre había sido consciente, un deseo instintivo de ayudarla, una paciencia que casi había olvidado que tenía su marido.

—Su marido es diferente —le dijo una enfermera en una de sus citas con el médico.

En la sala de al lado, a través de la puerta transparente, veían a Anozie anotar algo que el médico le estaba dictando despacio.

—¿A qué se refiere? —le preguntó Uzoamaka.

—Bueno, para empezar está aquí con usted —le dijo la enfermera—. Y no se puede decir lo mismo de muchos.

Uzoamaka siguió mirándola con ojos inquisitivos. La enfermera vaciló, como sopesando sus palabras, antes de continuar:

—La mayoría de las veces, cuando damos este tipo de diagnósticos, la persona que suele acompañar al paciente y se queda dormida en una silla y no respeta las horas de visita es la mujer. No muchos hombres se quedan con su mujer para aguantar todo esto.

—¿Cree que debería estar agradecida? —le preguntó Uzoamaka, aunque le gustaría haber sonado menos cortante.

Pero a la enfermera no le importó.

—No, es solo que creo que cabe señalar que no se parece a la mayoría de los hombres con los que me he topado en todos los años que llevo trabajando. —Recogió sus instrumentos y se levantó para marcharse—. Y, créame, *nne*, llevo muchos años.

Uzoamaka se había aferrado a las palabras de aquella enfermera. Era consciente de lo fácil que había sido dar por sentada la lealtad de Anozie. Ni que decir tenía que ella haría lo mismo por él si se intercambiasen los papeles, y no se le había ocurrido pensar en la gratitud como algo que debiera sentir. Aun así, sabía, aunque solo fuera por experiencias previas, que la enfermera tenía razón. Recordaba a un vecino mayor que habían tenido, un sacerdote cuya mujer había muerto al dar a luz a su noveno bebé, al que habían concebido porque la familia del pastor se había empeñado en tener a un niño. Su muerte había dejado a todo el barrio impactado; era la primera vez que Uzoamaka se había dado cuenta de que le dolía haber perdido a alguien a quien solo conocía de pasada. Varias semanas después del funeral, vieron al sacerdote con otra mujer, con quien más adelante acabó casándose, y durante muchos meses la opinión del barrio se dividió entre aquellos que creían que había estado implicado de manera directa en la muerte de su mujer y aquellos, entre los que se incluía Uzoamaka, que lo absolvían de cualquier acto ilegal pero criticaban lo poco que la había querido desde el principio. Más tarde, Uzoamaka se preguntaría qué era exactamente lo que le había parecido obsceno. ¿Era que el hombre hubiera vuelto a casarse a pesar de las circunstancias de la muerte de su mujer, lo inoportuno que había sido su nuevo matrimonio al demostrar lo poco que le había costado recuperarse de una tragedia tan abrumadora, o tan solo el hecho de que hubiera vuelto a casarse?

Últimamente había empezado a preocuparse por Anozie. Le parecía como una oveja descarriada; no le cabía duda de que su muerte le rompería el corazón. No podía imaginárselo volviendo a contraer matrimonio tan solo semanas después de su muerte. Pero si algo sabía a esas alturas era que no debía creerse ni por un momento que conocía de verdad cómo funcionaba la mente de los hombres. Llevaban casados justo veintidós años, y habían creado los recuerdos suficientes como para llenar una habitación entera. ¿Cuánto faltaría para que sus recuerdos de Uzoamaka se desvanecieran, para que esos veintidós años se esfumaran y lo dejaran sin nada, sin ataduras por fin, libre para mirar a otra mujer con deseo? Al fin y al cabo, el paso del tiempo lo había tratado bien. Aún no le habían salido las arrugas típicas de la vejez. Incluso a esas alturas, era capaz de mirarlo y sentir un torrente de deseo, al igual que lo había sentido cuando lo había visto por primera vez, veintidós años atrás. Ella era la chica nueva de prácticas de la peluquería y él, el aprendiz que había terminado su formación y que se disponía a montar su propio negocio, y de algún modo el hecho de que los dos fueran novatos se convirtió en un signo prometedor para Uzoamaka. La tienda de Anozie estaba al final de la calle en la que trabajaba ella, pero lo bastante cerca del puesto de comida callejera en el que las chicas de la peluquería se compraban el almuerzo. Uzoamaka se prestaba voluntaria para ir a por la comida, lo saludaba cuando pasaba por delante de la tienda y se aferraba a ese breve atisbo de Anozie durante el resto del día. Al principio él se mostraba indiferente, casi despectivo, ante el flechazo de Uzoamaka. Ella se lo tomó como que, al tener veinte años, era demasiado joven para él, ya que le sacaba ocho años, pero eso no le impidió seguir yendo detrás de Anozie con obstinación, sorprendiéndose a sí misma a veces con su propia desesperación. A ella no le importaba nada, ni que pareciera ser pobre, ni el marcado acento rural que tenía, ni siquiera el hecho de que por entonces tuviera novia, una mujer algo mayor que Uzoamaka veía a veces por allí. Le enviaba cartas a pesar de que en realidad Anozie nunca le respondía, e incluso empezó a pararse a charlar con él sin más, hasta que Anozie la invitó a bailar a la discoteca del centro una noche de abril, que acabó con Uzoamaka despertándose en la cama de Anozie a la mañana siguiente, con la entrepierna un poco dolorida, pero embriagada por una sensación ridícula de triunfo.

Sabía que debería quererlo por eso, por su fe en que se recuperaría, por su insistencia en la fantasía de envejecer juntos, por negarse a imaginar cualquier otra situación. Sin embargo, de vez en cuando sentía un aleteo de impaciencia ante lo que a ella le parecía una debilidad impropia de él, una propensión al autoengaño, una tendencia a fantasear. Y, cuando Anozie le decía: «Si sigues creyendo que no vas a sobrevivir a esto, no sobrevivirás», Uzoamaka reprimía una sonrisa, porque ¿desde cuándo se había convertido su marido en una de esas personas que creen en las ideas motivadoras trilladas como aquella? «Pero a lo mejor eso es lo que quieres, ¿no?», insistía Anozie, decidido a arrancarle algún tipo de reacción, pero Uzoamaka se negaba a ofrecérsela; ni siquiera sabría cómo hacerlo. «¿Te crees que morir te vuelve mejor de algún modo, *abi*? ¡Pues nada, muere!».

Después se disculpaba con ella y admitía que solo estaba aterrado, y Uzoamaka suspiraba sin responder nada porque no tenía manera de hacerle entender que a veces resultaba reconfortante pensar en su propia muerte como una decisión que ella tomaba en lugar de como un destino inevitable del que no podía escapar.

17

El campus estaba en flor, y en los árboles, que se recuperaban de la caída de las hojas de la temporada anterior, crecían nuevos brotes tiernos y verdes. Era un nuevo curso, y las vacaciones habían renovado la ilusión. Por todo el campus, a muchos de los chicos de último curso los envolvía una sensación palpable de euforia que los dejaba sin aliento, entusiasmados por su inminente graduación. Para Obiefuna era distinto. Durante los trimestres siguientes lo acompañó una sensación persistente pero confusa de inquietud. Había «llegado», en cierto modo, ya que estaba en la clase de los alumnos mayores del internado, en el último curso, pero no sentía esa exaltación que había esperado, esa expectación ante lo que se avecinaba. Observaba, sintiéndose ajeno a todo aquello, a sus compañeros contar los días que quedaban para que terminara el curso mientras planeaban sus estrategias para los exámenes del Certificado de Educación Secundaria y charlaban sobre las chicas del internado femenino que irían allí para hacer los exámenes con ellos. La mayoría de los chicos habían conseguido colar el móvil en la escuela sin que los vieran, y por las noches llamaban a las chicas y hablaban durante un buen rato. Habían empezado a garabatear apodos en las paredes y a comprar nuevos uniformes que guardaban en cajas para sacarlos el primer día de los exámenes.

Obiefuna aún no se había acostumbrado a formar parte de los mayores, a no tener que someterse a nadie, a ser el primero en levantarse y salir de la capilla cuando terminaba el servicio, a que los demás considerasen que estaba «al mando». Todo el mundo había pasado página, salvo él; ya incluso hablaban de su clase en pasado. En marzo, les cedieron los puestos como prefectos a sus sucesores. A Obiefuna le habían concedido el honor de poder recomendar a alguien para que fuera su sucesor y lo había rechazado; sin embargo, había aprobado la elección final: un chico tranquilo y educado al que solo conocía de pasada. El chico le estrechó la mano y le dio las gracias con una sonrisa tan amplia y prometedora que Obiefuna tuvo que disculparse e irse al baño, donde se apoyó contra una pared y se echó a llorar.

De un modo u otro, las historias siempre llegaban a él: a Papilo aún no lo habían admitido en la universidad y a Kachi le había ido tan bien en los exámenes del Certificado de Educación Secundaria que había recibido una beca de una universidad en Chipre. Pero nadie sabía nada de Sparrow. «Seguro que está en la cárcel y se lo pasan de unos a otros», bromeó en una ocasión Jekwu, cuando Obiefuna se atrevió a preguntar por él.

El problema de graduarse era la idea inquietante de tener que enfrentarse al futuro, de tener que responder a la pregunta de qué vendría a continuación. Obiefuna no lo sabía. Debía hacer los exámenes externos en mayo, y no tenía ni idea de qué quería estudiar en la universidad. Ni siquiera sabía qué le esperaba en el exterior. Estar en el internado había sido fácil; se había acostumbrado a sus amenazas y, con el tiempo, había aprendido los trucos necesarios para sobrevivir. Y allí, vestido de uniforme al igual que otros cientos de chicos, le resultaba fácil ocultarse. Obiefuna recordaba algo que su padre solía decir respecto a la discreción: «Todos los lagartos están bocabajo, de modo que no se puede saber a cuál le duele el estómago». En pocos meses,

Obiefuna se graduaría y tendría que salir al mundo exterior; sería como un lagarto obligado a tumbarse bocarriba, invitando al mundo entero a contemplar su tripa dolorida.

Algunas noches, volvía a recordar la voz de la mujer del capellán, y sus palabras, «no hay nada que Dios no pueda hacer si se lo cuentas y crees con todo tu corazón que lo hará», lo consolaban durante un instante fugaz. Una vez, mientras volvían a la residencia tras las clases de por la tarde, Obiefuna se desvió del sendero, ofreciéndole una excusa cualquiera a Jekwu, y se dirigió a la casa del capellán. Tenía el coche aparcado delante, de modo que debía de estar en casa. Obiefuna estiró el brazo para llamar a la puerta, pero cedió bajo sus nudillos y se abrió al pasillo. Miró a su alrededor antes de entrar y disfrutar durante un momento del fresco de la casa y del tenue aroma a cítrico. El salón estaba ligeramente desordenado, como si alguien lo hubiera dejado abandonado mientras limpiaba. O como si alguien lo hubiera saqueado. Tal vez hubieran entrado a robar. De repente, en una secuencia veloz, Obiefuna se fijó en los cojines esparcidos por el suelo, en la ausencia de personas en la habitación, en las náuseas que sentía. Se dio la vuelta hacia la puerta con el martilleo del corazón en los oídos y, durante un momento de locura, se imaginó a la mujer del capellán, o peor, al propio capellán, deteniéndolo en la puerta. Se imaginaba la sucesión de acontecimientos consiguiente: la sorpresa del capellán al encontrarlo allí se convertiría en alarma al ver el estado del salón y sacaría conclusiones precipitadas. Había recorrido ya medio pasillo cuando oyó el sonido. Obiefuna se detuvo en seco y aguzó el oído. Se quedó allí plantado, intentando escuchar de nuevo aquel ruido, durante un buen rato, hasta que se le durmieron las piernas y se empezó a preguntar si se lo habría imaginado, pero entonces regresó. Parecía un gruñido de alguien dolorido. Obiefuna se arrodilló. Sentía una presión pesada en la vejiga. Debería haber seguido caminando con Jekwu. Tal vez los ladrones habían disparado al capellán en su dormitorio. ¿Seguirían allí? ¿Saldrían y le dispararían a él también? Contempló la puerta entreabierta del pasillo con ansia, consciente del impulso que sentía de atravesarla a toda prisa y no dejar de correr hasta estar muy lejos de allí, pero sabiendo, a la vez, que no lograría que su cuerpo le hiciera caso. Trató de comprobar si se oían pasos, con una esperanza fugaz y ridícula de que la luz del pasillo fuera lo bastante tenue como para ocultarlo. Al ver que no se acercaban ningunos pasos, fue a gatas hacia el dormitorio, odiando la luz intensa del salón. Ya visualizaba al capellán tirado en el suelo, exhalando su último aliento, en un charco de su propia sangre. Se veía a sí mismo delante de la capilla, recibiendo halagos por haber sido el alumno decisivo y resolutivo que le había salvado la vida al capellán. Estaba a punto de llegar a la puerta del dormitorio cuando volvió a oír el rugido, seguido de una respiración ronca. Se paró y se giró hacia la puerta desde la que había procedido el sonido. Era el cuarto de baño. Con el repiqueteo del corazón aún en los oídos, se puso de pie y miró por la rendija de la puerta entornada. El capellán estaba de pie en el centro del baño, con una mano apoyada en la bañera y masajeándose con furia el pene erecto con la otra. Tenía la cara desfigurada, como si sintiera un dolor intenso. Dejó escapar un gruñido final y se apoyó en la pared para recobrar el aliento. Con los ojos cerrados, mientras empezaba a respirar con más calma, con el pene aún bien agarrado en la mano, cada vez más flácido, parecía inquietantemente en paz. Obiefuna quería darse la vuelta y salir corriendo, pero se dio cuenta casi de inmediato de que no iba a ser capaz de moverse incluso aunque le fuera la vida en ello. De modo que no lo hizo, ni siquiera cuando el capellán abrió el grifo para lavarse las manos y la cara, ni siquiera cuando se limpió con una toalla, ni siquiera cuando abrió la puerta por completo tan solo un momento después y halló a Obiefuna allí plantado.

Obiefuna temía que el capellán lo matase. No parecía descabellado pensar en la posibilidad de que se abalanzara sobre él y lo estrangulara con esas manos enormes que tenía, o que le aplastara la cabeza con algo pesado y, una vez inconsciente, lo enterrara en algún lugar del jardín. Sería un caso de un alumno desaparecido, sin más. A nadie se le pasaría por la cabeza pensar que su propio capellán había perpetrado el crimen. Más tarde se preguntaría por qué no había sentido miedo en ese momento, pensaría en lo fácil que le había resultado sentarse sobre aquel cojín blando, siguiendo las órdenes del capellán, y verlo mientras se vestía, recorría todo el salón para cerrar la puerta principal y al fin se sentaba a su lado.

—Tú no has visto nada —le dijo el capellán.

De cerca, Obiefuna se percató de lo diminutos que tenía los ojos, inyectados en sangre e inquietantes, los ojos de alguien capaz de matar. De modo que asintió. Ya no tenía las piernas dormidas, pero había aceptado, con una resignación calmada, que no podía marcharse. El capellán se quedó mirándolo durante un buen rato y después cerró los ojos y exhaló, un acto que pareció dejarlo sin la más mínima energía. Cuando volvió a abrir los ojos, seguían rojos pero cansados; ya no parecían los ojos de un asesino.

—¿Cómo te llamas, hijo? —le preguntó.

—Obiefuna.

—Obiefuna... —El capellán pareció darle vueltas a su nombre en la lengua—. A veces el diablo nos ataca cuando nos encontramos más débiles y nos obliga a pecar aunque no queramos.

Obiefuna volvió a asentir. Lo único en lo que podía pensar era en que se moría de ganas de hacer pis.

—¿Sabes...? —siguió diciendo el capellán, y alargó el brazo como si fuera a tocar a Obiefuna, pero luego se detuvo.

Dejó la mano suspendida en el aire durante unos segundos y luego se la llevó a la cara y rompió a llorar. Obiefuna se estremeció ante aquel sonido, un ruido estridente y ahogado que parecía salirle de la boca del estómago y atascársele en la garganta.

—Lo siento mucho, hijo. Lo siento mucho —le dijo el capellán entre sollozos.

Ahora parecía diminuto; aquel hombre enorme y aterrador que conocía Obiefuna era casi un recuerdo tenue. Se preguntó si el capellán se alarmaría si se levantaba e iba al servicio para orinar. Tras un rato, el capellán alzó la cara; tenía mocos pegajosos colgándole de la nariz, y ni siquiera intentó limpiárselos.

—No puedo parar. Quiero parar, pero no puedo —confesó.

Incluso bajo aquella luz tenue, Obiefuna pudo distinguir la mirada de súplica desesperada del capellán. Obiefuna conocía bien la desesperación. Estaba familiarizado con la sensación de someterse ante un peso mayor que el de uno mismo.

Obiefuna se inclinó hacia delante y le posó la mano en el brazo.

—Cuénteme —le dijo.

Bajo la palma de la mano, sintió que el capellán se tensaba. Al fin se frotó los mocos que le colgaban de la nariz, pero tan solo se los esparció por la barbilla, y Obiefuna casi habría preferido que lo hubiera dejado estar. El capellán lo miraba con los ojos llorosos. Obiefuna imaginaba que estaría intentando recobrar la compostura, y casi esperaba que se recuperase lo suficiente como para pedirle que se fuera de allí. O que acabara cediendo ante su impulso de matarlo. Pero el capellán se lo contó todo. Lo que había comenzado como una actividad en grupo con unos cuantos amigos, cuando era joven e ignorante, era ahora una costumbre adictiva. En una ocasión se había tocado hasta llegar al clímax estando una noche detrás del altar, mientras pronunciaba el sermón. Cuanto más intentaba parar, mayor era la fuerza que lo impulsaba. Y sí que lo había intentado; había estado semanas sin tocarse, y tan solo usaba dispositivos que no tuvieran conexión a internet. Incluso se había quemado las manos.

—El dolor me impidió hacerlo durante una semana entera —le explicó a Obiefuna—, pero volví a hacerlo a la semana siguiente, antes de que se me hubieran curado del todo las heridas.

Entonces fue cuando Obiefuna reparó en algo, algo minúsculo pero que lo atormentaba con insistencia. ¿Cuál había sido el título del sermón aquel domingo? Rebuscó entre sus recuerdos la palabra que había empleado el capellán, sorprendido por que se le hubiera olvidado por completo. Era una sola palabra, sencilla y en apariencia intrascendente, pero una que lo había perseguido durante meses. Se dio cuenta, con un sobresalto repentino, de que el capellán había estado hablando de sí mismo aquel día. Recordaba lo emotivo que se había mostrado en el altar, como si se sintiera agraviado personalmente. El giro de los acontecimientos era tan absurdo que le entraron ganas de echarse a reír.

—Creo que ha sido Dios quien te ha guiado hasta aquí, hijo —le dijo el capellán—. Necesitaba que alguien más me recordara lo vergonzosos que son mis actos.

Obiefuna mantuvo la cabeza gacha. Había ido hasta allí para confesarle su propia situación al capellán. Había llegado cargado de remordimientos, con la esperanza de ser él quien recibiera la absolución. Y el capellán lo había puesto en una posición para la que no estaba preparado ni era digno. Menudo sentido del humor extraño debía de tener Dios.

—Hijo —le dijo el capellán mientras posaba la mano sobre la que Obiefuna le había apoyado en el brazo—, no puedes decirle a nadie lo que has visto.

Obiefuna volvió a levantar la vista hacia él. Estaba demasiado oscuro como para verle la cara, pero detectó una desolación en su voz que le rompió el corazón en mil pedazos. Quería asegurarle al hombre que, antes de decirle una sola palabra a nadie, se tiraría de lo alto del edificio de las aulas. Pero tan solo respondió que no se lo diría a nadie.

—Gracias, hijo, gracias —le dijo el capellán una y otra vez.

Se inclinó hacia Obiefuna como si fuera a abrazarlo, pero tan solo enterró el rostro entre el cuello y el hombro del chico, temblando mientras sollozaba. La cabeza del capellán le pesaba sobre el hombro, y no tardó en empezar a dolerle bajo la presión. A esas alturas ya tenía la vejiga tan llena que le resultaba insoportable, y le había empezado a palpitar, pero con el peso de la cabeza del capellán sobre el hombro no podía moverse. Se quedó mirando el jarrón en miniatura que había en el centro de la mesa, sin flor alguna, mientras se le humedecía el cuello de la camisa con las lágrimas y los mocos del capellán. Necesitaba levantarse e ir corriendo al baño para orinar. Necesitaba salir por la puerta y no volver jamás. Pero Obiefuna no se movió. Permaneció allí, inmóvil.

18

El teléfono sonó en mitad de la cena. Uzoamaka tenía por costumbre ignorarlo, ya que sabía que sería Obiageli, que la llamaba de tanto en tanto para ver cómo estaba. La última vez que habían hablado, Obiageli le había contado que estaba planeando un viaje a la montaña con su sacerdote para pasarse una semana ayunando y rezando por Uzoamaka. Le había preguntado si quería ir con ellos, y Uzoamaka le había contestado que preferiría no gastar la poca energía vital que le quedaba en un viaje agotador para rezar. Había pretendido resultar graciosa, pero Obiageli no se había reído.

Tras el tercer tono, Uzoamaka se levantó y fue al salón para contestar al teléfono. Sabía que Obiageli tenía buenas intenciones, solo que a veces era más fácil no tener que soportar su aire deprimente. Contestó la llamada, preparándose para las preocupaciones irrelevantes que oiría al otro lado de la línea.

—¿Te has enterado de que Achalugo ha muerto? —le preguntó Obiageli nada más saludarla.

El teléfono se le resbaló ligeramente, y Uzoamaka lo agarró con más fuerza con las dos manos para evitar que se le cayera.

—¿Qué Achalugo? —le preguntó a su hermana, aunque solo había conocido a uno en toda su vida.

—¿Cuál va a ser? ¡El único que conoces!

Uzoamaka enterró la cabeza en las manos. A su espalda, su familia seguía cenando, y no podía ignorar el sonido de las cucharas al chocarse contra los platos. De pronto visualizó un destello de esmalte de uñas rojo intenso, una peluca vieja pero bien cuidada, una voz sonora cantando. Seguía oyendo a su hermana hablar en el auricular.

—Dicen que había estado enfermo durante mucho tiempo —estaba contándole—. Puede que fuera sida, pero ¿quién sabe? —Uzoamaka la oyó escupir y chasquear los dedos—. Estaba claro que no iba a acabar bien.

Uzoamaka respiró con calma. Menuda falta de inteligencia emocional; típico de Obiageli. Cambiaron de tema y empezaron a hablar sobre la salud de Uzoamaka y, mientras informaba a su hermana sobre sus consultas con el médico, la distraían el sonido nítido de una voz cantando y unas carcajadas estrepitosas. Después de colgar, se quedó allí sentada, mirando el suelo en silencio.

—¿Va todo bien? —le preguntó Anozie desde el salón.

Uzoamaka cerró los ojos y exhaló. Sacudió la cabeza.

Más tarde, mientras Anozie salía de la ducha para meterse en la cama con ella, Uzoamaka le contó lo de Achalugo. Mientras hablaba, se sorprendió de lo difícil que le resultaba resumir la vida de Achalugo. Había sido demasiadas cosas a la vez, de modo que le parecía que, por mucho que le contase, por más detalles de su vida que le relatase, seguía quedándose en la superficie. No podía pensar en él sin pensar en el tintineo de su *ogene*, su voz seductora cuando invitaba a todos a bailar al ritmo de su melodía. Nadie sabía a ciencia cierta cómo había llegado a ser así; hasta donde recordaba la gente, siempre había existido tal y como era. Uzoamaka creía que era huérfano, que había perdido a sus dos padres en la Guerra Civil de Nigeria. Conocía a uno de sus tíos, un hombre de negocios rico que había intentado sin éxito en numerosas ocasiones ingresarlo en un hospital psiquiátrico, y sabía que la inutilidad de sus intentos se debía, en gran parte, a la intervención de la aldea. Todos insistían en que no representaba ningún peligro para nadie. Vivía solo en una pequeña choza cerca de la plaza del pueblo. Cuando no estaba tocando, era un hombre menudo de aspecto anodino que no se parecía en nada a la figura imponente que hacía que incluso el más insensible de sus detractores moviera los pies de manera inconsciente en homenaje al sonido. Puede que hubiera muerto solo en esa choza, sin nadie a su lado.

—Sí que te ha afectado todo esto —le dijo Anozie.

Le habló de las audiciones de baile, de aquello que le había dicho Achalugo sobre encontrar alguna otra cosa que se le diera bien.

Anozie asintió distraído y levantó las sábanas para meterse en la cama.

—No a todos se nos puede dar bien lo mismo. Tiene que haber variedad en esta vida. Es un principio fundamental —dijo Uzoamaka.

Anozie se quedó tumbado inmóvil. Uzoamaka permaneció en silencio un buen rato, y luego se preguntó si su marido se habría quedado dormido, pero entonces le dijo:

—Todo esto tiene que ver con Obiefuna, ¿no?

—Mira que enviarlo a un internado, Anozie... —le dijo Uzoamaka—. Dejarlo de lado a la primera de cambio, sin pensarlo dos veces.

—Todo lo que he hecho ha sido por su propio bien.

—Repetirte eso a ti mismo una y otra vez no hace que sea verdad.

—¿Qué se supone que significa eso, Uzoamaka?

—Que no debes justificar tus actos tan solo con tener buenas intenciones. Estoy segura de que una parte de ti solo quería castigarlo. Puede que también ayudarlo, pero sobre todo castigarlo.

Anozie se quedó mirándola. Incluso a oscuras, Uzoamaka pudo distinguir los ojos de Anozie recorriéndole deprisa el contorno de su rostro, en busca del significado de lo que acababa de afirmar, y entonces vio que de pronto lo entendía todo; vio cómo se le relajaba la piel de la cara con un leve asombro.

—Lo sabías.

Uzoamaka suspiró.

—Lo he parido, Anozie.

—Lo sabías —repitió Anozie, como si Uzoamaka no hubiera dicho nada, como si no pudiera creerse su propio descubrimiento—. Durante todo este tiempo lo has estado defendiendo y haciéndome quedar a mí como el enemigo, ¿y lo sabías? —le dijo.

Uzoamaka no sabía si Anozie iba a romper a llorar. Una parte de ella quería abrazarlo y decirle que no pasaba nada, que no era el peor padre del mundo, que nadie le había enseñado a querer a un hijo que era diferente.

—Todo este tiempo, pensaba: *Si Uzoamaka lo supiera, seguro que lo entendería…* —añadió Anozie—. Te concedí el beneficio de la duda. Di por hecho que tú, justo tú, sabrías lo que está bien y lo que está mal. Así que, dime, ¿crees que tener un hijo homosexual es ideal? ¿Crees que me alegra haber tenido que echarlo de casa?

Uzoamaka exhaló. Se preguntaba si Ekene podría oírlos desde su dormitorio. ¿Cómo había tardado tanto en hacer eso? ¿Qué tipo de madre era?

—Para serte sincera, Anozie, no me importa cómo te sientas. A fin de cuentas, solo hay una persona que está sufriendo de verdad con esta situación, y no eres tú. Ni yo.

—Pero es mi hijo —dijo Anozie, bajando la voz, al igual que Uzoamaka—. Es mi deber ser duro con él.

—Un niño no se quema la palma de la mano con el carbón ardiendo que le pone su *chi* —le dijo Uzoamaka—. Tienes que ser consciente de cuándo empiezas a jugar a ser Dios, Anozie.

—Ah, así que ahora va todo sobre mí y sobre lo que hago. ¿Y qué pasa contigo? ¡Últimamente ni siquiera quieres verlo!

Uzoamaka retrocedió. Se sentía como si le hubieran dado un guantazo en la cara.

—No quería decir eso, de verdad —se excusó Anozie—. Es solo que no puedo pensar con claridad ahora mismo. —Estiró el brazo para tomarla de la mano—. Por favor, no te enfades.

Pero Uzoamaka ni siquiera tenía fuerzas para estar enfadada; lo que sentía esos días era solo cansancio.

Más tarde, justo cuando se estaba quedando dormida, notó que Anozie se acurrucaba a su lado. En una voz tan baja que casi era un susurro, le dijo:

—No me preocupo por nuestro hijo menos que tú, Uzoamaka.

En ese momento Uzoamaka cerró los ojos y, sin girarse, le dijo:

—Una cosa es querer a un hijo y otra muy distinta que ese hijo se sienta querido. Obiefuna es pequeño aún. En toda su vida, se topará con miles de obstáculos. Justo en su hogar, un niño no debería sentir que el amor es condicional.

19

Desde hacía dos cursos, Obiefuna había marcado en su calendario mental la segunda semana de marzo de 2010 como una fecha importante. La competición deportiva entre las distintas casas del internado solo se celebraba una vez cada tres años y, en los meses previos, los chicos no podían hablar de ninguna otra cosa. Obiefuna se imaginaba que, entre las numerosas razones que explicaban aquello, se encontraba el hecho de que fuera una oportunidad poco habitual de entrar en contacto con las chicas del internado femenino, a quienes invitaban tanto para participar como para observar a los chicos. Coaccionado por Jekwu, que era el prefecto de la casa Azul, Obiefuna participó en la carrera preliminar de cien metros de la categoría sénior y, para su sorpresa, lo seleccionaron para representar a su residencia. Se pasó las tardes entrenando durante horas con sus compañeros al mando del señor Offor, el supervisor de la residencia, y más horas aún entrenando a solas con un cronómetro. Le habían informado de que uno de sus contrincantes era de la casa Amarilla, un chico de SS2 que se llama Wole y sobre el que se decía que, igual que Usain Bolt, se divertía retrasando la salida durante los entrenamientos, y al final acababa venciendo de todos modos a sus adversarios. La semana previa a la competición, Obiefuna estuvo entrenando sin parar hasta que le dolieron las rodillas y la espalda y el señor Offor le pidió que descansara hasta el viernes, temiendo que se esforzase demasiado y cayera enfermo. La mañana de la competición, estuvo viendo con Jekwu las carreras previas a la suya. Cuando Jekwu le ofreció agua, Obiefuna la rechazó sin dejar de sostenerle la mirada a Wole desde lejos durante todo el tiempo. Las chicas del internado femenino habían llegado antes de la carrera y ahora estaban amontonadas bajo un toldo, observando la competición bajo la mirada estricta de las supervisoras. Al fin llegó el momento de su carrera. Obiefuna caminó despacio hacia la pista, detestando la sonrisa que esbozaba Wole. Los otros tres chicos del resto de las casas se pusieron en sus puestos. Obiefuna se agachó siguiendo las instrucciones del entrenador y levantó la mirada hacia la pista que se extendía ante él. Cuando oyó el sonido del silbato, se fijó en que Wole no se había quedado atrás a propósito, como era habitual, y en cierto modo lo alivió. Obiefuna sentía que sus piernas avanzaban por debajo de él, desconectadas de su mente. Durante un rato no fue consciente de nada, solo sabía que estaba corriendo. No tenía a nadie delante. Por detrás, oía la respiración agitada de sus tres oponentes mientras intentaban alcanzarlo. Iba a ganar el oro. Tan solo le quedaban unos pocos metros para llegar a la línea de meta. Y, entonces, por el rabillo del ojo, vio que Wole se acercaba y lo adelantaba a toda velocidad. Obiefuna trató de hacer un último esfuerzo, pero parecía que a Wole lo hubiera poseído un espíritu. Obiefuna quedó segundo por muy poco. Vio el regocijo de sus compañeros de casa. A su alrededor, oía que gritaban su nombre y le pareció distinguir la voz de Jekwu. Rechazó la glucosa que le ofrecieron y se dirigió a recibir la medalla. Le gustaba sentir el peso firme de la medalla en el cuello. Los atletas de la siguiente carrera estaban ya asumiendo sus puestos. Obiefuna le estrechó la mano al supervisor de la casa y a los prefectos antes de acercarse al grifo que quedaba cerca de la residencia para lavarse los pies. Estaba agachado, frotándose los pies, cuando notó la presencia de alguien cerca. Al levantar la mirada, vio a Wole.

—Has corrido bien —le dijo Wole.

—Gracias. Tú también.

—Al principio creía que ibas a ganar, y no pensaba permitirlo, así que...

Obiefuna se incorporó y miró a Wole a los ojos. Wole entendió lo que significaba esa mirada.

—Eh..., bueno, me voy —le dijo mientras se alejaba.

Cuando Obiefuna volvía a las pistas para ver el resto de las carreras, oyó su nombre de nuevo, pero esa vez en una voz femenina. Se dio la vuelta hacia la dirección de la que procedía la voz y se sobresaltó un poco al ver a un grupo de chicas apiñadas junto al laboratorio. Desde lejos, pudo ver a la famosa Bee siendo el centro de atención, como era de esperar. ¿Quién de esas chicas podía conocerlo? Se quedó allí mirándolas hasta que una de ellas se apartó del grupo y empezó a acercarse a él. Le llevó un momento reconocerla: se trataba de Rachel. Obiefuna sonrió. Sí que había cambiado en solo algo menos de dos años; de la niña menuda y humilde que había visto aquel día con Papilo a una joven algo más voluptuosa, entrada en carnes. No era la chica más guapa, pero no estaba mal. Desde luego, los chicos del campus sabían quién era.

—Rachel —le dijo, conteniendo el impulso de ir a abrazarla, consciente de que a su alrededor todo el mundo los estaba mirando.

—¡Ay, Obi, qué alto estás! —Rachel lo miraba asombrada mientras se reía a carcajadas; incluso había dejado atrás la timidez—. Ya nunca preguntas por mí.

—*Haba*, Rachel.

—*Eziokwu*. —Rachel rio por la nariz—. Te veo bien, eh. Con tu pequeña *bia bia*. —Alargó el brazo para tirarle de los vellos que le habían brotado en la mandíbula—. Le estaba diciendo a mis amigas que has estado de maravilla en la carrera.

Obiefuna soltó una risita, encantado.

—Gracias.

—¿Cómo estás? —le preguntó Rachel.

Obiefuna se encogió de hombros e intentó sonar relajado.

—Mejor, ahora que has querido verme.

Rachel puso una mueca.

—Yo no soy la que quiere verte, ¿eh? —le dijo, inclinando la cabeza ligeramente en dirección al grupo y con un brillo pícaro en los ojos.

Obiefuna le echó un vistazo a las demás chicas y casi sonrió al verlas desviar la mirada a toda prisa. Intentó descifrar, a partir del lenguaje corporal, quién era la que había querido verlo, pero todas le parecían idénticas, o a lo mejor era solo que no se le daba bien interpretar ese tipo de cosas. Al ver que se quedaba mirando un buen rato, Rachel le dio una palmadita suave en el brazo.

—Oye, Obi, sé un poco más sutil. No te puedes quedar mirando a una dama como un bobo.

—¿Quién es la que quiere verme? —le preguntó mientras volvía a mirar a Rachel.

Rachel chasqueó la lengua de un modo juguetón, disfrutando de su papel como casamentera.

—La que va de verde.

—Hay tres chicas vestidas de verde, Rachel.

Rachel puso los ojos en blanco.

—La guapa.

Obiefuna volvió a mirar al grupo, conteniendo la risa ante su insinuación, pero se le pasaron las ganas de reírse en cuanto vio a quién se refería. Incluso desde esa distancia, lo asombró la redondez del rostro de la muchacha, su sonrisa inamovible mientras escuchaba a Bee, con el pelo rapado y una ropa deportiva que le perfilaba las curvas esbeltas. ¿Cómo era posible que no se hubiera fijado en ella antes? Ahora veía que era ella, y no Bee, la que acaparaba la atención del grupo. El pequeño círculo parecía haberse formado a su alrededor.

—Bueeeno… —dijo Rachel, alargando la palabra—, entonces, ¿quieres que vaya a hablar con ella o qué?

Obiefuna carraspeó. El sol le quemaba la nuca.

—Sí, claro.

Rachel le guiñó un ojo y se alejó. Obiefuna sintió una oleada de gratitud por haberse puesto una cantidad generosa de desodorante esa mañana, antes de la carrera. A pesar de que estaba empapado de sudor, seguía oliendo bien. Vio a Rachel hablando con el grupo, dándole la espalda. De vez en cuando hacía gestos, pero no se volvió hacia él ni una sola vez. Ninguna de las chicas lo miraba mientras Rachel hablaba, hasta que se empezó a preguntar si estaría hablando de él siquiera. No entendía qué necesidad había de darles una explicación tan larga si se suponía que ya lo habían acordado todo previamente.

Al fin, la chica lo miró y, a pesar de la distancia, sintió que le flaqueaban las rodillas. Trató de respirar con calma para cuando se acercara a él, pero al final fue Rachel la que se giró y volvió hacia Obiefuna trotando.

—Ha aceptado hablar contigo.

Se quedó mirando a Rachel confundidísimo, pero poco a poco fue entendiéndolo: aunque había sido la chica la que se había interesado por él, necesitaba sentir que Obiefuna iba tras ella. Rachel le estaba indicando que debía ser él quien diera el primer paso importante.

—Vale, pues dile que venga, por favor —le dijo Obiefuna.

Rachel se quedó boquiabierta.

—¡No! Se supone que tienes que ir tú a por ella.

—¿Mientras está ahí con todas las demás?

La idea le dio pánico.

—¿Es que nunca has hecho esto? —le preguntó Rachel.

Lo estaba mirando con una expresión burlona, pero Obiefuna detectó un toque de curiosidad confusa y genuina en su voz. Le entraron ganas de beber agua.

—Os dejarán solos si se lo pides con educación —le aseguró Rachel mientras volvía hacia el grupo.

Obiefuna exhaló. Se frotó los brazos para aplastarse el vello. Esperó a que Rachel hubiera vuelto a unirse al grupo antes de avanzar hacia ellas con paso firme, preocupado de que la postura relajada pero calculada con la que caminaba fuera demasiado desenfadada. Conforme se acercaba a ellas, se preguntó si sería él el origen de las risas repentinas de las chicas. Se quedó plantado a unos pocos metros del grupo e intentó mantener la espalda erguida.

—Hola —dijo, pero las chicas siguieron charlando, ajenas a su presencia.

Rachel lo miró a los ojos y le hizo un gesto alentador con la cabeza. Obiefuna se aclaró la garganta y lo intentó de nuevo, más alto esa vez:

—Perdonad.

Las chicas lo miraron. Parecían estar ligeramente confusas, como si lo estuvieran viendo por primera vez. La chica de verde fue la única que no lo miró.

—Hola —dijo de nuevo, a todas en general, y después, dirigiéndose a ella en concreto, añadió—: ¿Puedo hablar contigo un momento, por favor?

La chica lo miró.

—¿Conmigo?

—Sí.

La chica vaciló, y se notaba que quería que Obiefuna supiera que había vacilado. Miró a su alrededor, a todo el grupo, como en busca de su aprobación. A Obiefuna le dio la sensación de que una arena muy valiosa se le escurría entre los dedos.

—De acuerdo —dijo al fin mientras se separaba del grupo para acercarse a él.

Obiefuna la condujo hacia el mango que había más cerca del laboratorio, profundamente consciente de que, con las manos entrecruzadas a la espalda, parecía más una carabina que una posible cita. La chica estaba jugueteando con el dobladillo de su camiseta con unos dedos pequeños con las uñas recortadas. Desprendía un olor embriagador a flores. Obiefuna se preguntó si se espantaría si alargaba el brazo para tomarla de la mano. ¿Qué podía decirle? ¿Qué frases podía emplear para encandilarla sin parecer falso? Le habría gustado que Jekwu hubiera estado allí con él. Jekwu habría sabido qué decir.

—¿A dónde vamos? —le preguntó de pronto la chica.

Obiefuna se detuvo en seco y la miró estupefacto. Miró a su espalda y vio que habían dejado atrás el mango y habían seguido caminando.

—Eh… —Volvió a carraspear—. No sé. Esperaba que pudiéramos dar un paseo.

La chica soltó una risita.

—Uno muy largo —dijo—. Les he prometido a mis amigas que no me alejaría demasiado.

—Conmigo estás a salvo —le contestó, sorprendiéndose a sí mismo.

La chica lo miró a la cara con unos ojos misteriosos y sombríos, y luego esbozó lo que solo podía interpretarse como una sonrisa de lástima. Esa frase ya la había oído antes. ¿La habría repelido? ¿Le parecería demasiado superficial Obiefuna? ¿Estaría decepcionada? Se planteó la posibilidad de disculparse, pero incluso la idea le parecía ridícula.

—Has estado muy bien en la carrera —le dijo la chica.

De modo que lo había visto. De repente quiso volver a la carrera y llevarse la medalla de oro. Con o sin Wole.

—Gracias.

—¿Puedo verla? —le preguntó, señalando la medalla que se había colgado del cuello.

—Sí, claro.

Obiefuna se la quitó y se la dejó en la palma de la mano durante un instante incómodo, inseguro de si debía tendérsela o colgársela del cuello. Como si percibiera su dilema, la chica le ofreció una de sus sonrisas dulces e inclinó la cabeza hacia él. Obiefuna estuvo a punto de reírse, sonrojado y acalorado, y le pasó la medalla por el cuello, rozándole la barbilla ligeramente.

La chica sostuvo la medalla con la mano, la giró hacia un lado y hacia el otro, y lo único en lo que podía pensar Obiefuna era en que ella tenía su sudor en ese cuello suave y limpio.

—Parece de verdad —susurró mientras la estudiaba con atención y Obiefuna la observaba. Cuando volvió a alzar la vista, lo sorprendió mirándola y Obiefuna desvió los ojos, avergonzado—. Bueno, señor sin nombre… —empezó a decir la chica, e inclinó la cabeza para contemplarlo con una actitud burlona.

Obiefuna sonrió.

—Obiefuna.

Y la chica le devolvió la sonrisa.

—Yo me llamo Sopulu.

Tardó un momento en recordar de qué le sonaba el nombre, y entonces se le desvaneció la sonrisa de la cara. De modo que esa era la tal Sopulu. La chica de la que había hablado Jekwu, la chica de la que todo el mundo parecía estar hablando. Ahí estaba, justo delante de él, dándole vueltas a su medalla en el cuello, tentándolo. Obiefuna temió que se tratase de una broma cruel, un reto, tal vez. Se imaginó a la chica estallando en carcajadas de pronto ante las esperanzas de Obiefuna. Se imaginó a las demás chicas corriendo hacia ellos, muertas de risa, asombradas e impresionadas por lo lejos que había llegado Sopulu para interpretar su papel.

Y cuando, justo en ese momento, un silbido los interrumpió y Obiefuna se giró y vio al grupo de chicas saludando con la mano a Sopulu, se quedó aterrado al creer que sus temores se habían acabado volviendo realidad. Pero Sopulu no se rio. En todo caso, parecía decepcionada. Obiefuna se dio cuenta entonces de que la señal había sido en realidad una advertencia: las supervisoras estaban al acecho para atrapar a las chicas que se hubieran alejado. Sopulu se giró hacia él con una sonrisa de disculpa.

—Qué mala suerte —le dijo—. Quizá la próxima vez.

Se llevó las manos al cuello para quitarse la medalla y Obiefuna alargó el brazo para recibirla, y al hacerlo le rozó el codo con la mano a Sopulu, quien se detuvo para observarlo. Obiefuna bajó las manos a los costados justo cuando ella soltó la medalla y volvió a posarse sobre su pecho, como si ese hubiera sido siempre su lugar. Notó un rugido en el estómago y se preguntó si debía tocarla, pero Sopulu ya se había dado la vuelta y se estaba alejando, despidiéndose con la mano, de modo que tan solo asintió para despedirse él también mientras la veía volver tranquilamente con sus amigas.

La velocidad con la que se extendió la noticia antes de que amaneciera lo dejó asombrado. A la hora del recreo, una horda de chicos se había amontonado alrededor de su pupitre en busca de detalles de su encuentro con Sopulu. ¿Acaso la conocía de antes de ir al internado? ¿Eran familia o algo así? ¿Habían estudiado en la misma escuela? ¿Eran hermanastros? Era como si sencillamente se negaran a considerar siquiera la posibilidad de que el encuentro hubiera sido más íntimo.

—Seguro que tiene algo que ver con que los dos han sido prefectos —dijo Philip, con un tono ligeramente inquisitivo pero desafiante.

Obiefuna había oído el rumor de que había estado prendado de Sopulu desde hacía varios cursos, pero se había negado rotundamente a aceptar sus rechazos año tras año.

Obiefuna decidió ignorarlos a todos. Le molestaba la seriedad con la que lo interrogaban, pero en cierto modo disfrutaba de que especulasen, del aire de misterio que parecía envolverlo gracias a haber permanecido en silencio, y de saber que, de manera tácita, se había convertido en uno de ellos. Formaba parte de los chicos, no solo por su posible vínculo con una chica de otro internado, sino porque además se trataba de la chica más deseada. Y ese fue el motivo por el que, cuando un alumno más pequeño le entregó la carta de Sopulu dos días más tarde, en un sobre que desprendía un aroma dulce, dejó que los chicos que lo rodeaban vieran el nombre escrito en él con esa letra inclinada tan elegante.

—A lo mejor te la has escrito a ti mismo —dijo Philip, y los demás se echaron a reír, aunque Obiefuna sabía que ni siquiera Philip se lo creía del todo.

Leyó la carta bajo el manto de la noche, mientras tan solo oía los grillos al otro lado de la ventana y los ronquidos de alguno de sus compañeros de cuarto. Sopulu había utilizado un bolígrafo especial cuya tinta brillaba cuando la iluminaba con la linterna y de la que emanaba un aroma dulce a flores.

Obiefuna:

Qué nombre tan interesante. Me hace pensar en «Obim efugo», y tendrías que devolvérmelo. Recuerdo haberte visto en nuestro campus cuando viniste a por las literas, y le tuve que preguntar a las chicas por ti. No me sorprendió saber que habías empezado a estudiar en el internado en SS1. Habría recordado tu rostro si te hubiera visto en los exámenes del Certificado de Educación Básica. Me gustan tus ojos. Me gustas tú. Escríbeme.

Sopulu.

Dobló la carta y la guardó en su caja. Después se lo pensó mejor, la sacó y la guardó en el armario, debajo de una bolsa de azúcar, donde ni Wisdom ni el resto de los chicos podrían robársela sin su llave. Recordaba el día del que hablaba Sopulu en la carta. La semana anterior al relevo de los puestos de prefectos, había ido al campus de las chicas, al otro lado de la carretera, cuando el señor CY les había pedido a Edet, otro prefecto, y a él que eligieran y supervisaran a unos cuantos estudiantes del primer ciclo de secundaria que tenían que encargarse de sustituir las literas rotas del campus masculino con unas cuantas literas que no usaba nadie del campus de las chicas. ¿Cómo era posible que no la hubiera visto aquel día? ¿Cómo podía ser el único que no sabía de su existencia? ¿Y cómo era que lo había elegido a él de entre todos los chicos de su clase? Jekwu le dijo que el único con el que había salido en el pasado era Makuo, y solo había sido un amorío breve durante los exámenes del Certificado de Educación Básica cuya llama se apagó a lo largo de las vacaciones. ¿Cómo era posible que ahora se hubiera fijado en él, que sin duda era una opción peor que Makuo? También se preguntaba qué pensarían sus amigas de él. Aunque aquel día habían parecido aceptarlo, Obiefuna había percibido una incertidumbre tácita que se inclinaba hacia la desaprobación, salvo por Rachel. ¿Cómo podía esperar impresionar a una chica como Sopulu cuando no tenía casi nada que ofrecer? Ni dinero ni un físico de escándalo ni encanto siquiera. Imaginaba los beneficios que le aportaría que la gente lo asociara con ella: su estatus se elevaría por encima del de sus compañeros y los chicos de su curso lo respetarían más que nunca. Puede que no lo acogieran en su grupito, sobre todo teniendo en cuenta el pasado de Sopulu con Makuo, pero al menos se verían obligados, a su pesar, a reconocer su nueva valía. Sopulu era el premio gordo. Pensó en ella durante los días siguientes; veía destellos de su sonrisa dulce mientras se dirigía a clase, mientras hacía la colada, mientras se frotaba con la esponja en el baño. Su voz le rondaba la cabeza e invadía sus pensamientos cuando menos se lo esperaba. Entraba en las salas consciente de los ojos que se levantaban para observarlo, y salía de ellas consciente de los susurros que provocaba su marcha. Sopulu le granjeó el respeto de sus propios compañeros. Parecía como si, con ella, o con la idea de ella, sus propios compañeros de clase lo tomaran en serio por fin, y Obiefuna estaba a la vez agradecido y resentido por el poder de Sopulu. En una ocasión, Obiefuna levantó la mirada mientras rebuscaba en una estantería de la biblioteca y se topó con los ojos de Makuo. La rabia gélida que vio en ellos lo dejó desconcertado. La versión de la historia que había oído era que la ruptura había sido por mutuo acuerdo, y que después Makuo se había jactado de haber sido él quien se lo había propuesto porque había descubierto que Sopulu no era para tanto, disfrutando sin duda del mensaje tácito: que él era el único capaz de hacerle daño a una chica como Sopulu. Pero ahora Obiefuna se preguntaba si esa historia no sería del todo cierta. ¿Habría dejado Sopulu a Makuo? ¿Se debía la mirada ligeramente aterradora que le había lanzado Makuo a los celos, porque seguía queriéndola? ¿O tan solo era decepción por haberlo elegido a él como su sustituto, y por cómo afectaba eso a su propia valía?

Obiefuna releía la carta a menudo, saboreando la calidez de cada frase con un cosquilleo que le recorría el cuerpo entero hasta los dedos de los pies. Le habría gustado que fuera más larga. Que no terminase nunca. Lo embargaba cierto pánico cada vez que pensaba en que Sopulu le había pedido que le escribiera. ¿Qué podía escribirle? ¿Qué podía decirle? Se planteó la posibilidad de pedirle ayuda a Jekwu. Se lo imaginaba ofreciéndole una respuesta apropiada en el primer intento. Pero también sabía que la respuesta de Jekwu sería un artificio superficial y cursi. Obiefuna quería algo diferente, algo original. Quería darle algo sobre lo que pensar durante días.

Pasó una semana entera y la carta de Sopulu seguía en su taquilla, sin respuesta. A veces, por la noche, a oscuras, redactaba posibles respuestas mentalmente, pero las rechazaba al instante por ser demasiado largas o demasiado cortas o no lo bastante sinceras. Una vez, se despertó antes del amanecer pensando en ella y fue a por el cuaderno y empezó a garabatear sin pararse a pensar. Hasta que no hubo releído lo que había escrito no se dio cuenta de lo que había hecho, lo que había estado haciendo todo ese tiempo. El resto de las cartas, cargadas de melancolía y anhelo, e incluso ligeramente acusatorias, estaban dirigidas a Aboy. Se quedó asombrado ante lo absurdo que era el asunto. Tenía en las manos la carta de una de las chicas más guapas que había visto en su vida y lo único en lo que podía pensar era en el rostro de Aboy pegado al suyo, sonriendo en sueños. Obiefuna cerró el puño, hizo una bola con la carta de Sopulu y se la metió en la boca. La masticó hasta dejarla hecha una papilla, para evitar que alguien pudiera recogerla de la basura. Aceptó el hecho de que nunca le respondería.

Conforme pasaban los días, casi esperaba recibir una segunda carta de parte de Sopulu, y la idea lo entristecía. Y después se reía de su propia estupidez presuntuosa. Pues claro que no volvería a escribirle jamás. Tenía el orgullo herido por el hecho de que, probablemente por primera vez en toda su vida, la hubieran ignorado. Por aquello, Sopulu lo llevaría siempre en su corazón, pero en un hueco reservado para aquellos a los que guardaba el más profundo rencor.

Pero, cuando volvió a verla casi un mes después, junto a la puerta de la rectoría, acompañada de una supervisora y varias chicas más, su expresión no reveló ni una pizca del desdén que Obiefuna esperaba. Fue peor aún: pareció no reconocerlo, como si no lo hubiera visto, como si, para ella, nunca hubiera existido siquiera.

A Obiefuna le sorprendía lo rápido que pasaba el tiempo. Le parecía que en un momento estaban haciendo simulaciones de exámenes y amontonándose delante del tablón de anuncios para comprobar los resultados, esperando sacar las mismas buenas notas en los exámenes oficiales, y al instante siguiente ya era la última semana de abril y le estaban presentando las listas de asignaturas al decano, contando con los dedos de una mano los días que quedaban para los exámenes finales en mayo. Se pasó una tarde aburrida de jueves en el pequeño despacho del Departamento de Orientación y Asesoramiento, que estaba atestado de libros y olía demasiado a alcanfor. Parecía que el propio orientador, un hombre delgado con el pelo blanco ralo, barba y unos ojos diminutos que lo observaban desde detrás de unas gafas de montura gruesa, estaba necesitado de orientación. Repetía las mismas cuestiones básicas una y otra vez y tardaba un buen rato en entender las cosas más sencillas. De modo que Obiefuna no le habló de lo confundido que estaba sobre qué carrera estudiar (Medicina, para impresionar a su madre, o Ingeniería, para impresionar a su padre) ni de que no tenía preferencias en cuanto a la universidad a la que ir. Le dijo al hombre que estudiaría Biología en la Universidad Estatal de Port Harcourt, pero al instante se arrepintió, ya que el orientador se lanzó a soltarle un sermón larguísimo sobre que, con sus notas, tenía mejores opciones.

Cuando llegó el día del primer examen, estaba de lo más ansioso. Había pasado toda la noche repasando y, aun así, se sentía incluso menos preparado por la mañana. En las pruebas prácticas de Física no dejaba de mirar a la fila de las chicas, hasta que el vigilante le preguntó si quería una falda para poder irse con ellas. Más tarde, fue hacia la fuente y se inclinó para beber cuando sintió un golpe seco en las nalgas. Al girarse, se encontró con Rachel. La había visto antes, esa misma mañana, y en parte esperaba que hiciera algo así tarde o temprano.

—Buenas —le dijo.

—Sabes que es de Humanidades, ¿no?

—¿Qué? —le preguntó Obiefuna.

—Ay, por favor… —Rachel puso los ojos en blanco—. Que te crees tú que no nos hemos dado cuenta de que no dejabas de mirar hacia nosotras. Si estaba hasta preocupada por si mezclabas las sustancias equivocadas e incendiabas el edificio entero.

Obiefuna rio. Incluso estando así de tenso, Rachel sabía cómo relajarlo.

—No está aquí, Obi —le dijo después de un rato—. Ya la verás cuando hagamos el primer examen general el lunes. El de Mates.

—Ah —respondió Obiefuna.

Quedaba casi una semana. En total, tenían que escribir tan solo cuatro exámenes obligatorios. No sabía si sentir alivio o decepción.

Rachel no dejaba de estudiarle la cara.

—Me esperaba más de ti, Obi —le dijo.

—Lo siento mucho, Rachel. No era lo que tenía en mente. En absoluto.

—¿A qué te refieres?

—Es que… era demasiado —le contestó antes de dejar escapar un suspiro.

Sabía que no tenía ningún sentido lo que estaba diciendo. Sabía que jamás podría lograr que lo entendiera, ni ella ni nadie. Rachel lo miraba con la cabeza inclinada ligeramente hacia un lado, preparada para escuchar su explicación, pero Obiefuna no dijo nada más, tan solo mantuvo la mirada fija en el suelo hasta que las amigas de Rachel la llamaron, soltó una última exhalación de decepción, y se marchó con ellas.

El lunes siguiente, Obiefuna observó a las chicas llegar desde su asiento, y no le costó distinguir a Sopulu entre la multitud. Los pupitres tenían escritos con tiza los números de cada persona y, cuando Sopulu fue hacia la primera fila y se sentó como si nada, a Obiefuna lo asaltó una nostalgia extraña por lo que podría haber sido. Habría preferido que Sopulu no hubiera ido nunca tras él. Pero luego lo invadió un deseo más racional: el de ser capaz por naturaleza de reconocer y corresponder el cariño de una chica guapa y encantadora, en lugar de sentirse únicamente halagado. Sí que le tenía cariño; era solo que deseaba que comprendiera que no era el tipo de cariño que ella quería.

El último día llegó demasiado pronto. Obiefuna se pasó la noche estudiándose el libro de texto de Educación Cívica en una sala silenciosa abarrotada de sus compañeros de clase, y cuando llegó la hora del examen estaba muerto de sueño. Las preguntas le parecieron fáciles; eran cuestiones de sentido común sobre la corrupción y la ciudadanía, y las contestó rápido y le pasó la hoja de su examen al compañero de asiento que tenía detrás y que le había estado dando la tabarra todo el tiempo, divertido para sus adentros por la ironía del asunto. Al fin, sonó la campana que indicaba el final del examen y todos rompieron a gritar de repente, tan alto que le dolieron los oídos. A su alrededor, los chicos estaban tamborileando las mesas y bailando; y las chicas, riendo y abrazándose. Obiefuna estaba mareado. Al fin había acabado todo. En sus tres años en el internado había acumulado suficientes recuerdos como para toda una vida. Sintió que lo envolvía una calma repentina que eclipsaba el impulso salvaje de gritar, de arrancarse la camisa, de subirse a los pupitres y dar patadas con todas sus fuerzas hasta que se agrietaran bajo sus sandalias. Notó unas palmaditas en el hombro y, cuando se giró, Jekwu lo abrazó con tanta fuerza que durante un momento se quedó sin respiración. Olía ligeramente a desodorante y a sudor, y a Obiefuna le transmitió una nostalgia desbordante que hizo que se le anegaran los ojos de lágrimas. Jekwu lo soltó y le acunó la mandíbula a Obiefuna con ambas manos mientras se reía con el rostro pegado al suyo.

—¡Lo hemos conseguido, Obi!

—Lo hemos conseguido —repitió Obiefuna en una voz más baja.

¿Qué le pasaba? Era el momento que tanto había esperado, el momento con el que había soñado desde el primer día. Estaba feliz de haber terminado, de pasar a una fase nueva de su vida, más prometedora, pero aun así solo lograba hablar en susurros. Sabía que iba a echar mucho de menos a Jekwu. Iba a echar de menos a Wisdom. El internado entero, con sus reglas estrictas y las residencias atestadas y los baños pestilentes. Jekwu se inclinó hacia él como si fuera a abrazarlo otra vez, pero le sostuvo los hombros y le susurró al oído.

—Está viniendo, Obi.

Obiefuna se tensó. Respiró hondo antes de darse la vuelta. Sopulu estaba caminando hacia él con su elegancia habitual y su medalla en la mano. Obiefuna vio a sus amigas apiñadas en un rincón, observándolos. Jekwu le dio una palmadita de ánimo en la espalda y se marchó. Sopulu se detuvo delante de él.

—Hola —le dijo Obiefuna.

—Solo venía a devolverte esto.

Le tendió la medalla con el rostro impertérrito. Obiefuna alargó el brazo para recibirla y le agarró la mano. Sopulu le lanzó una mirada férrea, pero Obiefuna notó que relajaba los brazos y supo que no se apartaría.

—Ni te imaginas lo mucho que lo siento, Sopulu.

—Ni siquiera tuviste la decencia de rechazarme a la cara.

—No podría rechazarte nunca.

—Ya, claro —respondió. Obiefuna sabía que estaba enfadada, pero también estaba decidida, como siempre, a mantener la compostura. No podía permitir que la viera alterada—. Supongo que tu carta se perdió por el camino, ¿no? ¿O es que no recibiste la mía?

—Sí que la recibí, y significó muchísimo para mí. Intenté responderte, pero es que... —Vaciló y trató de respirar con calma—. No pude.

Mientras que hacía un momento había sentido que Sopulu relajaba la mano, ahora sintió que se aferraba a él. Ya no lo miraba con frialdad.

—¿Por qué?

Dada la sinceridad de su voz y la firmeza con la que le agarraba la mano, dada la confianza que parecía estar depositando en él y los ojos empáticos que le recorrían toda la cara, le pareció que lo correcto era decirle la verdad, desahogarse sin pensar en las consecuencias.

—La verdad es que no... —comenzó a decir, pero entonces el valor lo abandonó y bajó la vista—. Es que hay... otra persona.

—Ah... —fue lo único que respondió Sopulu.

Obiefuna mantuvo la mirada fija en el suelo. Era absurdo. ¿Cuán habitual era que una chica como Sopulu mostrase interés en alguien como él? Sopulu no era el tipo de persona a la que le hacía falta competir. Le entraron unas ganas ridículas y delirantes de reírse.

—¿De tu ciudad? —le preguntó.

Obiefuna levantó la vista y asintió.

En ese momento Sopulu le sonrió y Obiefuna volvió a pensar en lo increíble que debía ser afrontar la vida con ese aspecto, con esa cara de piel suave color caramelo, ese pelo rizado que le enmarcaba la frente.

—Qué bonito —le dijo—. Pues menos mal que ya hemos acabado los exámenes, ¿no? Así puedes volver a verla.

Durante un momento Obiefuna se quedó perplejo, sin saber a quién se estaba refiriendo. Y luego cayó en que Sopulu había dado por hecho que la persona a la que echaba de menos tenía que ser una chica.

—No, es que… se marchó —concluyó Obiefuna con un suspiro.

Le parecía una manera bastante apropiada de describirlo: «se marchó».

Sopulu le soltó la mano y se la llevó a la barbilla. Obiefuna pensó por un momento que tal vez fuera a acercarse y besarlo. Durante un segundo, esperó que lo hiciera. Era consciente de que sus amigas lo estaban mirando; era consciente de que todo el mundo los estaba mirando.

—Lo siento mucho, Obi. No tenía ni idea.

Quería decirle que no pasaba nada, pero le picaban los ojos y las lágrimas se le habían quedado atrapadas en la garganta, de modo que tan solo asintió y posó la mano sobre la que ella había llevado a su barbilla. Sopulu le acarició la cara mientras le sonreía y hasta que no le secó los ojos no se dio cuenta de que se le había escapado una lágrima.

—Venga, va, sé un hombre —se burló Sopulu con una risa ligera, y Obiefuna no pudo evitar sonreír.

Al fin se apartó de él y se despidió con la mano. Obiefuna la vio alejarse y volver con sus amigas. Le pareció ver que Bee fruncía el ceño. Al salir por la puerta, Rachel se giró para lanzarle un guiño.

20

En cuanto Obiefuna abrió los ojos, dos cosas se hicieron evidentes. Los muelles del colchón sobre el que estaba tumbado eran incomodísimos, y desprendía un olor impersonal pero familiar a la vez. Al incorporarse y quedarse sentado sobre la cama, lo azotó un dolor de cabeza espantoso que le nubló la vista durante un momento. Se sujetó la cabeza con las manos. Tenía la lengua pastosa. A su alrededor, el fuerte zumbido de voces entremezcladas se le clavaba en el cráneo y le empeoraba el dolor de cabeza. Volvió a dejarse caer sobre la cama.

—*Olodo*, al fin te despiertas —le dijo una voz.

Obiefuna abrió los ojos y se topó con la cara sonriente de Jekwu, que lo miraba desde lo alto. Le olía el aliento a tabaco. Obiefuna se puso de lado, como si fuera a vomitar.

—Oye, no, eh, que anoche ya la liaste demasiado —le dijo Jekwu.

Obiefuna lo miró.

—¿Anoche?

Jekwu se echó a reír.

—¡Ay, Dios, no te acuerdas de nada! Te pusiste como una cuba. Mis compañeros de cuarto se quedaron impresionados.

Obiefuna se dejó caer una vez más en la cama. Notaba la lengua como si fuera de papel de lija.

—¿Qué hora es?

—Las doce y cuarenta y seis.

—Ay, madre.

—Lo que me recuerda —le dijo Jekwu— que Ronald vendrá en cualquier momento a por el colchón. Así que levántate.

Obiefuna frunció el ceño. Ronald era el «hijo» de la escuela de Jekwu, un chico sonriente que siempre se ofrecía a hacerle la colada a Obiefuna.

—Nos vamos mañana, Jekwu. ¿Dónde vas a dormir esta noche?

—Es que yo me voy esta noche —le dijo Jekwu.

—¿Qué? ¿A qué viene tanta prisa?

Jekwu se quedó callado.

—¿Jekwu?

—Es que tengo que estar en casa esta noche. Mi padre se ha empeñado.

Obiefuna se sentó para mirar a Jekwu a los ojos.

—Madre mía, se nota a leguas que estás mintiendo.

Jekwu se levantó de la cama con una risa incómoda.

—¿Qué está pasando, Jekwu? —le preguntó Obiefuna.

—¿Qué? ¡Nada!

Obiefuna estiró el brazo para agarrarlo de la muñeca.

—¿Es que ya no confías en mí o qué?

Jekwu lo miró durante un momento y volvió a sentarse.

—Hemos planeado una cosa para la Noche de Ocio —dijo después de un momento.

—¿Qué?

Jekwu exhaló.

—Festus.

Obiefuna lo miró con las cejas alzadas.

—Se lo hemos puesto demasiado fácil, macho —le dijo Jekwu encogiéndose de hombros.

—¿A qué te refieres? —le preguntó Obiefuna.

Jekwu miró a su alrededor para asegurarse de que no lo estuviera escuchando nadie antes de acercarse a Obiefuna.

—Queremos darle una lección. Romperle algunos huesos a lo mejor, ¿entiendes? Mantenerlo a raya.

Obiefuna soltó a Jekwu de la muñeca y se tumbó en la cama otra vez. Las Noches de Ocio eran lo más parecido a la anarquía que se vivía en el internado; con la marcha de los alumnos prevista para el día siguiente, los códigos civiles se relajaban extraoficialmente y, durante las pocas horas que quedaban para la mañana del primer día de vacaciones, se saldaban las cuentas pendientes y se gastaban bromas pesadas. Obiefuna había presenciado como le ponían pegamento a un chico en la boca y los ojos mientras dormía, y como le empapaban toda la ropa a otro, pero, aunque a veces se pasaran de la raya, todo estaba envuelto en un humor desenfadado que, aunque fuera un poco extremo, no pretendía dejar cicatrices permanentes.

—¿Estás conmigo en esto, Obi? —le preguntó Jekwu; una pregunta que en realidad no era una pregunta.

Obiefuna se quedó mirándose las manos. Recordaba el rostro de Festus aquella noche a oscuras, iluminado tan solo por la luz de la luna, en lo que parecía ahora una vida anterior. Se había arrodillado, humillándose, para darle placer a alguien que no lo tocaría ni con un palo en público. Y, aun así, irónicamente, había sido una especie de victoria para él.

Jekwu seguía mirando a Obiefuna, frunciendo cada vez más el ceño, con nuevas preguntas formándose en sus labios.

—¿Obi?

Obiefuna asintió.

Obiefuna permaneció inmóvil, con la espalda recta. Era una noche ajetreada; se oía el rugido de las voces desde lejos. Aun así, encerrado en ese pequeño espacio entre dos guayabos, oculto por altas briznas de hierba, se sentía aislado del resto del mundo. Se preguntaba si los demás chicos se sentirían igual. Aunque no podía verlos, era consciente de su presencia, acechando en la oscuridad, esperando a su presa. Obiefuna no recordaba cuál era el plan. Lamentaba no haberse puesto el reloj. Pasó un buen rato, y casi se le habían dormido las piernas cuando oyó el sonido débil de unos pasos que se acercaban sobre la hierba. Oyó la voz ronca de Festus, que preguntaba:

—¿Estás seguro?

Estaba demasiado oscuro como para ver nada desde donde se encontraba Obiefuna, y se quedó muy quieto, aguantando la respiración a pesar de que lo más probable era que no se le oyera de todos modos.

Y entonces oyó la voz de Jekwu:

—Quítate la ropa.

Una risita.

—Quítatela tú también —le dijo Festus.

Más risitas. El tintineo del metal de un cinturón. Obiefuna cerró los ojos. Sintió que un torrente de orina le inundaba la vejiga y lo embargó la necesidad insoportable de hacer pis. Sentía como si tuviera la cabeza enorme, hinchada, a punto de estallar. Se mordió el labio con fuerza hasta que saboreó sangre. Y entonces, sin pensarlo, salió de su escondite. Los chicos se habían quitado la camisa y Obiefuna solo veía sus camisetas de tirantes blancas. Dieron un brinco, sobresaltados, cuando vieron aparecer a Obiefuna, y los dos se fueron a esconderse en un guayabo. Resultaba fácil diferenciarlos por sus rasgos incluso a oscuras: el rostro de Jekwu revelaba irritación y sorpresa; el de Festus, puro desconcierto y terror. A partir de ese momento, todo transcurrió muy rápido. Los demás chicos salieron a toda prisa de sus escondites; a pesar del imprevisto, seguían decididos, comprometidos con su propósito. Obiefuna contó seis chicos. Permaneció a varios metros de ellos y vio que derribaban a Festus de un plumazo. Vio el primer puñetazo aterrizar en la cara de Festus, seguido de una sucesión rápida de patadas y más puñetazos. Observó a Festus tratar de resistirse, agitando los frágiles brazos por encima de la cabeza y dejando escapar chillidos estridentes. Le pegaron hasta que dejó de oponer resistencia, hasta que sus gritos quedaron reducidos a gemidos. Jekwu no participó en la paliza. Al igual que Obiefuna, él tan solo se quedó mirando, con los brazos cruzados y una sonrisa en la cara. Y, cuando dejaron de pegarle, fue él quien encabezó el regreso a la residencia. Obiefuna los siguió, pero a mitad de camino se dio la vuelta y vio a Festus en el suelo. Bajo la tenue luz de las estrellas, parecía una figura extraña, como si quisiera meterse dentro de sí mismo como una tortuga. El sonido de los grillos y las ranas atravesaba el silencio de la noche. Obiefuna regresó hacia donde se encontraba el chico y se agachó a su lado. Tenía los ojos cerrados, pero tras un momento los abrió y los posó sobre la silueta de Obiefuna, inexpresivos. No emitió ningún sonido, más allá de su suave respiración. Dejó que Obiefuna le limpiara la suciedad de la cara y le quitara la tierra que se le había quedado pegada al pelo y a la camisa. No opuso resistencia cuando le colocó un brazo bajo la axila para ayudarlo a levantarse. Y, cuando al fin logró ponerse de pie, Festus se apartó de Obiefuna, tomó aire y le escupió en la cara. El escupitajo aterrizó de una pieza en la barbilla de Obiefuna, y la fuerza con la que lo había lanzado, lo inesperado que había sido, hizo que Obiefuna se tambalease hacia atrás, perdiera el equilibrio y cayera al suelo. Se tocó la baba que tenía en la barbilla, asquerosamente caliente contra su piel, demasiado aturdido como para hablar.

—Te dices a ti mismo que eres uno de ellos —le dijo Festus. Se agachó hasta acercar tanto el rostro al de Obiefuna que pudo olerle el aliento—. Te crees que eres su amigo, pero hoy podrías haber sido tú perfectamente, Obiefuna Ani.

Obiefuna siguió mirándolo. Desde el suelo, bajo la mirada fulminante de Festus, se sintió pequeño, débil, como si hubiera sido él y no Festus el que había recibido los golpes del grupo. Esperó a que Festus le diera una patada en un intento de vengarse, pero Festus, esbozando una sonrisa inquietante, tan solo se dio la vuelta para recuperar las zapatillas del suelo y se marchó dando tumbos por el camino de hierba.

PARTE TRES

21

Port Harcourt, 2010

Tenía el mismo aspecto de siempre, la misma sonrisa que recordaba, el sudor perpetuo alrededor de las cejas, el mismo brillo en los ojos mientras la miraba desde lo alto. Su niño. Esa mañana se había despertado con un nudo en el estómago que había permanecido allí incluso después de que saliera el sol. Se había pasado el día en el balcón, mirando el patio, emocionada pero intimidada a la vez en cuanto oía el más mínimo sonido de la verja, con una mezcla extraña de alivio y decepción cuando resultaba ser otra persona la que entraba. Después se había quedado dormida pensando en su rostro, y de pronto ahí estaba, delante de ella, sacudiéndole el hombro con delicadeza y mirándola con esa sonrisa suya tan dulce.

—Mami —le dijo.

Uzoamaka lo miró. Había pasado demasiado tiempo. Lo recibió en sus brazos y hundió la nariz en el cuello de su hijo. Tenía algunas cicatrices en la cara de un brote reciente de acné, y no conseguía descifrar qué era ese olor desconocido que desprendía. Su hijo se apartó de ella para estudiarla de cerca. Uzoamaka se percató de su mirada inquisitiva. Le acarició la cara.

—Es solo que estoy cansada, *nnam*. Hay comida en la cocina para ti. Ve y guarda la bolsa dentro.

Obiefuna asintió y se irguió.

—¿Dónde está todo el mundo?

—Tu padre se ha ido a la tienda. Y nadie tiene ni idea de a dónde va tu hermano los sábados.

Obiefuna se rio. Cuánto había echado de menos Uzoamaka esa risa.

—Voy a ir a ver si está en el campo de fútbol —le dijo—. A ver si lo sorprendo.

Uzoamaka asintió. Mientras Obiefuna se cambiaba de ropa dentro, ella aguzó el oído. Salió de nuevo con un par de pantalones sencillos y una camiseta de fútbol. Estaba mucho más delgado, pero creía que lo notaba más alto.

—Te veo en un rato —le dijo Obiefuna.

Uzoamaka asintió y lo observó mientras se dirigía a la puerta. Cuando estaba a punto de marcharse, lo llamó:

—Obiajulu. —Obiefuna se giró—. Bienvenido a casa.

Obiefuna pareció confundido durante un momento, y luego esbozó poco a poco una sonrisa perpleja y asintió con entusiasmo antes de bajar las escaleras deprisa. Uzoamaka se quedó mirándolo mientras salía esprintando del patio con el aire ondeándole la ropa. Nunca lo había visto tan libre.

Obiefuna siempre se había levantado muy pronto, pero esos días se quedaba hecho un ovillo en la cama, profundamente dormido, incluso horas después de que Ekene se marchase al colegio. Uzoamaka supuso que era el efecto inevitable del cambio de entorno, pero, aun así, le preocupó un poco notar esa alteración significativa en su rutina, y se preguntaba si sería un indicador de algo más importante. Había crecido lejos de ella, al igual que le había ocurrido a ella con sus padres, y ahora tenía la irritante sensación de que siempre estaba a un paso de llegar a conocerlo de verdad. Había visto cómo la miraba, cómo se iban acumulando las preguntas en sus ojos. Cuando Obiefuna le hacía preguntas, ella le ofrecía respuestas despreocupadas, a pesar de que sabía que no se las tragaba. Uzoamaka le pedía que le contara cosas del internado, y él satisfacía su curiosidad relatándole sus aventuras en la escuela. Mientras su hijo le hablaba con un entusiasmo familiar, Uzoamaka recordaba la manera en que solía narrarle cualquier acontecimiento de pequeño, mientras volvían a casa de la peluquería; su empeño en recrear las escenas incluso imitando a los involucrados, como si estuviera decidido a transportarla al instante en que había ocurrido, y recordaba que esos momentos siempre habían sido uno de los mejores de sus días. De modo que Uzoamaka puso de su parte y le siguió el juego, exagerando su alegría cuando le contó que había sido prefecto de la escuela, su compasión cuando le describió la carrera que había perdido, su repulsión cuando entró en detalles sobre las residencias atestadas y los baños asquerosos.

—¿Y tus amigos qué? —le preguntó Uzoamaka—. ¿Has hecho alguno?

Obiefuna le dijo que se llevaba bien con todo el mundo.

—Pero ¿no has hecho amigos íntimos? —insistió Uzoamaka.

Estaba metiéndose en terreno pantanoso. Una vez dicho en voz alta, no había manera de retirarlo. Se percató de que a su hijo se le erizaban de inmediato los vellos de los brazos.

—¿Amigos íntimos? —le preguntó Obiefuna.

En ese momento podría haberse reído para quitarle importancia, podría haber pasado a un tema de conversación más ligero, haberle ahorrado (y haberse ahorrado a sí misma) tener que hablar del tema. Pero Uzoamaka se irguió y le dijo:

—Sí. Como Aboy.

Vio a Obiefuna encogerse y pegar la espalda contra el respaldo de la silla como si pudiera fundirse con él y desaparecer si lo intentaba con todas sus fuerzas. Le pareció notar que palidecía, y se preguntó si debía llevarle un vaso de agua.

—Mamá... —le dijo Obiefuna.

—No pasa nada —le aseguró Uzoamaka al ver que no seguía hablando.

Se planteó alargar la mano para tocarlo, pero la parte del cuerpo de su hijo que tenía más cerca, su rodilla derecha, estaba fuera de su alcance, y le daba la impresión de que, si hacía cualquier movimiento perceptible, Obiefuna lo interpretaría como violencia y lo inquietaría. De modo que tan solo sonrió.

—Lo comprendo —añadió.

Como era de esperar, Obiefuna empezó a evitarla. Se movía con sigilo, o al menos lo intentaba; salía de las habitaciones en cuanto ella entraba, comía en la cocina solo cuando se aseguraba de que ella no estaba y se encerraba en su cuarto durante varios días seguidos. En las pocas ocasiones en las que Uzoamaka se topaba con él por casualidad, Obiefuna ni siquiera la miraba. Se mostraba educado pero evasivo, y le respondía con gestos y movimientos torpes, y, cuando era absolutamente necesario hablar, Obiefuna tan solo tartamudeaba algún que otro monosílabo. Uzoamaka había pensado que estaba preparada para aquello, que entendía su miedo, la vergüenza de ser lo que era, y sobre todo la sensación de haberla decepcionado. Aun así, la entristecía ver cómo se encogía y se retraía, ver que no consideraba que ella estuviera de su lado, y se le rompió el

230

corazón la vez en que lo oyó hablar con alguien por teléfono sobre lo aburrido que estaba y usar las palabras «atrapado en casa». En septiembre, un mes antes de su decimonoveno cumpleaños, Obiefuna le dijo que lo habían admitido en la Universidad de Port Harcourt y que iba a tener que mudarse muy pronto; y Uzoamaka vio su sonrisa y oyó el tono de alivio de su voz, y, a pesar del orgullo que sentía por el logro de su hijo, también le dolió pensar en que, para él, irse de casa, alejarse de ella, suponía una especie de libertad.

Dos semanas después de aquella conversación, mientras estaba pelando patatas en la encimera de la cocina para hacer un guiso, oyó la voz de Obiefuna a su espalda.

—¿Ahora me odias?

Uzoamaka se tensó y dejó caer el cuchillo. Obiefuna sabía que no debía sorprenderla de ese modo. Se dio la vuelta para mirarlo a la cara.

—Solo si has hecho algo malo —le dijo con cautela.

Obiefuna estaba de lado, sin mirarla, agarrando el pomo de la puerta con la mano derecha, preparándose para oír algo más. Uzoamaka volvió a girarse y agarró una patata.

—No estabas en casa la última vez que vine —añadió Obiefuna, y Uzoamaka oyó el tono acusatorio de su voz.

—Fui a ver a tu tía Obiageli —respondió.

—Te marchaste justo el día antes de que llegara —dijo Obiefuna—. Ekene me ha dicho que volviste tres días después de que regresara al internado.

Uzoamaka cerró los ojos y respiró hondo. Se dio cuenta de que se había equivocado. Lo que le había parecido una acusación era en realidad desesperación, miedo, una disculpa.

—Es por mí, ¿no, mami?

Uzoamaka se dio la vuelta de nuevo para mirarlo. Obiefuna se había alejado de la puerta y ahora estaban cara a cara.

Últimamente, Uzoamaka se sorprendía siempre que veía sus rasgos. La dejaba asombrada lo mucho que había crecido. Y se dio cuenta de que, al estar tan centrada en su aspecto físico, había pasado por alto sus emociones. Aún pensaba en él como si fuera su hijito del pasado, un niño de lo más cándido. Pero ese niño no tenía la capacidad de mirarla a los ojos y exigir respuestas; ese niño tan solo aceptaba todo tal y como era. El que tenía ahora delante, ese chico de diecinueve años que tan solo le resultaba ligeramente familiar, no se asustaría ante la verdad; no caería enfermo de tanto llorar por verle unos cuantos moratones en el brazo.

De modo que le dijo, pensando en el regalo que Anozie le había dado por su decimoctavo cumpleaños, y en lo que tenía que darle ella ahora:

—Tengo cáncer, Obiajulu. Está muy avanzado. Puede que solo me queden unos meses.

Incluso la casa había cambiado. El salón, que siempre le había parecido tan amplio, un espacio infinito, le resultaba ahora diminuto, atestado de muebles que se interponían en su camino, de modo que durante los primeros días después de llegar no dejó de darse golpes con todo. La habitación había perdido su encanto; la pintura se desprendía de las paredes y se le quedaba pegada a la camiseta cuando se apoyaba contra ellas. La ventana del dormitorio estaba rota; Ekene le había explicado que la mitad del cristal se había hecho añicos en la última tormenta, y ahora en su lugar había un cartón que dejaba entrar algo de agua cada vez que llovía. Ekene había crecido mucho durante ese último año; ahora era unos treinta centímetros más alto que Obiefuna, le había salido algo de barba y se reía cada dos por tres. Obiefuna era incapaz de ver a aquel muchacho desgarbado y taciturno que había dejado en casa, siempre con una expresión severa en el rostro. Tenía una cicatriz en el hombro que le había dejado el cinturón de su padre al azotarlo después de llegar tarde a casa del campo de fútbol una noche, oliendo a alcohol. Obiefuna no podía imaginarse a Ekene bebiendo alcohol, pero con Ekene ya todo era posible. Aquel chico tan fácil de interpretar había desaparecido, y en su lugar había un joven casi adulto, clavadito a su padre. Le habían prohibido jugar al fútbol, a pesar de que, según Ekene, había impresionado al entrenador la última vez que había jugado, y una academia de Ghana estaba a punto de ficharlo. El incidente del alcohol había sido el último en una serie de percances, y su padre no quería oír hablar de ningún fichaje.

—Pero tú podrías hablar con él, Obi —le suplicó Ekene—. A lo mejor a ti te escucha.

—Anda ya, ¿por qué iba a escucharme a mí? —le preguntó.

—Pues porque ahora eres tú el hijo bueno —respondió Ekene—. Últimamente habla de ti como si caminaras sobre oro.

Obiefuna resopló y apartó la vista. Ahora que Ekene había expresado esa observación, parecía más real. Había creído que la amabilidad con la que su padre lo trataba esos días eran imaginaciones suyas. Parecía un afecto reticente, y respondía a sus saludos con cierto cariño. Cuando les habían llegado los resultados de sus exámenes finales, una combinación bastante buena de sobresalientes y notables, su padre había esbozado una sonrisa tan amplia que Obiefuna había temido que la piel de la cara se le alterase de manera permanente, y después se había pasado una hora reprochándole a Ekene lo diferente que era de su hermano mayor. Por todo eso, y por la desesperación en la mirada de Ekene, y porque sabía que Ekene le guardaría rencor toda la vida si no lo intentaba al menos, Obiefuna le trasladó a su padre la petición de su hermano, y añadió la promesa de asegurarse personalmente de que no afectara a la preparación de Ekene para los exámenes del Certificado de Educación Básica al año siguiente. Su padre pareció reflexionar durante solo un momento antes de aceptar. Obiefuna acompañó a Ekene al campo de fútbol al día siguiente, y les estrechó la mano a los chicos y respondió con alegría a sus preguntas sobre el internado. Ekene se quedó algo rezagado durante la primera mitad y falló estrepitosamente algunos pases y un penalti, hasta que el entrenador amenazó con sacarlo del campo y dejarlo en el banquillo durante muchos partidos. En la segunda mitad, Ekene volvía a estar en forma, empleando las numerosas habilidades por las que era reconocido, y se deshizo de tres defensas con un regate y marcó el gol de la victoria. En el alboroto que se produjo tras el triunfo, mientras sus compañeros se lo subían a los hombros, Ekene miró a Obiefuna con una expresión que este solo pudo interpretar como amor.

Se había sentido cómodo, feliz de verdad de haber vuelto a casa, hasta que su madre había mencionado a Aboy. Mientras se sentaba delante de ella ese día, con un dolor en el pecho causado por la intensidad de sus latidos, tan solo podía pensar en cuándo lo habría averiguado y cómo. Cuando su madre le sonrió al fin y le dijo que no pasaba nada, encontró las respuestas que buscaba en sus ojos. Pues claro que lo había sabido siempre. Había intentado ocultarlo como había podido, para protegerla de la decepción. Pero ella lo había sabido siempre, y se había seguido refiriendo a él como su hijo. Cómo la había cambiado el tiempo que habían pasado separados...

La había suavizado y endurecido a la vez; había hecho que le resultara fácil aceptarlo sin más, y aún más fácil comunicarle la noticia que alteraría para siempre su vida y su rumbo.

Y, así como así, su vida había cambiado. La revelación de su madre se volvió algo palpable, inmenso y malévolo, siempre presente, provocándolo, aterrándolo. Obiefuna se quedó tumbado en la cama despierto durante horas y horas, con el ruido de los grillos clavado en los oídos. Oía a Ekene dormir a su lado, roncando despreocupado. Ekene lo sabía todo.

—Quería contártelo, Obi —le confesó más tarde—. ¡Te lo juro! Pero, ya sabes, me hizo prometerle que no te diría nada.

Obiefuna le dijo que lo entendía. Pero no entendía nada en absoluto. Siempre le había parecido poco realista la manera en la que la gente lidiaba con las noticias trágicas en las películas, que siguieran adelante con sus vidas y que sus rutinas no se vieran afectadas. No entendía cómo Ekene se animaba a salir al campo de fútbol todos los días y a deslumbrar a todos con su destreza, teniendo en cuenta la información que poseía; no entendía cómo su padre reunía la motivación necesaria para levantarse cada mañana y marcharse a la tienda para trabajar un día más, como si todo fuera normal. Y su madre… Ahora Obiefuna vivía en un estado perpetuo de vigilancia. La observaba mientras hacía las cosas del día a día, como el desayuno o el almuerzo o poner la mesa, mientras tarareaba una canción de Chinyere Udoma que expresaba gratitud por las numerosas y sorprendentes bendiciones de Dios, una ironía que lo asombraba. Se imaginaba el cáncer de su madre carcomiéndola desde dentro, se imaginaba que le fallaba el cuerpo. Era la peor forma de traición posible. Quería acercarse a ella, quería ayudarla a luchar contra lo que le esperaba, a posponerlo de algún modo, y a la vez no soportaba estar con ella. Su entusiasmo forzado le resultaba sofocante; su alegría artificiosa y la facilidad con la que se resignaba lo irritaban, y luego se sentía culpable. Y, a pesar de sentir lástima por ella, una parte de él casi le guardaba rencor. Ya que, a fin de cuentas, a pesar de que su madre no pudiera evitarlo, iba a acabar dejando que se enfrentara solo al mundo.

Sus amigos se pusieron en contacto con él. Obiefuna no tenía planeado contarles nada. A esas alturas, ya había perfeccionado la habilidad de tener dos personalidades, y con Wisdom y Jekwu, por mucho cariño que les tuviese, sabía que no debía permitirse ser vulnerable, que debía controlar qué aspectos de sí mismo mostrarles. Aun así, de algún modo, Jekwu le había notado algo en la voz y le había insistido hasta que Obiefuna se lo había acabado contando. Jekwu se lo contó a Wisdom, y ahora los dos lo llamaban a menudo para ver cómo estaba. Odiaba hablar con ellos, odiaba el toque de compasión que oía en sus voces cuando le hablaban. Su madre seguía viva, y podía caminar sin ayuda e incluso llevar a cabo algunas de las tareas del hogar, y de hecho se empeñaba en hacerlo. A veces, mientras la miraba, Obiefuna se planteaba la posibilidad de que se hubieran equivocado con el diagnóstico, de que el médico hubiera exagerado o que hubiera sido una estratagema de su madre para gastarle una broma pesada. En ocasiones, cuando desayunaban todos juntos en la mesa del comedor, alguien contaba una broma y, cuando se reían todos, Obiefuna se sentía en casa, aunque solo fuera durante un momento. Pero también había días en que la casa se sumía en un silencio palpable, y el cáncer parecía estar en su apogeo. Obiefuna empezó a salir a correr para despejarse la mente. El soplido del viento en los oídos, las miradas curiosas de los transeúntes y las bocinas de advertencia lo hacían sentirse vivo. Una vez, al volver a casa se encontró con la puerta abierta y a su madre en su cuarto, dormida. Se quitó las zapatillas de deporte y fue al baño para lavarse. Desnudo, se quedó plantado sobre el cubo, contemplando el agua que reflejaba su rostro inexpresivo. Notaba el ligero repiqueteo del corazón en el pecho. Sintió una sacudida en la entrepierna. Visualizó los labios de Aboy curvados, esbozando una sonrisa soñolienta. Recordó el tacto suave de las manos limpias de Sparrow sobre su piel, el calor de su aliento mientras gemía su nombre. Recordó a Papilo, su torso grácil y nervudo, y podía oler aún el aroma fresco, como a madera, de su colonia. Oía la respiración de su madre desde el otro cuarto, y le pareció que resollaba. Sentía el pene cálido y duro contra la palma de la mano, y al principio la movió despacio, indeciso, y después, tras embadurnarse las manos con jabón, comenzó a realizar movimientos más rápidos, más deliberados. Sintió que estaba a punto de explotar. Y entonces, justo al borde del clímax, se apoyó contra la pared y se dejó caer sobre las baldosas del suelo. Allí sentado, temblando por la intensidad de sus sollozos, le vino a la cabeza la voz del capellán, una palabra que regresó flotando sin esfuerzo a su memoria después de todos esos meses de búsqueda: «réproba». Qué bien sonaba, pero qué severa. Qué tajantemente condenatoria.

22

El campus de la universidad era tan inmenso que lo inquietaba. Acostumbrado al pequeño recinto del internado y a la tranquilidad reciente de su casa, la universidad le parecía un pueblo alborotado, el mundo real en todos los sentidos, un país enorme, inconmensurable e incognoscible, con senderos tan largos que, al recorrerlos, le dolían las piernas. Durante las primeras semanas le costó acostumbrarse a todas las novedades, e intentó aprender a memorizar los lugares, diferenciar los edificios sin tener que mirar los carteles y descubrir dónde debía tomar los autobuses. Aún no había asimilado del todo lo que implicaba estar allí. El mero hecho de que lo hubieran aceptado lo había sorprendido. Había sido Rachel quien le había informado de que habían publicado la listas, interrumpiéndolo en plena limpieza de los sábados. Lo había llamado, desconsolada, para decirle que a ella no la habían admitido, y Obiefuna había permanecido en la llamada el tiempo suficiente como para consolarla mientras el corazón le martilleaba en el pecho por saber qué suerte había corrido él. Tomó un autobús hacia el campus de la universidad y pasó varios minutos abriéndose camino y empujando a la multitud de aspirantes arremolinados en torno al tablón de anuncios. Y allí estaba su nombre, escrito en negrita en el número doce del Departamento de Optometría, junto a su número del examen de acceso a la universidad, proclamando su nuevo estatus.

Su madre se había quedado mirándolo con expresión desconcertada cuando Obiefuna se había plantado delante de ella con la maleta.

—¿Te vas? —le había preguntado.

—Sí, a la universidad, mamá —le había respondido Obiefuna—. ¿No te acuerdas?

—Claro, claro. —Uzoamaka había apartado la vista de él durante un momento y había vuelto a mirarlo con una sonrisa—. Estoy muy orgullosa de ti, hijo.

Y ahora ahí estaba. Le había resultado difícil irse. Mientras hacía las maletas, mientras buscaba las residencias disponibles en el campus, mientras se subía al autobús que lo llevaría a la universidad ese último día, no podía dejar de pensar en su madre. Se imaginaba su rostro durante las clases, su sonrisa paciente, y oía la voz firme y decidida con la que le había prometido que estaría bien. La estaba tratando un médico en el hospital público de Mile 1. La había acompañado a una de sus citas, y Uzoamaka lo había tomado de la mano durante toda la consulta, con la cabeza apoyada de lado en su hombro, como si necesitara sacar las fuerzas de él. Obiefuna había sentido en el hombro el dolor sordo del peso de la cabeza de su madre, y curiosamente le había recordado al capellán: una persona que rogaba que la salvaran. Y, aunque se había prometido a sí mismo que no lo haría, había roto a llorar en el taxi de regreso a casa, y Uzoamaka tan solo se había quedado allí sentada mirando al frente, impasible.

En la universidad, intentó perderse en una nueva rutina: tomaba rutas largas para ir a clase, leía libros en la biblioteca y aprovechó las tutorías gratuitas que ofrecían los alumnos de segundo curso. Después de ser el que más había contribuido a una presentación sobre enfermedades oculares comunes, lo eligieron delegado de la clase. Hizo nuevos amigos, lo escogieron como secretario de una nueva organización igbo y se empezó a acostumbrar a toparse con algún rostro familiar cada vez que salía de la residencia, incluso en un campus tan grande como aquel. Aun así, por más que intentase distraerse, seguía pensando en Uzoamaka, preocupándose por ella. Su madre le había dicho, en una voz que casi sonaba a reprimenda, que se preocupase tan solo de sacar buenas notas, y que ella estaría bien. Los primeros fines de semana, tomaba siempre un autobús desde el campus para recorrer el trayecto de media hora hasta su casa para ver a su madre, hasta que su padre acabó interviniendo, por petición de Uzoamaka, y le ordenó a Obiefuna que se quedara en la universidad y aprovechara los fines de semana para estudiar. Uzoamaka le aseguró que se estaba cuidando; le dijo que estaba probando una medicación nueva y que, de algún modo, ya se sentía algo mejor, y Obiefuna decidió creerla. Al principio, la llamaba todos los días, contenía el aliento mientras esperaba a que contestase y lo embargaba el alivio cuando la oía decir «Obiajulu» en un tono cansado al otro lado de la línea. Pero poco después, cuando el trimestre fue tomando ritmo, empezó a llamarla cada vez menos. El apoyo que recibió por parte de sus compañeros de residencia (once chicos apretujados en un espacio pensado para seis) le resultó extraño. No dudaron en compartir sus provisiones con él y en involucrarlo en sus actividades, y empezaron a llevarlo a pequeñas fiestas por el campus, aunque solía necesitar salir de allí antes de que acabaran. Uno de ellos, Mike, le presentó a una chica y estuvieron hablando durante un tiempo, hasta que la cosa se estancó; Obiefuna empezó a contestar cada vez menos a sus mensajes y a sus llamadas, y luego se la encontró una tarde después de clase paseando de la mano de un chico que reconoció, alguien de un curso superior. Más tarde, esa misma noche, lo llamó y, cuando Obiefuna la ignoró, le mandó un mensaje para comunicarle que habían roto.

Obiefuna se quedó mirando el mensaje durante un rato antes de borrarlo e irse a la cama. A la mañana siguiente, se despertó con una sensación rara en el estómago y dolor de cabeza. En clase, se quedó sentado en el borde de la silla, mirando al profesor sin comprender lo que decía. Empezó a vibrarle el teléfono en mitad de la lección; su madre lo estaba llamando. Al final, salió del aula para contestar, pero fue la voz de Ekene la que le dijo:

—¿Obiefuna?

Suspiró.

—Me estoy perdiendo una clase muy valiosa. Espero que sea importante. —Silencio—. ¿Ekene?

—Obiefuna —repitió Ekene, y tomó aire—. Es mamá.

PARTE CUATRO

23

La sala era un cuadrado pequeño sin ninguna personalidad, iluminada con unas bombillas fluorescentes blancas e intensas y unas lámparas de araña elegantes que colgaban del techo y realzaban los pequeños cuadros coloridos y enmarcados que cubrían las paredes blancas. Obiefuna se quedó a un lado, con una copa de vino que no había probado en la mano derecha y la izquierda metida en el bolsillo, mientras contemplaba el cuadro que tenía delante y esperaba transmitir la cantidad de melancolía apropiada para un amante del arte con criterio. Le parecía que iba demasiado arreglado, con su túnica blanca almidonada e inmaculada y los zapatos de cuero, al lado de los desconocidos vestidos con ropa informal que asentían mientras observaban los cuadros y dejaban escapar exclamaciones repentinas. Sus palabras y movimientos no eran más que un borrón difuso. Patrick había insistido en elegirle la ropa para la ocasión, dejándose llevar por la emoción de que por fin le hubieran permitido exhibir sus obras en la galería. Y Obiefuna había cedido tras una breve discusión, tal y como sabía que ocurriría.

Ahora, Patrick estaba en el fondo de la sala, hablando con el galerista. Antes, Obiefuna lo había visto conducir a dos posibles compradores hasta la pared en la que se encontraban dos de sus cuadros y les había hablado con entusiasmo sobre ellos: uno era un dibujo de arte lineal de dos figuras danzantes;

el otro, un retrato de un cuerpo femenino desnudo sin cabeza. Los compradores lo habían escuchado ofreciéndole unas sonrisas educadas, asintiendo como si sus palabras fueran de lo más trascendentales, y después se habían dado la vuelta y se habían marchado. Conforme avanzaba la noche, a Obiefuna le parecía que el encanto que Patrick se había esforzado por mostrar se iba disipando, incapaz de seguir manteniendo esa fachada durante tanto rato. En uno o dos minutos acabaría saliendo de la sala con el pretexto de tomar un poco de aire fresco o ir al servicio, y entonces se pincharía o se fumaría un porro, regresaría adentro y la noche, para él, para los dos, habría llegado a su fin.

Se habían conocido en 2go. A Obiefuna, Patrick no le había parecido atractivo, con ese cuerpo larguirucho y esos dientes amarilleados por las drogas. Pero había tratado de conquistar a Obiefuna con tanta persistencia que al final le había provocado curiosidad. No iba a ser algo serio, tan solo una aventura sin importancia, algo que lo distrajese. Pero, curiosamente, ese había sido justo el motivo por el que había seguido con él. La muerte de su madre, tan solo un año antes de conocer a Patrick, le había dejado un vacío en el corazón y, anestesiado por la tragedia, resignado por el dolor, le exigía poco a la vida. Y, sobre todo, había sentido que la monotonía lo atormentaba. Sentía cada aliento que tomaba como una burla; cada voz que oía era demasiado familiar, demasiado reminiscente de lo que había perdido, de modo que le recordaba demasiado a lo mucho que había cambiado su vida. Así que tener a Patrick, tan modesto y excéntrico, era una distracción refrescante. Durante los ocho caóticos meses siguientes, incluso en los peores días, cuando temía de verdad por su seguridad estando con Patrick, Obiefuna le estuvo agradecido en cierto modo; por las noches cálidas que creaba con la marihuana y el alcohol, por la evasión de la realidad que tanto ansiaba.

El funeral se había celebrado sin ningún acontecimiento reseñable. Durante los días previos, Obiefuna no había derramado ni una lágrima; tan solo se quedaba mirando, distante, a la procesión de gente que llegaba para darles el pésame. Se trataba de una mezcla de personas que conocía y personas de las que no sabía nada: sus vecinos, algunos de los amigos de sus padres, las clientas de la peluquería de su madre… Se mostraban amables y compasivos, y hablaban de su madre con cariño, refiriéndose a ella en pasado. El día del funeral, Ekene se había negado a ir a verla una última vez, y Anozie le había sugerido a Obiefuna que se saltara él también el proceso, pero Obiefuna había insistido, ya que en ese momento dicho acto le parecía lo más importante del mundo. Se quedó un rato junto al ataúd, mirándola. Llevaba un vestido azul sencillo y un bonito tocado hecho con tejido de Ankara con un estampado de mariposas, un regalo de Anozie. De cerca, tan solo parecía estar dormida, casi como si estuviera a punto de esbozar una sonrisa. Obiefuna quiso estirar la mano y tocarla, pero su padre le dio una palmadita con delicadeza desde atrás y se dio cuenta de que se había formado cola tras él. Obiefuna se alejó con la mano de su padre en el hombro, impidiéndole darse la vuelta, como si quisiera protegerlo de la situación; y, una vez fuera de la sala, las cortinas se cerraron y Obiefuna se quedó allí plantado, mirando.

Había logrado superar la misa con un nivel de estoicismo apropiado, ofreciéndoles sonrisas de agradecimiento a los simpatizantes que le estrujaban el hombro y le decían que lidiara con la pérdida como un hombre. Ya casi había sobrevivido a todo el proceso, pero justo en el cementerio, cuando le tendieron una pala para que recogiera la tierra y la echara a la tumba para cumplir los ritos del polvo al polvo, sintió que esa masculinidad adquirida se le escapaba. El peso de la pala en la mano, el sonido de la tierra roja al impactar contra el ataúd, el mar de ojos lúgubres clavados en él... Era demasiado. Fue Ekene, semanas más tarde, quien le contó que se había desplomado tras entregarle la pala al sacerdote y se había sacudido con violencia en el suelo mientras su padre intentaba contenerlo y el barro se le aferraba a la ropa y al pelo incluso conforme Anozie lo levantaba y lo abrazaba con fuerza.

Ahora, casi dos años más tarde, seguía intentando acostumbrarse a ese dolor, al hecho de que no volvería a ver a su madre jamás. También había tenido que aceptar que su vida nunca volvería a ser lo que era. Lo extraño y absurdo del duelo era que, en realidad, nunca mejoraba, nunca desaparecía del todo. A veces lo sorprendía la intensidad del dolor, que se manifestaba en ocasiones en forma de un pinchazo en el pecho. Era algo que acechaba, se alejaba de sus pensamientos y de pronto surgía sin previo aviso, a menudo en los momentos más inoportunos. A veces lo invadía en medio de una carcajada y le recordaba que no podría compartir esa felicidad con la persona a la que más había querido en el mundo, y en un solo instante sucumbía una vez más a esa sensación incontrolable de estar hundiéndose y hundiéndose sin llegar a tocar nunca el fondo.

—Es espectacular, ¿no? —le dijo una voz a su espalda.

Obiefuna dio media vuelta y vio a un hombre de mediana edad con gafas. Tenía las dos manos en los bolsillos de los pantalones ajustados, de modo que andaba como si estuviera arrastrándose ligeramente a sí mismo.

—Me he fijado en que llevas admirándolo un rato —le dijo el hombre.

Hablaba con una voz firme pero cantarina, como si pudiera dar órdenes y ponerse a cantar al mismo tiempo. Dio un paso adelante y la luz lo iluminó, y Obiefuna se dio cuenta en ese momento de que había calculado mal su edad. Puede que describirlo como «guapo» fuera una exageración, pero era el tipo de hombre sobre el que posabas la mirada durante unos segundos de más.

—Sí —contestó Obiefuna, aunque en realidad casi ni se había fijado en el cuadro.

—Qué buen ojo tienes —le dijo el hombre con tono de admiración—. Cuéntame, ¿qué te parece?

—Es precioso —concluyó Obiefuna.

El hombre asintió despacio, esbozando una sonrisa plácida, como si Obiefuna lo hubiera decepcionado con aquella respuesta tan superficial. Empezó a hablar del cuadro, sobre lo sencillo pero arrebatador que era el concepto, sobre la minuciosa atención a los detalles. Le parecía que la obra era sorprendentemente expresiva. Era el tipo de arte con potencial para revalorizarse con el paso del tiempo, si te interesaban esas cosas.

—¿La comprarías? —le preguntó Obiefuna.

El hombre permaneció en silencio; parecía algo desconcertado.

—Bueno, sí, pero parece que te gusta a ti.

—Ah, no, a mí no me interesa —le dijo Obiefuna.

—¿No te gusta el arte?

Sonaba como si aquello fuera una ofensa personal.

—No tanto como a ti, por lo que parece.

Entonces se echó a reír, una carcajada tan repentina que tomó a Obiefuna por sorpresa. Se quitó las gafas, se limpió los cristales con un paño y volvió a ponérselas. A Obiefuna le pareció lo más seductor que había visto nunca.

—¿Qué es lo que te va a ti, entonces?

—Estudio Optometría. Estoy en tercero.

—Ah, los ojos… —dijo el hombre a modo de burla cariñosa, echándole un vistazo a Obiefuna—. ¿Estudiante de Optometría y aficionado al arte? No es mala combinación.

Se rieron los dos a la vez y, luego, silencio.

—Ha sido un placer conocerte… —le dijo el hombre, a la espera de que le dijera su nombre.

—Obiefuna.

—Obiefuna —repitió—. ¿Sabes qué? —le preguntó, avanzando hacia él para salvar la pequeña distancia que los separaba—. ¿Por qué no me das tu número de teléfono y dejas que te enseñe alguna que otra cosa sobre arte?

Se llamaba Miebi. Se había criado en una aldea que no quedaba muy lejos de allí, pero se había mudado a la ciudad para estudiar en la universidad de joven y se había quedado allí. Vivía solo, en un piso de dos habitaciones en las afueras. La casa tenía cierto encanto que residía en su sencillez, rodeada de una espesa arboleda con flores que atraía a unos pequeños parajitos multicolores al patio delantero.

—Vengo aquí para escapar de la locura y lo caro que es todo en vuestra ciudad —le dijo Miebi con una risa ligera el primer día en que Obiefuna fue a visitarlo.

Detrás de la casa tenía una pequeña granja que constaba de una jaula para aves de corral y varias peceras, recipientes de plástico en los que vivían bagres de distintos tamaños.

Ese primer día, se sentaron uno al lado del otro en el sofá del salón de Miebi y hablaron de arte y de política y de sus programas de televisión favoritos, riéndose de sus similitudes y de sus intereses, y de pronto se inclinaron el uno hacia el otro para salvar la distancia que los separaba, ya corta de por sí, mientras trazaban dibujos en el dorso de la mano del otro y el calor irradiaba de sus cuerpos. Cuando por fin se besaron, Obiefuna se quedó sin aliento; se quitó la camiseta con una desenvoltura que lo sorprendió y se abalanzó sobre Miebi con una desesperación que le resultaba ajena. En la cama, cada uno exploró el cuerpo del otro y, cuando estaban a punto de explotar de deseo, ya completamente desnudos, se quedaron paralizados, vacilantes, inseguros de cómo proceder. Hasta ese momento no habían hablado de sexo, y ahora era incómodo empezar a hacerlo. Se quedaron tumbados bocarriba el uno al lado del otro, respirando despacio, en un silencio vacío pero satisfactorio, hasta que Miebi se rio, nervioso, o eso le pareció a Obiefuna, y murmuró:

—Demasiado rápido, ¿eh? Habrá que darle algo de tiempo.

La segunda vez, Miebi no tenía condones, de modo que se quedaron tumbados en el ancho colchón, uno al lado del otro, sin camiseta pero con los pantalones aún puestos, con las cabezas tocándose mientras miraban el techo.

—La verdad es que tampoco me encanta —le dijo Miebi.

—¿El qué?

—El sexo. O sea, la penetración, digo. Me gusta más enrollarme y demás. —Volvió a soltar una de sus carcajadas nerviosas—. Ya lo sé, soy raro.

Obiefuna se incorporó para quedarse sentado, apoyando todo su peso en los codos, y giró medio cuerpo para mirar a Miebi a la cara. Esa compenetración de gustos y aversiones, de cualidades, de preferencias sexuales... Eso tenía que ser amor. Le dio un beso en la nariz y le dijo:

—Supongo que yo también soy raro.

Durante las semanas siguientes, semanas que pasó en el apartamento de Miebi cuando no estaba en la universidad, se fue acostumbrando a la vida de Miebi, integrándose a la perfección en ella, incapaz de imaginarse en ningún otro sitio. La primera noche que pasó en su casa, no oyó su alarma estridente y se despertó unos minutos después de las once de la mañana, y se lo encontró en el comedor, tecleando en el portátil.

—Buenos días —le dijo Miebi al verlo—. Empezaba a preocuparme por si te habías muerto. —Se rio—. No te ha despertado ni mi alarma ni la tuya.

Obiefuna sonrió. Se sentó frente a él, en el otro extremo de la mesa, dispuesta solo para una persona. Era sábado por la mañana. No recordaba del todo lo que había ocurrido la noche anterior, pero el sueño le había despejado la cabeza y lo había renovado por completo. Notaba el suelo frío contra la planta de los pies, y sentía esa languidez agradable que te invadía cuando habías descansado bien.

Miebi lo observó mientras se metía una cucharada de huevos revueltos en la boca. Obiefuna pensó que podría acostumbrarse a eso.

Después de aquello, pasó más noches allí, y pronto empezó a tomar el autobús hacia la universidad desde la casa de Miebi. Poco a poco, sus pertenencias fueron acumulándose en el piso de Miebi y, después de uno de los días laborables que pasó en su residencia (cada vez menos frecuentes), volvió al piso para pasar el fin de semana y se encontró con toda una balda del armario vacía para él, perchas para que las usara y un pequeño escritorio colocado en un rincón para que pudiera trabajar. Obiefuna empezó a dormir más, a estudiar solo en un silencio absoluto y a sacar mejores notas en los exámenes. Miebi se despertaba antes que él, antes del amanecer, para salir a correr, y después le dedicaba una hora o dos a la granja antes de darse una ducha y marcharse a trabajar. Obiefuna cambió su alarma para que sonara unos minutos después de la de Miebi, para poder observarlo desde la ventana mientras trabajaba en la granja. Al principio, Obiefuna le ofreció su ayuda, pero pronto resultó evidente que Miebi, acostumbrado a una rutina que había perfeccionado con el tiempo, era más eficaz a solas, de modo que Obiefuna se conformaba con verlo ir de aquí para allá en el patio con determinación. Parecía en sintonía con su entorno, recogiendo huevos recién puestos para meterlos en las cajas de la cocina, dejando que las gallinas salieran de las jaulas para que campasen a sus anchas y agarrando de tanto en tanto alguna para inspeccionarla más de cerca mientras cacareaba. Incluía a Obiefuna en el cuidado de la granja de otras maneras; le preguntaba por su opinión sobre ciertos procedimientos, le contaba curiosidades y datos interesantes sobre los animales que había domesticado y fruncía el ceño de un modo exagerado cuando veía algo desagradable en la granja, lo cual le provocaba ataques de risa a Obiefuna. Lo último que hacía era darles de comer a los peces, y el simple hecho de preparar el alimento y dispensarlo en el agua mientras todos se abalanzaban hacia la comida, agitando las aletas y salpicando por todas partes, a Obiefuna le parecía arte. Miebi le enseñaba detalles como lo importante que era cambiarles el agua de manera habitual (al menos tres veces a la semana) para reducir la posibilidad de que ingiriesen sus propios deshechos, lo cual dificultaría su crecimiento, o lo maravilloso que era utilizar una sencilla solución salina como remedio local en caso de brote de alguna enfermedad leve. Más que la sabiduría que le transmitía, a Obiefuna lo que lo emocionaba era la luz que despedían sus ojos mientras le explicaba algún concepto fascinante, la nueva cadencia de su voz mientras le demostraba lo mucho que sabía sobre animales. Todo eso fue lo que hizo que a Obiefuna le encantase aquella pequeña granja. Pero, sobre todo, le encantaba la idea de que Miebi, un ingeniero eléctrico con un máster, tuviese una granja y se encargase de ella de un modo tan meticuloso, y soñara con expandirla en un futuro cercano, dedicarse a gestionarla a tiempo completo y estudiar un segundo máster en Ganadería. Aquello reflejaba algo de su carácter, algo sostenible y maravilloso que a Obiefuna le encantaba. También le encantaba su porte, su desparpajo, su vida impecable, su carácter juguetón. Obiefuna nunca se había sentido como si hubiera estado buscando nada, pero con Miebi sentía el peculiar alivio de haber encontrado algo al fin. Tras todos esos años de incertidumbre y vacilación, allí estaba Miebi, con su mirada amable, su confianza, lo fácil que era todo con él, su forma de hablar dulce y sincera.

De vez en cuando, Obiefuna pensaba en Patrick. La noche de la galería había sido la última vez que lo había visto. Seguía teniendo algunas pertenencias en la habitación de Patrick y, a veces, de camino a la universidad, cuando el autobús se detenía en el barrio de Patrick, acariciaba la idea de bajarse. No había contestado a sus llamadas y había borrado sus mensajes sin leerlos. Dejó que pasaran varias semanas antes de borrar su número. Patrick estuvo unos cuantos días sin llamarlo, y entonces, una tarde, le sonó el teléfono. Obiefuna estaba en el pasillo, esperando fuera de un aula a que acabase una clase, y durante un segundo de distracción no reconoció el número y, por tanto, cubriéndose la oreja izquierda con una mano para ahogar el ruido, contestó y preguntó quién era.

«Pues sí que has pasado página, ¿no?», le dijo Patrick tras una breve pausa, y después dejó de llamarlo.

Obiefuna le habló de Patrick a Miebi. No le ocultó nada; le describió los maratones de porros nocturnos y le contó la vez en la que se despertó en plena noche empapado de sudor, abrumado por las náuseas y convencido de que iba a morir. Estaban acurrucados en la cama; Obiefuna tenía la espalda pegada contra el pecho de Miebi, cuyo aliento cálido le acariciaba el lado de la cara.

—Aquí estás bien —le dijo en una voz que Obiefuna se creyó.

Con Miebi, sentía cierta ligereza, cierta tendencia a reírse más, unas ganas permanentes de sonreír. A veces se atrapaba a sí mismo mirándolo, prendado, al igual que le había ocurrido el primer día, y Miebi lo sorprendía contemplándolo y le hacía una mueca irónica, o levantaba una ceja juguetona para preguntarle qué pasaba, o soltaba un suspiro dramático y le decía: «Ya lo sé, soy tan guapo que te quedas sin aliento, *abi?*», ante lo cual Obiefuna se echaba a reír. Era como si Miebi hubiera llegado a su vida justo en el preciso instante en el que la puerta había estado abierta; y, en algunos momentos ocasionales de misantropía, sentado junto a Miebi mientras conducía, o bajo las sábanas, o al otro lado de la mesa del comedor, intentaba imaginarse escenarios alternativos, pensar en lo que podría estar haciendo con su vida si no estuviera con él, y nada le parecía agradable. En una ocasión, Miebi le había preguntado lo que estaba pensando, y Obiefuna le había dicho que sentía que él lo había salvado, y después, tras una pausa incómoda, Miebi se había reído, como si Obiefuna hubiera estado bromeando.

A Obiefuna le parecía como si Miebi lo hubiera estado esperando. Miebi estaba acostumbrado a vivir solo, y aun así le había hecho sitio sin problemas; había creado un espacio tan impecable y amplio para él que Obiefuna ni siquiera había tenido la sensación desconcertante de que se hubiera producido un gran cambio en su vida. Al principio mantuvo el cuarto que tenía asignado en la residencia universitaria, aterrado por la idea de perderlo, de lo que implicaba eso: que, por primera vez, pertenecía por completo a otra persona. Al final, la decisión se tomó sola, ya que un día en que se pasó de visita por la residencia descubrió que unos okupas se habían quedado con la habitación, ya que sus compañeros creían que se había mudado de vuelta a casa. Más tarde, se dio cuenta de que ni siquiera se había molestado en corregir sus suposiciones, ya que ahora consideraba la casa de Miebi su hogar. La casa era cálida, acogedora y extrañamente familiar; le daba la sensación de haber vivido siempre allí. Por las mañanas, cuando Miebi se iba a trabajar, Obiefuna se quedaba un buen rato en la cama, leyendo algún libro o jugando con el iPad de Miebi. La casa estaba siempre sumida en el silencio, y siempre estaba resplandeciente gracias al trabajo meticuloso del empleado del hogar, Moses, un muchacho de una llamativa piel oscura que llegaba todas las mañanas poco después de que Miebi se marchara, y entraba con sus propias llaves. Aparte de darle amablemente los buenos días a Obiefuna, no intercambiaban más palabras mientras se ocupaba de las tareas del hogar; iba de habitación en habitación con un sigilo robótico y se marchaba en cuanto había acabado, tras dejar la casa en un estado etéreo de calma con aroma a lavanda. Obiefuna se pasaba el resto del día viendo programas de la televisión por satélite, y a veces tomaba la bicicleta de Miebi y recorría las estrechas calles empinadas, disfrutando de las ráfagas de aire que le rozaban las orejas y de la gente que lo miraba sin interés y seguía a lo suyo. Por las tardes, Miebi volvía del trabajo con unos ojos cansados que se iluminaban en cuanto veía a Obiefuna, ansioso por salir del coche y lanzarse a sus brazos. Obiefuna sentía en Miebi una atención latente, lista para entrar en acción a la primera de cambio. La vida de Miebi se definía por el orden. Se movía por la casa con una desenvoltura que no dejaba de ser correcta, como si él mismo estuviera solo de visita. Limpiaba después de cada comida y guardaba la ropa en cuanto se la quitaba. Siempre iba vestido con ropa de calle incluso cuando estaba en casa; prendas suaves y cómodas que olían a él. Mantenía el volumen de la tele bajo y entornaba los ojos para mirar la pantalla cuando ponía las noticias, hasta que al final se quedaba dormido, siempre a los diez minutos exactos desde que había empezado a verlas, y se le caía la cabeza hacia un lado mientras emitía ronquidos suaves. Cuando se acostaba, dormía con las dos manos metidas entre los muslos, acurrucado como un embrión. Cantaba canciones de Bruno Mars, Adele y Onyeka Onwenu los fines de semana, mientras preparaba el desayuno, dándoles vueltas en el aire a las tortitas y vitoreando cuando conseguía que aterrizasen en la sartén a la perfección, con una alegría tan infantil y pura, tan sencilla y libre de amargura, que a Obiefuna le entraban ganas de llorar.

Los domingos, Miebi organizaba una pequeña reunión en su casa con algunos de sus amigos más íntimos, a quienes llamaba «su familia ideal». Solían llegar poco después del mediodía, casi siempre con escasos minutos de diferencia unos de otros, y algunos iban hasta allí directamente desde misa, vestidos aún con la ropa de la iglesia. Tunde, un encantador trabajador social de una ONG de salud sexual, tenía cautivado a Obiefuna, con ese rostro ovalado a la perfección y esos dientes blancos que contrastaban con su piel oscura. El primer día, justo después de presentarse, anunció que era un zorrón.

—Por si a alguien le resulta útil la información —dijo con un guiño.

Obiefuna se quedó callado antes de echarse a reír. Era una broma, pero de tanto en tanto, cuando levantaba la vista, veía que Tunde le estaba clavando la mirada, escrutándolo como si fuera un objeto exótico.

Patricia captaba la atención de Obiefuna por igual. Era la única mujer del grupo y solía alternar entre camisetas extragrandes sobre unos pantalones cortos masculinos y vestidos vaporosos que le acentuaban la figura. En todas las reuniones se diseccionaba su desastrosa vida amorosa. Obiefuna se maravillaba ante la riqueza de su experiencia, los detalles escabrosos que compartía alegremente; desde el famoso director de banco al que le gustaba que lo azotaran de vez en cuando hasta la chica joven que había conocido por internet y que la estuvo acosando en la vida real durante semanas, pasando por un líder juvenil de la que había sido su iglesia, un hombre al que le gustaba vestirse raro y con quien había tenido una breve aventura sexual a la que había decidido poner fin después de que él se enterase de que Patricia también se acostaba con mujeres y se pasase una hora entera citando pasajes que prometían el castigo eterno de su alma.

—Pero ¿no habías dicho que te lo estabas tirando? —le preguntó Edward.

Su acento ijaw impregnaba sus palabras, y Obiefuna tardaba unos segundos en entender lo que decía. Su insistencia estridente contrastaba con la tranquilidad e introspección de su pareja, Chinedum, quien parecía ser, sin contar a Obiefuna, el más joven del grupo.

Patricia rio.

—¡Claro! Ese hombre no sería capaz de reconocer la ironía ni aunque la tuviera delante de sus narices.

—Los hombres heteros no pueden ser más absurdos, ¿eh? —se burló Kevwe.

Todos pusieron los ojos en blanco. Más tarde Obiefuna descubriría que era el único hombre heterosexual del grupo, y tenía por costumbre protestar en caso de que se generalizase o menospreciase la heterosexualidad.

—Ay, K, calla ya, joder —dijo Patricia con una risa ebria.

Pasaron a hablar de otros temas mientras bebían vino de vasos altos. Charlaron sobre política, Hollywood, cultura popular y deportes. Obiefuna los veía totalmente cómodos en la casa de Miebi, más familiarizados con ella que él mismo. Algunos estaban sentados en los reposabrazos de los sofás, otros en las baldosas del suelo, con las piernas cruzadas, y otros de pie, con la espalda apoyada contra la pared mientras comían en platos que se habían servido ellos mismos. Se lanzaban pullas unos a otros, burlas sutiles entre frase y frase. De pronto estallaban en carcajadas ante mensajes ocultos de frases crípticas o recordaban algo que había sucedido mucho tiempo atrás. A Obiefuna le costaba seguirles el ritmo, pero, aun así, estaba contento de dejarse arrastrar por el arrullo de sus voces, divertido por el vigor con el que discutían con los presentadores de televisión y sus opiniones sobre la ropa de la gente. Se reían ante los acentos falsos de los presentadores, leían en voz alta y en un tono animado entradas de blogs, y elogiaban o se quejaban de los titulares.

—Seguro que Obiefuna piensa que somos unos intensos —dijo Patricia con una sonrisa mientras alargaba el brazo hacia la mesa para recoger el vaso.

Obiefuna se quedó sorprendido, y se cohibió al ver que todos los ojos de la sala se clavaban en él durante un momento. Se irguió en el asiento y carraspeó.

—No, la verdad es que me lo estoy pasando muy bien.

Miebi estiró el brazo para tomarlo de la mano y, por una vez, estando con más gente, no sintió el impulso consciente de apartarla.

—¿Dónde decíais que os habíais conocido? —preguntó Edward.

Le había dirigido la pregunta a Obiefuna; era la primera vez que Edward le hablaba directamente a él desde el primer «¿qué tal?» vacilante que le había dicho cuando los habían presentado.

Pero fue Miebi quien respondió, sonriendo a Obiefuna como si le estuviera hablando a él:

—En la inauguración de la galería en Trans Amadi. Para la que conseguí entradas y me dejaste tirado. ¿Te acuerdas?

—¿Y fue él contigo entonces? —dijo Edward, ignorando la pulla de Miebi y mirando a Obiefuna a los ojos.

La sala se sumió en el silencio. Todo el mundo miró a Edward. Tenía la copa apoyada contra los labios y los ojos, por encima del borde, clavados en Obiefuna. Tenía los ojos rojos pero la mirada nítida. Chinedum, a su lado, se inclinó hacia delante para ponerle una mano en la rodilla.

—Obiefuna se pagó su propia entrada, Edward —dijo Miebi al cabo de un rato con una voz fría y serena.

Edward se quedó en silencio y asintió despacio, con determinación. Parecía estar a punto de decir algo más, pero luego se encogió de hombros y le dio otro sorbo al vino.

Más tarde, Chinedum le dijo:

—Me encantan tus pantalones cortos.

—Gracias —respondió Obiefuna.

Se habían separado de los demás en mitad de la reunión; Obiefuna había salido al balcón para despejarse y Chinedum lo había acompañado.

—Siento lo de Edward —le dijo Chinedum—. A veces se pone así, sobre todo cuando tiene que ver con Miebi. Pero no tiene nada en tu contra, de verdad.

—¿A qué te refieres? —le preguntó Obiefuna.

—Eh… —Chinedum se detuvo, inseguro de si debía ser él quien le contara la historia—. Miebi puede ser muy generoso, a veces de un modo imprudente, ¿sabes? Y en el pasado ha tenido consecuencias. Ya sabes, gente que ha intentado aprovecharse de su bondad. Como su ex, Jeffery. Si es que se puede considerar que fueran novios, claro. Era un desastre. Estuvo a punto de dejar a Miebi pobre mientras intentaba ligarse a todos nosotros. Patricia incluida.

—Hostias.

—Miebi lo pasó muy mal. Llegamos a plantearnos la posibilidad de que uno de nosotros se mudara aquí para poder tener la situación controlada. Edward y él se conocen desde hace mucho, ¿sabes? Así que Edward se lo toma de un modo más personal que los demás.

Obiefuna asintió, entendiéndolo todo.

Chinedum lo miró a la cara.

—Pero tú… Se nota que tú eres distinto. Tienes una nariz decente.

—¿Una nariz?

—Sí, tiene la forma perfecta, no como el lelo ese, que tenía una piel espantosa y una nariz con forma de sillón de bicicleta. No entendía qué veía Miebi en él.

Obiefuna se echó a reír. Más tarde, después de que el grupo se hubiera marchado y la casa se hubiera quedado en calma de nuevo, se dio una ducha fría y se quedó tumbado en la cama, despierto. Fuera, Miebi llevó a cabo una inspección de última hora de la granja. Obiefuna siguió el sonido de su silbido distraído, intentando adivinar qué canción era. Estaba a punto de quedarse dormido cuando oyó un ligero pitido que provenía del móvil de Miebi. Obiefuna se quedó mirándolo durante un rato antes de hacerse con él. Pudo acceder sin tener que introducir ninguna contraseña, sorprendido ante la falta de privacidad de Miebi. Era un mensaje de Edward, una última intervención de un intercambio más largo. Obiefuna volvió a dejar el teléfono en la cama y luego lo agarró de nuevo. La conversación era hostil, y los mensajes de Edward eran largos, repletos de *emojis* de desaprobación, con respuestas breves y exhaustas de Miebi. Obiefuna vio su nombre en uno de los mensajes y se incorporó en la cama. Subió hasta el principio de la conversación.

No está mal. Tiene buen cuerpo.

¿Te parece? Es tan fácil quererlo...

Ja. Creo que lo que quieres decir es que a ti te resulta muy fácil enamorarte.

Edward, no empieces.

¿Qué? ¿Es que soy el único que se ha dado cuenta de que parece que el chico dejó de beber leche materna ayer?

Oye, tú, que sepas que Obiefuna tiene veintiún años. Y tiene más madurez emocional que la mayoría.

Ya, claro. Y luego estás tú, que te quedan tres años para los cuarenta y estás dejando que un niño se aproveche de ti.

Lol, olodo. Obiefuna no me ha pedido nada.

¿Acaso le hace falta? Me apuesto lo que sea a que se lo das todo. Edward...

No, si lo entiendo. Te hace falta divertirte un poco y parece que el muchacho sabe cómo complacer a su papi. Pero ¿cuándo vas a aprender a no dejarte llevar tanto? ¿Cómo se te ocurre dejar que viva contigo conociéndolo solo de dos semanas? Venga, macho, que parece que no has aprendido nada.

No puedo hablar de esto contigo ahora mismo. Tengo que ocuparme de la granja. Me tengo que ir.

Vale, lo que tú digas.

Obiefuna dejó el móvil en la cama y se quedó mirando la pared. Por extraño que pareciese, estaba relajado, aunque le habían empezado a temblar las manos. Y entonces se sintió sucio, como un objeto sin valor alguno que está expuesto y por el que están regateando sin que nadie haga una oferta significativa. Oía el cacareo de las gallinas al otro lado de las ventanas y, de repente, una carcajada de Miebi. No era necesario montar un numerito. No le concedería a Edward esa satisfacción. Se levantó de la cama poco a poco, metódicamente, y fue a sacar su maleta del armario, que a esas alturas ya sentía como suyo. Cuando sacó su ropa de allí, sintió un vacío extraño y resonante. No se había dado cuenta de todo lo que tenía en esa habitación hasta que empezó a meterlo en la maleta, y le sobrevino una sensación de angustia ante la idea de no volver a ver aquella casa. Esperó a que se le calmaran los latidos del corazón y a que Miebi saliera a correr antes de marcharse de allí.

Se pasó los días siguientes yendo y viniendo entre las clases y la residencia, donde había vuelto a vivir (básicamente, como okupa), sintiéndose vacío, con la piel erizada del asco que se tenía a sí mismo. Pero, sobre todo, estaba furioso. Sabía que obsesionarse con las opiniones de un desconocido era innecesario e irracional. Pero, por más que lo intentara, no era capaz de dejar atrás aquellas palabras sin más. ¿Cómo se atrevía Edward a decir esas cosas de él? Si no lo conocía de nada. ¿Y cómo había podido Miebi soportar esas calumnias? ¿Por qué no lo había defendido con más vehemencia? Ignoró las llamadas de Miebi y no respondió a los mensajes que le mandaba. En la residencia, se mostraba amable pero frío y evasivo con sus compañeros; la relación de complicidad que habían compartido antes se había vuelto tensa. Sin embargo, la mayor parte de la rabia no tardó en disiparse, y lo único que sentía era el deseo de volver con Miebi. Echaba de menos despertarse con el canto del gallo. Echaba de menos el aroma cálido de las sábanas de Miebi, los suelos fríos, el zumbido constante de la nevera y el ambiente del salón. Echaba de menos sentir el calor del cuerpo de Miebi en la espalda al dormir, su aliento en la oreja. Echaba de menos la comida de Miebi, su esencia, la luz de sus ojos. Reproducía mentalmente escenas de Miebi enfrascado en las tareas de la granja, sus pasos lentos y deliberados, su rutina metódica, sus andares confiados. En las clases, su imaginación ahogaba las palabras de las lecciones, que se entremezclaban unas con otras hasta perder todo el sentido, y al final de cada jornada salía del aula y estaba a punto de dirigirse hacia el lugar en el que solía tomar un taxi para ir a la casa de Miebi, pero entonces recordaba que ya no podía ir allí y se le formaba un nudo en la garganta que no lo abandonaba. De modo que, el día en que salió de clases y se encontró con el coche de Miebi, aunque sintió durante un instante el impulso de ignorarlo y seguir caminando, lo rodeó y se montó en el asiento del copiloto.

—Te voy a llevar a la residencia para que recojas tus cosas y puedas volver a casa —le dijo Miebi en esa voz amable y un poco ronca que tanto había echado de menos Obiefuna.

Obiefuna mantuvo la vista fija hacia delante, sin decir nada. Casi se le había olvidado el maravilloso aroma del coche. Se pasó todo el trayecto hasta la residencia sin decir casi nada; tan solo habló entre dientes para indicarle el camino. Aún no había deshecho la maleta. Metió el cepillo de dientes, unos pantalones cortos nuevos y unos cuantos libros y volvió al coche de Miebi. Notaba miradas curiosas clavadas en él desde las ventanas de la residencia.

—¿No deberías estar en el trabajo? —le preguntó Obiefuna.

—Me he tomado el día libre —respondió Miebi, estudiándole el rostro de cerca con unos ojos apagados.

No dijeron nada más hasta que llegaron a un semáforo.

—Edward va a venir a casa para disculparse.

—No hace falta.

—Sí que hace falta. No tenía ningún derecho a hablar así de ti.

Pues tú se lo permitiste, quiso decirle Obiefuna. *No me defendiste con el fervor suficiente.*

Pero lo que dijo fue:

—¿Por qué no me contaste lo de Jeffery?

Miebi agarró con fuerza el volante y le dio unos golpecitos con los pulgares. No miró a Obiefuna ni respondió nada hasta que llegaron a la casa y atravesaron la verja.

—Debería habértelo contado. —Se detuvo, como si estuviera pensando si decir o no la siguiente frase, y luego exhaló—: Pero hablar de eso me recuerda lo tonto que fui, y no es una sensación muy agradable. —Le tomó la mano izquierda a Obiefuna y se la llevó a la barbilla, con lo que provocó un cambio incómodo en la postura de ambos—. Además, supongo que me preocupaba que me vieras como un pobre hombre con el corazón roto que necesitaba que lo rescataran. Porque no lo soy. O eso creo.

Obiefuna no quería sonreír, no quería darle la impresión de que lo había olvidado todo tan fácilmente, de que no era una persona rencorosa, pero Miebi lo estaba mirando con esos ojos de cachorrito con los que se le veía ridículo pero infantil de un modo adorable a la vez, así que le costó contener la sonrisa, y luego una risita, meciendo los hombros mientras Miebi lo observaba.

—En serio, cariño, no eres ninguna de las cosas que dijo Edward, y lo siento por haber permitido que las dijera.

Obiefuna le acarició la mejilla y sintió su vello bajo la palma de la mano, como hierba seca. Oía el fuerte cacareo de las gallinas en el patio trasero, como si le estuvieran dando la bienvenida a casa. Quería vivir en ese momento para siempre.

—No hace falta que venga Edward esta noche —le dijo—. Los dos solos estaremos bien.

El fin de semana siguiente, Edward lo apartó del grupo.

—Mis preguntas no iban a malas —le dijo.

Obiefuna no pudo evitar percatarse de que no se trataba de una disculpa auténtica. Pero a esas alturas ya había entendido, y aceptado, que Edward y él no se llevarían bien nunca. De ahí en adelante, su relación se basaría en el antagonismo tácito. De modo que tan solo dijo:

—Vale.

Edward frunció el ceño. Tal vez esperase una acogida más entusiasta. Estudió a Obiefuna durante un rato antes de continuar con cautela:

—Mira, no quiero que te lo tomes a mal, pero, a ver, ¿de qué va todo esto?

—¿A qué te refieres?

—Pues a que… mírate. Eres un chico guapo, joven y, según Miebi, inteligente. Y los dos sabemos que Miebi no es el hombre más atractivo del mundo, por no mencionar que casi te dobla la edad. Cuesta no sospechar que lo único que te atrae de él es todo lo que tiene.

Obiefuna respiró con calma. No tenía sentido enfadarse, sobre todo porque podía intuir qué era exactamente lo que quería Edward, y ya había llegado a la conclusión de que Edward solo existía para irritarlo. Se dio la vuelta sin pronunciar palabra y regresó al salón, con los demás.

Más tarde, le dijo a Miebi:

—Es que no tengo por qué darle explicaciones. Ni a él ni a nadie, la verdad.

Miebi chasqueó la lengua para mostrarle que estaba de acuerdo. Estaban apoyados en la barandilla del balcón, mucho después de que se hubieran marchado todos. Hacía una noche agradable. Se habían pasado la tarde viendo las noticias internacionales sobre las órdenes del presidente Obama al Tribunal Supremo de Estados Unidos de anular la Ley de Defensa del Matrimonio por considerarla discriminatoria hacia las parejas homosexuales. La noticia había alegrado a Miebi y había bebido más de lo habitual. Ahora estaba sonrojado, con unos ojos acuosos y una sonrisa permanente en la cara. Intentaba hacer como que le estaba prestando atención, pero Obiefuna notaba que tenía la cabeza en otra parte. Tenía la copa sujeta peligrosamente entre los dedos.

—Lo que le pasa a Edward es que está celoso —dijo Miebi, y Obiefuna arqueó una ceja—. O sea, Chinedum es adorable, eso está claro. Es el mejor. Pero ¡mírate!

Extendió ambos brazos hacia delante con una floritura exagerada, y la leve fuerza de sus propios movimientos le hizo balancearse un poco.

Obiefuna sacudió la cabeza. Si Miebi bebía otro sorbo, tiraría la copa y poco después no podría ni siquiera mantener el equilibrio. Se acercó a él y le arrebató la copa. Miebi no opuso resistencia.

—Vamos para dentro, anda.

En la siguiente quedada, hubo incluso más novedades que celebrar. Viendo las noticias juntos en el salón de Miebi, se enteraron de que la sentencia del Tribunal Supremo de Estados Unidos estaba prevista para la semana siguiente y que, de momento, había motivos para ser optimistas. A pesar de las protestas de las Iglesias y de varios grupos de derechas, la opinión popular apuntaba a un posible consenso positivo. Una encuesta pública que se había llevado a cabo reveló que un asombroso número de encuestados apoyaba con firmeza la supresión de la ley. Los amigos brindaron por un desenlace favorable y luego pasaron el rato en el salón, holgazaneando y bebiendo vino. Poco después, la mayoría de ellos estaban achispados y amodorrados, pasando de una conversación sin sentido a otra y riéndose por tonterías que ni siquiera eran graciosas.

—¿Cuándo te diste tu primer beso? —le preguntó Patricia a Obiefuna.

Estaba sentada en el reposabrazos del sofá que quedaba más cerca de Obiefuna, con el cuerpo un poco inclinado hacia él. Se lo había preguntado en voz baja, pero, aun así, notó que la sala entera se quedaba en silencio y todo el mundo esperaba su respuesta.

Obiefuna pensó en Aboy. Por algún motivo, le vino a la mente la imagen del chico agachándose para hacerle ver a Obiefuna que quería ir al servicio, mucho antes de que pudiera formular las frases adecuadas en inglés para expresar sus necesidades, mucho antes de que se acostumbrase a la vida en la ciudad y se adaptase sin problemas a ella. Llevaba mucho tiempo sin pensar en Aboy, y le sorprendió el poco rencor que le guardaba.

—Con uno de los aprendices de mi padre, Aboy.

—Uhhh, qué sexi —contestó Patricia—. Me gusta la idea de que fuera con un aprendiz. ¿Y cuándo fue?

Obiefuna soltó una risita.

—Hace siglos. No me acuerdo bien.

—Ay, venga ya —le dijo Tunde—. Claro que te acuerdas. Suéltalo todo, cari.

Obiefuna vio el rostro de Aboy dormido esa noche, años atrás, la franja oscura de vello sobre el labio superior, la paz serena que irradiaba y los labios curvados en una sonrisa casi imperceptible.

Pero le parecía que los detalles, incluso después de todos esos años, eran demasiado personales como para compartirlos.

—¿Y qué ha sido de él? —le preguntó Patricia.

—No lo sé —contestó Obiefuna—. Mi padre nos sorprendió en una situación comprometida. A él lo echó de casa y a mí me mandó a un internado.

La habitación permaneció en silencio. Todo el mundo lo estaba mirando. Miebi se inclinó hacia él para darle unas palmaditas delicadas en la rodilla. Ni siquiera a él le había contado todo aquello. A Obiefuna lo sorprendieron las emociones que lo atravesaron en ese momento. Se sentía lúcido, pero había algo más, un impulso de reír y llorar al mismo tiempo.

—Vamos, que nadie ha tenido una historia de amor de la infancia con un final feliz, ¿no? —soltó Patricia en un intento de animar el ambiente.

Tune levantó la mano y Patricia puso los ojos en blanco.

—Tunde, por enésima vez, ya sabemos todos lo de tu asquerosa aventura con el profesor de Tecnología. ¡Ese hombre debería estar en la cárcel y tú deberías ir a terapia!

—Bueno, yo creo que en general las historias de amor como las nuestras no suelen tener finales felices —dijo Chinedum—. Es como si fuera una historia de amor ambientada en tiempos de guerra. ¿Cómo va a tener algo así un final feliz? Incluso la felicidad aparente tiene como telón de fondo una tristeza más profunda.

Todos se quedaron en silencio durante un momento. Y entonces Kevwe dijo:

—Cómo no, ya está otra vez Chinedum con su sabiduría de viejo.

Todo el mundo se echó a reír. Chinedum agarró un cojín y se lo lanzó a Kevwe, pero ni siquiera lo rozó.

—No, pero en serio —insistió Chinedum una vez que las risas se hubieron calmado—. Pienso mucho en todo el amor que se pierden los niños y los jóvenes gais. Nos roban la oportunidad de vivir la inocencia del amor adolescente. Porque pasamos todo ese tiempo aterrados, tratando de aprender a fingir.

—Chinedum —le dijo Patricia—, guárdate tu magnífico análisis para más tarde. Ahora nos hace falta hablar de algo animado.

Tunde levantó la mano de nuevo.

—Tunde… —le advirtió Patricia.

—Relax, que no tiene nada que ver con mi profesor —le aseguró Tunde. Hablaba con una voz tímida que no era propia de él—. He conocido a alguien.

Edward se rio.

—¿Qué? ¿Ha decidido al fin nuestro zorrón que ya no le divierten las calles?

—Todo el mundo tiene que asentarse en algún momento —replicó Tunde, pestañeando mientras le dirigía una mirada sarcástica a Edward.

—¿Y cómo es? —le preguntó Chinedum.

—Bueno, todavía no es oficial; ni siquiera nos hemos visto —dijo Tunde, y le dio un sorbo a la copa—. Pero, para que lo sepáis, pronto llegará alguien nuevo a esta casa.

Una tarde de junio, Miebi volvió a casa emocionadísimo y con una botella de vino.

—¡Han declarado inconstitucional la DOMA, cariño! —le anunció a Obiefuna.

—¿Qué es la DOMA? —le preguntó él.

Pero Miebi estaba demasiado entusiasmado como para explicárselo. Puso la CNN y juntos vieron a los presentadores de las noticias recitar las palabras de los jueces del Tribunal Supremo de Estados Unidos, que afirmaban que la Ley de Defensa del Matrimonio, la DOMA, por sus siglas en inglés, se había declarado inconstitucional por considerarla discriminatoria hacia las personas LGTB de Estados Unidos.

—¿Sabes lo que significa esto? —le dijo Miebi mientras servía vino en dos copas, para él y para Obiefuna—. La nación más poderosa del mundo acaba de darles visibilidad a los nuestros.

Obiefuna asintió. No llegaba a comprender del todo el impacto de la ley, pero disfrutaba de la alegría de Miebi. Aceptó la copa y brindó con él. Por la noche llegaron sus amigos, a pesar de que no solían quedar entre semana, y vieron las noticias juntos. En un momento dado apareció un hombre proponiéndole matrimonio a su pareja con una fuerte ovación de fondo.

—¿Y cuándo nos tocará a nosotros? —dijo Patricia con unos ojos cargados de un anhelo intenso mientras miraba la pantalla.

—Eso es una utopía, amor —le dijo Tunde con una risa—. Es la peor pesadilla de todos los nigerianos.

—Nosotros somos nigerianos —lo corrigió Chinedum con un tono empático que provocó una pausa general momentánea.

—Vale, no de todos los nigerianos —convino al fin Tunde.

—Pero Tunde tiene razón —añadió Edward—. Me da a mí que nosotros no vamos a tener esa suerte. En todo caso, veo al Gobierno nigeriano haciendo justo lo contrario.

—¡Nunca se sabe! —exclamó Patricia—. ¿No presentaron hace muchos años un proyecto de ley contra los homosexuales? ¡Y lo rechazaron!

—En realidad fue solo hace seis años, Tricia, y no lo «rechazaron» —dijo Edward—. Digamos que en ese momento había mucho caos político. Pero me atrevería a decir que la idea de la promulgación de esa ley sería igual de popular ahora que por entonces.

—¿Qué era lo que estaba pasando en ese momento? —preguntó Obiefuna, que no había hablado hasta entonces.

Edward se quedó callado. Parecía sorprendido de que Obiefuna se hubiera dirigido a él.

—Creo que era en la época en que Obasanjo intentó cambiar los límites constitucionales y prolongar su mandato de manera indefinida. Se hirieron los sentimientos de mucha gente. Ese proyecto de ley era un intento de apaciguar a todo el mundo. Era una distracción muy inteligente.

—¿Y qué teníamos que ver nosotros con todo eso? —preguntó Patricia.

Edward se rio.

—Cari, ¿en qué planeta vives? A estas alturas ya deberías saber que somos los… ¿Cómo lo digo? Los huesos que arrojan a los perros rabiosos cada vez que los idiotas esos la lían. Si hay algo que una a todos los nigerianos, es el odio que sienten hacia nosotros. Obasanjo lo tenía clarísimo.

—¿Y qué pasa con Jonathan? —preguntó Obiefuna.

—¿A qué te refieres? —le dijo Edward.

—Parece algo más tolerante que los demás —contestó Obiefuna—. A lo mejor esta vez es distinto.

Edward resopló. Sonrió despacio a modo de burla.

—Ah, por supuesto, ese optimismo tan típico de la juventud… Casi lo echo de menos.

—Obiefuna tiene razón —intervino Miebi—. Además, Jonathan está ya bastante ocupado con Boko Haram en el norte. Estallan bombas casi día sí, día no. No creo que Oga Jo esté pensando en nosotros en medio de todo esto.

—Pero esa es la cuestión —replicó Edward, poniéndose en el borde su asiento—. Ese hombre ha fracasado estrepitosamente. La opinión pública está por los suelos. Y en menos de dos años habrá elecciones generales. ¿Qué es lo único que podría hacer a estas alturas para tener a todo el mundo contento antes del día de las elecciones?

Todos permanecieron en silencio, reflexionando sobre la pregunta de Edward.

—En ese caso, debería casarme con Vincent cuanto antes, antes de que sea ilegal, ¿no? —dijo Tunde.

—¿Quién mierda es Vincent ahora? —le preguntó Edward con una sonrisa.

—Ay, madre, ¡el hombre del que os hablé hace unas semanas!

—Espera, pero ¿va en serio? —dijo Edward.

Tunde miró al grupo haciéndose el espantado, como si acabara de darse cuenta de lo que pensaban.

—Os habéis rendido por completo conmigo, ¿no?

—No puedes decirnos que no lo hemos intentado, amor —le dijo Miebi entre risas—. Cada vez que hemos tratado de emparejarte con alguien, ha salido mal.

—¿Vas a decirnos de una vez cómo es o vas a seguir guardándotelo todo? —le preguntó Chinedum.

Tunde puso los ojos en blanco.

—¿Cuándo os he ocultado yo algo? Es solo que, para contaros más detalles, tenemos que vernos en persona primero.

—¿Y por qué estáis tardando tanto? —preguntó Miebi.

Tunde le dio un sorbo a la copa.

—Es un chico muy ocupado.

—O a lo mejor no se parece en nada al de las fotos —intervino Patricia—. Ándate con ojo, cari.

—Sí que hemos hablado por videollamada —aclaró Tunde—. Y era mono.

—No te veía yo como a una de esas que conocen a gente por internet —le dijo Chinedum.

—Si estuvieras en mi lugar, recurrirías a lo que hiciera falta —dijo Tunde—. Cuando se es seropositivo, uno no tiene muchas opciones a largo plazo.

—Oye, no digas esas cosas —le pidió Miebi, posándole una mano en la rodilla—. Eres maravilloso. Y el nuevo chico misterioso ese tiene suerte de estar contigo.

Por primera vez, Obiefuna vio a Tunde con los ojos llorosos. Intentó, sin éxito, quitarle importancia riéndose.

—Bueno, pronto podrás decirle eso tú mismo.

—Qué momento más oportuno, ¿no? —dijo Edward.

—¡Edward! —exclamó Chinedum.

—Ya sabes cómo me pongo con el exceso de sentimentalismo —contestó Edward.

—Vamos a mirar la parte positiva. Como ha dicho Obi, Jonathan parece más tolerante. ¿No tenía un doctorado y era antes profesor de universidad?

Edward se rio.

—El hombre que presentó el primer proyecto de ley en 2007 era un abogado con un máster de la Escuela de Economía de Londres.

—Edward… —volvió a advertirle Chinedum, más alto esa vez.

—Vale, vale —dijo Edward, alzando las manos en señal de rendición—. Esperemos que tengáis razón… De verdad, ojalá que sí.

24

Piensa en su madre como en una estrella. A veces, aparece en sus sueños como un puntito en el cielo, una luz solitaria que permanece allí incluso cuando las demás se desvanecen. No habla, al menos que él sepa, pero sí que oye su voz, cantando una nana que solía cantarle de pequeño a veces, algo sobre consolar a un niño al que el codicioso mundo le ha arrebatado lo que era suyo. Las palabras de su madre siguen resonando en sus oídos incluso después de despertarse, y permanecen con él durante el resto del día. No habla con su padre a menudo. Tan solo mantienen conversaciones sobre las clases y las notas y si ha recibido el dinero que le manda. No le hace falta que su padre le envíe dinero a la cuenta cada mes, pero no tiene forma de explicarle el motivo. Algunos meses recibe cartas de Ekene, que le escribe desde Ghana. Según le ha contado en las cartas, al fin se está adaptando a vivir en un país nuevo. Sus cartas suelen ser breves, directas al grano. Le cuenta novedades sobre su nueva vida. Ya se ha acostumbrado a la comida, pero le preocupa estar perdiendo técnica. Lo sientan en el banquillo demasiado a menudo. Sospecha que lo tratan de una manera injusta por ser extranjero. Se ha dejado barba y se ha enamorado de una chica ghanesa muy guapa.

Las respuestas de Obiefuna son más largas, impregnadas de un sentimentalismo que sabe que a Ekene no le hace gracia.

Nunca menciona a Miebi. Le cuenta novedades de su padre. Sigue sufriendo la pérdida de su madre. Parece que está perdiendo oído y últimamente le pide a Obiefuna que le repita las cosas. «Dios, por favor, no te lo lleves a él también; no podría soportar la pérdida de otro padre», le escribe Ekene en el último párrafo de su carta más reciente, y Obiefuna no puede evitar asentir al leerlo.

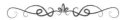

La mañana en que aprobaron la ley, varios de los peces de Miebi murieron. Unos días antes, se había percatado de lo pálidos que estaban, de las manchas blancas que les habían salido en las aletas y de lo despacio que nadaban. No respondían a las soluciones salinas, y esa mañana todos acabaron flotando en la superficie, en sus respectivas peceras, con los ojos desorbitados. Obiefuna se encontró a Miebi encorvado sobre una de las peceras, contemplando el agua. Se giró cuando Obiefuna se acercó. Obiefuna contó doce peces muertos. Miebi lo observó con la mirada despejada y el rostro inexpresivo.

—¿Qué puede haber pasado? —le preguntó Obiefuna.

—Algún tipo de brote, parece —contestó Miebi—. He llamado al veterinario. A ver qué nos puede contar.

Más tarde, después de que el veterinario llegase, les administrara el tratamiento a los estanques y hablara largo y tendido con Miebi, Obiefuna y él desayunaron en el comedor y se quedaron allí sentados después, jugando a las cartas. En el salón, la tele estaba encendida, con la CNN puesta. Obiefuna iba ganando. Miebi parecía distraído, como si estuviera concentrado en algo que había detrás de Obiefuna, y Obiefuna tuvo que recordarle más de una vez que le tocaba a él echar una carta, pero, cuando le propuso parar, Miebi quiso seguir.

Les llegaban las palabras del presentador desde el salón y, en un momento dado, algo que Obiefuna oyó le hizo aguzar el oído y mirar la televisión. El rótulo estaba escrito en negrita en la parte inferior de la pantalla, en unas letras mayúsculas amenazantes: Nigeria prohíbe oficialmente las uniones entre personas del mismo sexo.

El Parlamento nigeriano aprobó ayer oficialmente un proyecto de ley que prohibirá el matrimonio y otras formas de relaciones sexuales y de pareja entre personas del mismo sexo. Esta medida llega justo después del reconocimiento sin precedentes de las uniones entre personas homosexuales en los últimos tiempos en los países desarrollados, en especial en Estados Unidos. El proyecto de ley, según los medios de comunicación locales, ha sido uno de los que se han promulgado más rápidamente, con un consenso casi unánime entre los legisladores, y conlleva diversas penas de diez a catorce años, tanto para las personas homosexuales como para sus aliados. El proyecto de ley ha recibido un rechazo generalizado por parte de la comunidad internacional. Sin embargo, la población nigeriana lo ha apoyado de manera masiva, lo cual no resulta sorprendente en un país de valores ultraconservadores.

Las noticias pasaron a mostrar escenas de celebración entre los nigerianos en las calles de Lagos, sosteniendo pancartas en las que se leían las palabras ¡ADIÓS A LOS GAIS! ¡CATORCE AÑOS DE CÁRCEL! ¡JESÚS VIVE AQUÍ! Miebi ya se había levantado y se había acercado al televisor, y casi estaba tapándole la vista a Obiefuna, como si lo protegiera de la realidad. Seguía con el rostro inexpresivo. Solo su mirada revelaba su incredulidad, mientras parpadeaba a toda velocidad.

El presentador continuó diciendo:

Nigeria no es el único país africano que ha prohibido las uniones homosexuales. De hecho, más de la mitad de los países que forman el continente tiene algún tipo de restricción en cuanto a las relaciones entre personas del mismo sexo. Sin embargo, Nigeria, al ser la nación con más habitantes del continente, ejerce una influencia considerable sobre el resto de países, y se sospecha que esta nueva medida podría tener efectos en cadena en las legislaciones de sus vecinos…

Miebi apagó la tele y se fue al dormitorio. Obiefuna se quedó allí plantado un rato, mirando a la pantalla en negro. Lo único que interrumpía el silencio era el ruido que hacía el ventilador de techo al girar. No dejaba de oír la voz de la mujer en la cabeza: «penas de diez a catorce años». Estaba relajado, pero por dentro tenía demasiado calor para el fresco que hacía en la habitación por los vestigios del harmatán de enero, y cuando se movía sentía como si le estuvieran clavando agujas en la piel. Tenía un chirrido constante en los oídos, y cuando se sentó en el sofá pareció absorberlo con un quejido de protesta, como de costumbre. El salón parecía igual que siempre: pequeño, cuadrado, con una calidez acogedora. Nada parecía haber cambiado. Todo seguía igual de limpio y ordenado.

En el dormitorio, Miebi se quedó sentado en la cama, jugando a algo en el iPad. Alzó la vista cuando Obiefuna entró y posó los ojos en su rostro, como si lo estuviera estudiando.

—No han tardado ni un día —dijo Obiefuna—. No es típico de ellos ser tan eficaces.

—Son unos cabrones —contestó Miebi. Hablaba con una voz neutra, carente de rencor. Suspiró y al fin sonrió mientras le tendía la mano a Obiefuna—. Ven aquí, mi amor.

Obiefuna atravesó la habitación hasta llegar a Miebi, lo tomó de la mano y se tumbó sobre él. Dos semanas antes, habían brindado por el año nuevo y Miebi había pronunciado una oración para que el 2014 trajera solo lo mejor. Ahora estaba tarareando en voz baja una canción, y a Obiefuna le llevó un momento distinguir cuál era: *One Love*, de Onyeka Onwenu. Y, mientras seguía el ritmo, Obiefuna se preguntó si habría sido una elección deliberada, una reafirmación simple y desafiante de su compromiso mutuo, a pesar de la ilegalidad.

Al día siguiente, Chinedum no fue a casa de Miebi porque estaba enfermo. Los demás del grupo estaban sentados muy erguidos, hablando unos por encima de otros, sin apenas tocar el vino. Insultaban a los analistas de noticias que aparecían en la pantalla, se gritaban unos a otros y daban manotazos al aire. Pero incluso su rabia estaba atenuada por la desazón, por sentirse acorralados e incrédulos.

—¿Quién lo iba a decir? —preguntaba Patricia una y otra vez—. ¿Es que no trabaja nadie en el Parlamento nigeriano?

—Es una reacción ante tanto reconocimiento de los derechos de los homosexuales por todo el mundo —dijo Kevwe—. Nigeria se siente amenazada. Es su forma preventiva de hacer una declaración de intenciones.

—Lo que es es absurdo —intervino Patricia—. Si nunca hemos pedido ningún derecho siquiera. ¿De dónde sale esa amenaza?

—Es por las elecciones, cari —le dijo Tunde—. Oga Jona tenía que posicionarse, y los gobiernos extranjeros no iban a reelegirlo el año que viene, ¿no? Al final todo es cuestión de política.

—Es un cabrón —añadió Edward.

Había estado más callado de lo normal durante todo ese rato, taciturno, y en ese momento la frialdad de su voz sobresaltó a Obiefuna, y al parecer a todos los presentes, ya que todos se volvieron hacia él.

—¿Eso es lo único que sabe hacer? Para alguien que parece haberla cagado estrepitosamente, menudo descaro...

—Bueno, hay que admitir que ha sido una jugada astuta —dijo Kevwe—. Mira las noticias. La gente lo está alabando. Y estamos hablando de alguien a quien la gente estaba desesperada por echar de Aso Rock. De repente es lo mejor que le ha pasado a Nigeria desde la independencia.

—Si se cree que esto va a garantizarle la victoria el año que viene, incluso él debería volver a la guardería y aprender los fundamentos de la política —le dijo Edward.

—Aun así, ni siquiera tú puedes negar que esta medida va a jugar a su favor —insistió Kevwe—. El respaldo de los grupos religiosos que están de acuerdo con la medida le va a venir bien. Los nigerianos son demasiado fáciles.

Todos volvieron a concentrarse en las noticias. Estaban mostrando más escenas de gente celebrando la nueva ley. Un programa de opinión pública que retransmitían en un canal de noticias independiente y ofrecía un muestreo de diferentes grupos demográficos reveló un apoyo casi unánime a la ley. Cuando una reportera le preguntó a un anciano si pensaba que la ley era justa, este le ladró:

—¡Pues claro que sí!

—Entonces, ¿cree que los homosexuales merecen ir a la cárcel?

—Sí —contestó el hombre.

—¿Por qué?

El hombre se alejó del micrófono para fulminar a la reportera con la mirada, convencido de que había perdido la cabeza.

—Porque aquí tenemos principios —respondió al fin—. No pensamos aceptar nada que vaya en contra de nuestro estilo de vida.

Muchos más entrevistados compartieron la misma opinión en diversos tonos, una y otra vez, hasta que Obiefuna empezó a quedarse aletargado por la monotonía de la situación.

—Es antinatural —dijo uno de ellos.

—No forma parte de nuestra cultura como africanos. Quien quiera hacer algo así debería irse a Estados Unidos —dijo otro.

Un hombre alto de piel oscura con unos rasgos afilados, como madera tallada, dijo, cuando le preguntaron si creía que había nigerianos que, a pesar de no haber estado expuestos a las influencias occidentales, eran homosexuales de todos modos:

—Puede. Y voy a aprovechar esta oportunidad para decirles que tienen los días contados. Vamos a atraparlos a todos y los vamos a matar uno a uno.

Patricia soltó un grito ahogado.

—¿En serio acaba de decir eso en la televisión en directo?

Tunde dejó escapar una risita.

—Bah, sabe que no tiene nada de lo que preocuparse. No corre ningún peligro. Los nigerianos están más preocupados por atrapar a unos delincuentes imaginarios que por detener a uno de verdad.

—Y mucha gente está de acuerdo con él —dijo Miebi. Sonaba cansado—. Ha hablado en plural a propósito.

Obiefuna le apretó la mano y Miebi le devolvió el apretón antes de levantarse para ir al servicio. Después de esperarlo un buen rato, decidió seguirlo. La puerta estaba cerrada con pestillo. Oyó el agua de la ducha y Obiefuna pensó en llamar, pero optó por no hacerlo, consciente de que Miebi necesitaba estar solo un momento.

Miebi parecía cansado durante los días siguientes, a pesar de que su rutina siguiera el mismo curso de siempre. Salía a correr por las mañanas, se ocupaba de la granja y le hacía tortitas a Obiefuna para desayunar (de las que le encantaban a Obiefuna, esponjosas y cubiertas de miel), pero una parte de su alma se había apagado. Parecía desanimado, no veía las noticias, se pasaba las tardes enteras en la cama con el portátil. Incluso sus relaciones íntimas habían cambiado; se habían vuelto tensas de algún modo. Cuando salían juntos, andaban separados por instinto; se sentaban uno al lado del otro en los restaurantes, en lugar de uno frente al otro, y llamaban más a Patricia para que saliera con ellos que antes. Había pasado por otra ruptura hacía poco, y en una de las quedadas hablaron sobre el tema, y Patricia se quejó de la cantidad de dinero que se había gastado en la chica. Se rieron de su rutina, se burlaron de su nuevo peinado y le estuvieron proponiendo posibles citas, pero todo parecía vacío, apagado, y de algún modo eran conscientes de su propia falsedad.

—¿Cómo han podido hacernos esto? —preguntó Patricia en un momento dado, en una de las reuniones, y nadie respondió.

25

Obiefuna se enteró de la noticia de los primeros arrestos dos semanas después. Una tarde de jueves soleada, yendo de camino a casa desde la universidad, se fijó en el grupo de estudiantes apiñados alrededor del quiosco. Algo en sus posturas (todos inmóviles con una expresión de repugnancia moralista) le hizo acercarse para echar un ojo. Lo primero en lo que se fijó fue en los ojos, perplejos y con un brillo de terror casi palpable. Antes de que Obiefuna leyese el pie de la foto, ya sabía de qué se trataba. Agarró uno de los periódicos, lo pagó y se lo metió en la mochila, y durante el largo trayecto a casa no dejó de pensar en lo inquietantemente familiares que le resultaban aquellos ojos. Al llegar a casa, arrancó la primera página, en la que solo había titulares, y la arrugó hasta hacerla un gurruño; y, aun así, mientras hojeaba el artículo, analizando la historia narrada con un tono extrañamente animado de una detención masiva de jóvenes sospechosos de ser homosexuales en una fiesta en una casa de Kano, se dio cuenta de que, por más que parpadease, no podía dejar de ver aquellos ojos. Era la misma sensación que lo perseguiría durante las semanas siguientes, un vaga sensación de perdición, imbuida de una seguridad perturbadora de que su propio juicio final se acercaba. Tenía pesadillas en las que estaba sentado en la capilla mientras una voz atronadora leía el veredicto de Sparrow. En mitad del proceso, Sparrow levantaba la mano para detener el veredicto y señalaba a Obiefuna, y, justo cuando un mar de miradas impactadas se abalanzaba sobre él, se despertaba con un sobresalto, con la ropa empapada de sudor. Leía artículos de blogs día tras día sobre los ataques dirigidos contra los homosexuales, sobre las detenciones masivas de hombres vestidos con ropa «sospechosa» en discotecas, sobre el intento de «eliminar» a los hombres de aspecto afeminado de los barrios más pobres y sobre dos chicas jóvenes a quienes un grupo de hombres habían sorprendido durmiendo desnudas abrazadas y las habían violado. Obiefuna leyó un artículo de opinión en el periódico en el cual el autor defendía la violación por ser un mal menor y necesario. Asimilaba el terror de las víctimas mientras miraba con detenimiento las fotografías: hombres y mujeres con aspecto aturdido que se curaban heridas ensangrentadas, con los cuerpos desnudos expuestos y llenos de cicatrices. Pero lo que resultaba más chocante eran los comentarios. Leyó párrafos enteros de personas que estaban de acuerdo con el trato hacia las víctimas, y algunos incluso estaban decepcionados por el hecho de que siguieran vivas. Con cada comentario que leía, se le formaba un nudo duro en el estómago que a veces le provocaba una pesadez física. Se imaginaba que esas personas eran los chicos del internado, que habían sido sus amigos y compañeros, con quienes había compartido una buena parte de su vida. Gente decente y simpática que lo había acogido. Pero ahora no podía evitar pensar, acongojado, que cualquiera de ellos podría ser el autor de alguno de esos comentarios.

Miebi le dijo que dejara de leer las noticias.

—Toda esa paranoia no ayuda —le advirtió.

Pero Obiefuna siguió buscando más y más, y con cada noticia sentía como si le metieran el dedo en una cicatriz que no se había curado aún. Se había vuelto adicto; era incapaz de parar, y mientras leía la desesperación lo envolvía y tenía que detenerse entre una noticia y otra para llenarse los pulmones de aire.

Se publicaron más artículos con fotos de jóvenes aterrados. Cuando el grupo de amigos se reunía, lo cual cada vez ocurría menos a menudo, hablaban de las redadas. Un policía había obligado a un amigo de Tunde a bajarse de un vehículo público por mostrarse afeminado, y lo había cacheado y detenido tras haber encontrado lubricante en su cartera. Habían detenido también a un amigo de Edward por poseer fotografías de su amante desnudo. Edward se había gastado todos sus ahorros para pagarle la fianza. E incluso él reconocía que, dentro de lo que cabía, era el mejor de los casos, gracias al privilegio de vivir en el sur. Los hombres a los que habían detenido en la fiesta en Kano, la mayoría de ellos musulmanes, no habían tenido tanta suerte. Aún faltaban meses para que se celebrase el juicio y, según la ley *sharía*, si los declaraban culpables, podrían sufrir una serie de castigos que iban desde flagelaciones públicas severas hasta la muerte por lapidación.

—Una forma un poco extrema de sadomasoquismo, ¿no os parece? —bromeó Tunde, pero nadie se rio.

—En serio, ¿no hay nada que se pueda hacer por ellos, Eddie? —le preguntó Miebi.

Edward suspiró mientras se recostaba en el asiento.

—Ya hemos agotado todos nuestros contactos… A no ser que ocurra un milagro, no hay manera de salvarlos.

Miebi suspiró también.

—Pero esas redadas son ilegales. No se puede irrumpir en el hogar de alguien y arrestar a la gente así como así, sin pruebas significativas. Ni siquiera esa estúpida ley le concede a la policía esas libertades. Alguien podría decírselo, ¿no?

Edward soltó una risita.

—¿Y quién querría arriesgarse a ponerse en esa posición, hermano? Todo el mundo está aterrado y avergonzado. Es una pesadilla. Lo único que quieren es que acabe cuanto antes.

Tras un momento de silencio, Edward añadió:

—Tienes que andarte con ojo, Obi. Ahí fuera es todo un auténtico caos.

Obiefuna lo miró. La preocupación de la voz de Edward lo conmovió.

—Gracias, Ed —le dijo—. Tendré cuidado.

Y sí que tuvo cuidado. O al menos lo intentó. En la universidad, trataba de pasar desapercibido. Iba a las clases, leía libros en la biblioteca, hacías las prácticas en el laboratorio y volvía en taxi a casa. Se dio cuenta de que había empezado a quedarse mirando a la gente durante mucho rato, intentando analizarla para averiguar quién era probable que dejase el tipo de comentarios que leía en los blogs. ¿Cómo podía hacerle entender a Miebi que era difícil ignorar las noticias cuando el odio era como una roca inmensa delante de él, inamovible? Oía conversaciones sobre la ley en los taxis de vuelta a casa, en la biblioteca, en clase. Un martes por la mañana, los guardias de seguridad de la escuela acosaron públicamente a un chico por «andar como una niña», lo cual causó el enfrentamiento entre la mayoría de los alumnos y la escasa minoría que aborrecía ese tipo de trato. Obiefuna intentó concentrarse en las clases; a esas alturas ya había aprendido a escuchar sin hablar, y solía usar auriculares para parecer inaccesible. La mayoría de la clase se mostró en contra de una chica que había defendido de un modo admirable por qué ese trato era injusto. Los demás se rieron de sus argumentos, se burlaron e insistieron en que el chico merecía un trato peor aún.

—¿No estás de acuerdo? —le preguntó alguien a Obiefuna, señalándolo a él por alguna razón de entre todos los alumnos.

Y el mar de ojos que se abalanzó de pronto sobre él y el silencio en que se sumieron todos mientras esperaban su opinión lo llevó a soltar:

—Claro.

Una simple palabra. Su respuesta provocó murmullos de aprobación, algunos apretones de manos, un nuevo respeto en los ojos de sus compañeros de clase. La chica lo miró desde el otro lado del aula con los ojos entornados y luego suspiró, derrotada.

Fue lo primero que le contó Obiefuna a Miebi al llegar a casa:

—Me preguntaron si estaba de acuerdo y dije que sí. Me doy asco a mí mismo —le dijo.

Miebi lo miró. Estaba batiendo huevos en un cuenco en la encimera de la cocina con las manos cubiertas de harina.

—Estabas en una posición complicada. Te viste obligado a decirlo.

—Podría no haber dicho nada —contestó Obiefuna.

—Sí, podrías —convino Miebi—, pero es que no deberían haberte preguntado siquiera. —Apartó el cuenco con los huevos y suspiró—. El problema no eres tú, cariño.

Obiefuna se alejó de él. Odiaba cuando Miebi decía cosas tan simplistas y superficiales. Preferiría que no intentara exculparlo. Tenía que hacer algo con toda esa culpa.

Miebi lo siguió al salón y lo abrazó con fuerza. Al principio Obiefuna se mantuvo inmóvil, pensando en la decepción de la mirada de la chica, en el ligero martilleo de su corazón en el pecho mientras esperaba a que la chica soltara algo inapropiado como respuesta. Pero no tardó en perderse en el ritmo de los latidos del corazón de Miebi y sentir que se relajaba.

—Necesito que sepas que aquí estás en casa, Obi —le dijo Miebi—. Puede que el mundo se esté volviendo loco, como siempre. Pero conmigo estás en casa. Justo aquí.

Deseaba que Miebi demostrara que también tenía miedo, aunque fuera solo un poco. Que se preocupara un poco más por lo que sus vecinos pudieran pensar del hecho de que tuviera a un muchacho en casa, siendo él un hombre soltero. Un muchacho que sabían que no era ningún familiar. Que tuviera algunas de las pesadillas que atormentaban a Obiefuna esos días, sobre gente atravesando la verja mientras dormían, colándose en su cuarto, encontrándolos entrelazados en la cama. Pero, mientras pasaban los días y las semanas, Miebi seguía demostrando su optimismo habitual: ya no tenía el rostro pálido y había recuperado la calidez de la voz, la animación de sus movimientos. Era una rebeldía silenciosa y firme. Poseía el porte de un hombre que bailaba a su propio compás, que se negaba a permitir que el mundo estableciera las reglas por él, como si su vida siguiera un ritmo interno.

Hasta que secuestraron a Tunde.

Era una mañana lluviosa de marzo. Obiefuna se despertó con el sonido de la voz de Miebi. La luz estaba encendida. Miebi estaba yendo de un lado a otro del dormitorio con el teléfono pegado a la oreja y aspecto frenético. Colgó después de un momento y se quedó mirando el suelo.

—¿Qué pasa? —le preguntó Obiefuna.

Miebi se giró y se acercó a él.

—Lo siento por haberte despertado.

—¿Qué ha pasado? —insistió Obiefuna.

—Han secuestrado a Tunde —le respondió Miebi.

Obiefuna se incorporó en la cama, totalmente despejado de pronto.

—¿Qué?

Pero Miebi no dijo nada más. Ya estaba poniéndose los pantalones y salió por la puerta a toda velocidad después de darle un beso rápido. Obiefuna se levantó y fue al balcón para observar a Miebi mientras se alejaba de allí en coche. Ese día, fue incapaz de concentrarse en clase, mientras intentaba encontrarle el sentido a la situación e imaginarse el posible motivo del secuestro. Parte de él deseaba que fuera solo una falsa alarma, una exageración de Miebi. Se dejó llevar por la locura y se imaginó que secuestraban a Miebi también, que lo detenían durante meses. Pero al volver a casa de las clases se lo encontró allí. Estaba sentado en el suelo del salón, apoyado contra el sofá, con la cabeza girada en la dirección opuesta de la puerta. Obiefuna se acercó a él con el corazón golpeándole el pecho y lo despertó con delicadeza. Miebi se giró hacia él. Tenía los ojos inyectados en sangre.

—Ha estado dos días sin que le dieran nada de comer —le dijo Miebi.

Obiefuna le acarició la cara. Nunca lo había visto así de destrozado.

—¿Qué ha pasado?

Miebi se sonó la nariz con un pañuelo mientras se lo explicaba. Tunde al fin había tenido una cita con su nuevo amante misterioso, pero había resultado ser una trampa, un miserable al acecho de hombres gais. Había quedado con él en una ubicación secreta y lo había secuestrado. Cuando el hombre se puso en contacto con los padres de Tunde y les informó de la razón por la que lo había raptado, le colgaron al instante. Lo habían liberado hacía solo una hora, después de recibir un rescate que habían pagado principalmente Miebi y Edward. Y ahora estaba refugiado en el apartamento de Patricia.

—Lo han tratado como a un animal —le explicó Miebi.

Le colgaban mocos de la nariz. Su postura, con las piernas extendidas por delante y la cabeza inclinada hacia un lado, le confería un aspecto indigno.

—Le quitaron toda la ropa y le hicieron vídeos en los que confesaba que es gay. Le han dado tantas palizas que ha perdido la conciencia en varias ocasiones.

Obiefuna agachó la cabeza. Recordaba la cadencia dulce de su voz al hablar de su amante misterioso, el optimismo puro de su tono mientras esperaba con ansias su encuentro. Intentó imaginarse el momento exacto en que Tunde se daba cuenta de que le habían tendido una trampa, el terror que se apoderaba de su carácter pícaro habitual, su rostro apuesto hinchado por la fuerza de los puñetazos, grotesco, sin saber de qué golpe defenderse, consciente de que algo había cambiado para siempre. Obiefuna no se había dado cuenta de que había roto a llorar hasta que Miebi se acercó a él y lo tomó en sus brazos mientras le susurraba:

—Es más fuerte de lo que pensamos. Sobrevivirá a esto.

Y, de algún modo, el maravilloso aroma nostálgico de la colonia de Miebi; la seguridad aparente de su tono de voz, que sugería que sencillamente se había creído que las lágrimas de Obiefuna eran tan solo de compasión por Tunde; la fe que tenía en la bondad de Obiefuna… Todo aquello lo hizo llorar con más fuerza. Pensó en Festus en la oscuridad de la noche, tendido en la hierba húmeda, indefenso, recibiendo los golpes que le llovían con la resignación ensayada de quien los había visto venir. Sin saber por qué, empezó a hablar de Festus. Los detalles más pequeños e incontrovertibles eran los que se le habían quedado grabados en la memoria: la manera inquietante en que miraba a Obiefuna a los ojos, el brillo de su sonrisa de satisfacción a la luz de la luna que se colaba por la ventana, su saliva caliente en la cara de Obiefuna. Mientras se sinceraba con Miebi, confrontando un pasado que había escondido en un lugar de su mente al cual nunca acudía, sentía que el tiempo se detenía, profundamente consciente de que Miebi se iba separando de él poco a poco, de cómo se iba desenmascarando su horror, hasta que la distancia que los separaba era como la de un brazo extendido, hasta que Obiefuna sintió que la calidez de la piel de Miebi daba paso a un frío punzante.

—Le quedarán secuelas de lo que le hicisteis de por vida —le dijo Miebi con una voz inusualmente firme y cargada de rechazo—. ¿Cómo pudiste hacer algo así, Obiefuna?

Era la primera vez, desde que podía recordar, que se dirigía a él por su nombre, en un tono que Obiefuna no le había oído emplear jamás. Se quedaron un buen rato mirándose el uno al otro, sin decir nada, mientras se dibujaba una línea invisible en la mente de cada uno y Miebi al fin veía a Obiefuna tal y como era. Y entonces Miebi se levantó del suelo y salió del salón, y el firme clic de la puerta del dormitorio inundó el silencio tras su marcha. Obiefuna se recostó en el sofá y se quedó mirando las paredes, repletas de la preciada colección de arte de Miebi y una foto de él sonriente con el uniforme del cuerpo. Era el hombre perfecto, la típica persona que lo tenía todo resuelto desde el principio, que había aprendido desde muy pronto a sentirse cómodo consigo mismo y a ignorar el mundo. Él no habría visto la necesidad de atacar a uno de los suyos tan solo por demostrarles algo a los demás. No tendría el pasado que tenía Obiefuna.

Obiefuna se despertó con dolor de cabeza. Tenía la boca pastosa, con un sabor amargo, y sentía como si tuviera los miembros a punto de desprendérseles del cuerpo. Miebi le acercó un vaso de agua a la boca.

—Te has quedado deshidratado de tanto llorar —le dijo.

Intentó mantener el rostro serio, pero al instante esbozó una sonrisa. Se acercó más a Obiefuna y lo abrazó.

—¿Sabes qué ha sido de él? —le preguntó Miebi.

Obiefuna negó con la cabeza. De alguna manera, por extraño que fuera, en todas las conversaciones sobre recuerdos del internado, en los numerosos chats grupales que se habían creado con ese objetivo, nadie había mencionado jamás a Festus, y tampoco había formado parte de esos grupos. Festus, con su personalidad vivaz, su capacidad de llenar una sala con su presencia.

—En el internado no eras más que un adolescente asustado e ignorante —le dijo Miebi, que le había pasado un brazo por encima del hombro—. No tienes nada que ver con ellos.

Obiefuna asintió. Tenía los ojos anegados de lágrimas, y los cerró para tratar de contenerlas. Incluso con las palabras amables de Miebi, no lograba ver la diferencia entre los secuestradores de Tunde y él. Se preguntaba si entre ellos habría alguien como él, alguien que se había visto a sí mismo en Tunde, que se había apartado mientras lo apaleaban, distante y aterrado pero, al fin y al cabo, agradecido por la oportunidad de tan solo observar desde un lado, paralizado por la certeza de que el del suelo podría haber sido él. Aquella noche fue la última vez que supo de Festus, pero Obiefuna lo había buscado en internet. No había sido difícil encontrarlo. En cuanto logró recordar el apellido, allí estaba. Solo los amigos de Festus podían acceder a su perfil de Facebook, y Obiefuna les echó un ojo a las pocas fotos anodinas a las que tenía acceso, intentando sacar la mayor información posible de ellas. Pulsó en el icono de «Añadir amigo» y durante un momento se planteó la posibilidad de enviarle también un mensaje junto con la solicitud. ¿Con qué tono debería empezar la conversación? ¿Debería ser un intento desenfadado de ponerse al día o debería ir al grano y pedirle disculpas? Al final, se decidió por una combinación de ambas: «Hola, Festus. ¡Cuánto tiempo, hermano! ¿Me puedes dar tu número? Me gustaría hablarte de una cosa». Y luego salió de su cuenta de Facebook y dejó el móvil. Más tarde, volvió a conectarse, nervioso y ansioso por leer la respuesta de Festus, por volver a oír esa voz aguda, pero vio que no podía acceder al mensaje y tampoco le aparecía su perfil. Intentó deletrear su nombre de distintas formas en la barra de búsqueda, pero no obtuvo ningún resultado. Miebi le sugirió tratar de acceder a su perfil utilizando su propia cuenta y, cuando Obiefuna lo intentó, allí estaba su perfil, tal y como lo había visto en un principio. Entre sus quince amigos en común se encontraba Tunde.

—Me ha bloqueado —dijo Obiefuna tras un largo silencio.

Miebi lo tomó de la mano y se la apretó.

—No se puede decir que no lo hayas intentado.

A principios de abril, Obiefuna empezó unas prácticas externas en una pequeña clínica oftalmológica a tres paradas del apartamento de Miebi, de modo que se tenía que despertar más temprano por las mañanas para tomar el autobús. Al principio lo desorientaba la luminosidad de las salas, el olor a desinfectante, la sensación claustrofóbica de las consultas atestadas en las que debía observar al óptico jefe mientras atendía a los pacientes. La clínica era privada, y solo trabajaban allí otras cuatro personas. Obiefuna era uno de los dos estudiantes de prácticas que no salieron volando de allí tras el primer día de trabajo. Casi nunca tenía que atender a los pacientes; se pasaba la mayor parte del tiempo en la sala de espera estudiando o viendo películas de Nollywood en un viejo televisor a todo volumen. Y allí fue donde, dos semanas después de empezar, vio la noticia del secuestro de más de doscientas niñas en Chibok. Era el último de una serie de ataques flagrantes del grupo terrorista Boko Haram, que prácticamente había tomado el control del norte del país. Se estaba llevando a cabo una investigación para averiguar el paradero de las niñas. El Gobierno buscaba cualquier información valiosa que la gente pudiera aportar para ayudar en esa situación tan desconcertante.

Obiefuna observó los vídeos que mostraban de una ciudad fantasma, con humo saliendo de algunos edificios quemados. No había nada que indicase que tan solo unas horas antes habían vivido allí seres humanos. No cayó en que Rachel vivía en el norte hasta que había recorrido la mitad del trayecto en autobús de camino a casa. Se había mudado allí dos años antes, para ir a la universidad. No recordaba exactamente en qué estado vivía, pero en ese momento, sentado incómodo entre dos personas en el autobús abarrotado, solo podía imaginarse el norte como una pequeña aldea, con un acto de violencia que se había extendido por todos lados. La llamó en cuanto se bajó del autobús, y estuvo intentando ponerse en contacto con ella en incontables ocasiones durante todo el día hasta que al fin, por la noche, contestó al teléfono y pudo escuchar su voz. Le dijo que estaba a salvo, y que tenía planeado volver a Port Harcourt ese fin de semana. No quería seguir en el norte, y estaba dispuesta a abandonar la matrícula en la universidad que tanto había ansiado por la perspectiva de una vida más segura en el sur.

—Por ahora es secreto, Obi —le advirtió al final de la llamada—. Lo siento, pero es que últimamente una no sabe en quién confiar.

Obiefuna asintió y le dijo que lo comprendía. Después de colgar, se quedó un buen rato fuera, en el balcón. A causa de la insurgencia, las operaciones aéreas se habían detenido; el estado carecía de aeropuerto operativo. Rachel tendría que salir por carretera. En las noticias, habían dicho que el ejército se había desplegado en la región para reforzar la seguridad. Aun así, Obiefuna no podía evitar imaginarse lo peor: que el vehículo en el que viajaba Rachel se estropeaba en mitad de la carretera y lo abordaban hombres armados. Iba a ser su primer viaje desde que se había marchado a estudiar en la universidad, la primera vez que viajaba sin intención de regresar. Pero había detectado una fuerza y una firmeza en la voz de Rachel al hablar con ella por teléfono que lo había convencido de que sobreviviría. Se moría de ganas de verla de nuevo, de volver a oír esa risa pícara que tanto había echado de menos.

Obiefuna entró en el dormitorio para contarle a Miebi lo de Rachel, para repetirle en voz alta sus palabras prometedoras. Miebi estaba sentado en el borde de la cama con la cabeza en las manos. Obiefuna le posó una mano en la espalda.

—¿Estás bien?

—Los secuestradores de Tunde han publicado en las redes sociales los vídeos que grabaron —contestó Miebi—. La policía se ha presentado en la casa de sus padres con intención de detenerlo.

—¿Lo sabe Tunde? —le preguntó Obiefuna.

Miebi asintió.

—Patricia me ha llamado al trabajo. Se está volviendo loco. —Se giró hacia Obiefuna—. Se va a acabar suicidando, cariño.

—Shh.

Obiefuna le llevó la mano a los labios. Sentía el temblor que iba aumentando en el interior de Miebi mientras se acercaba a él y lo abrazaba. Se aferró a él con fuerza mientras Miebi sollozaba y le acarició la espalda con la palma de la mano.

—Va a estar bien —le aseguró Obiefuna—. Confía en mí, mi amor.

26

En la habitación reinaba el silencio. Obiefuna estaba tumbado en el sofá con la cabeza en el muslo de Miebi. Sus amigos estaban sentados alrededor del salón, concentrados en el móvil o mirando la nada. Para entonces, las largas noches que solían pasar manteniendo conversaciones mundanas parecían un vago recuerdo. Un rato antes, habían visto una reconstrucción en directo de la flagelación pública de un preso gay por parte de un alguacil en el norte del país y unos vídeos del juez alardeando de su propia clemencia al no haber impuesto la pena de muerte. Había pasado una semana desde que se habían llevado las últimas pertenencias de Tunde de su apartamento, y dos semanas desde que había salido de manera clandestina del país y había escapado a Camerún, desde donde iba a solicitar asilo en Estados Unidos. En esos momentos se encontraba retenido en un centro de seguridad que parecía de todo menos seguro, atestado de personas que no se conocían de nada pero que, a la vez, estaban unidas por el terror de tener que escapar y la esperanza de un futuro nuevo y desconocido.

—Era el mejor alumno de su clase —dijo Patricia, con lo que rompió el silencio. No había dicho casi nada en todo el día; tan solo se había estado sirviendo una copa de vino tras otra con la mirada perdida, como si estuviera muy lejos de allí—. Les dedicaba una cantidad de horas desmesurada a los niños con los que trabajaba, aunque no se hiciera ningún favor a sí mismo.

—Lo que no entiendo es por qué no pueden andarse todos con más cuidado —dijo Kevwe—. Ahora mismo hay una ley que prohíbe todo esto. No se puede ser tan imprudente.

—¿Qué se supone que significa eso? —le preguntó Edward.

—Le tengo mucho cariño a Tunde, Edward —respondió Kevwe—, pero mira que hay que ser imprudente para organizar una cita con un desconocido cualquiera, sobre todo en un momento como este.

—Pero si tú tienes citas a ciegas cada dos por tres —le dijo Edward.

—Sabes que no es lo mismo —contestó Kevwe—. Por triste que sea, nuestras realidades son distintas.

—Eres un cabrón.

Pero Kevwe se quedó mirándolo sin inmutarse.

—Ponerse sensible de más por una verdad objetiva no cambia la realidad.

Se produjo un silencio cargado de expectativas. Obiefuna contuvo la respiración y mantuvo todo el cuerpo inmóvil, a la espera, pero sin saber qué esperaba en realidad. Miró a Edward, que parecía estar asimilando el momento, tomándoselo con calma, pero de pronto se inclinó hacia delante con un movimiento fluido para apartar una copa de la mesa con la mano y lanzarlo hacia donde estaba Kevwe. No le dio, sino que se hizo añicos contra un retrato que había colgado de la pared.

—Cómo te atreves —le espetó Edward, que se levantó y se dirigió hacia él.

Miebi se incorporó por instinto de un brinco para hacer de barrera y detener a Edward poniéndole las manos en el pecho para contenerlo.

—¿Qué mierda sabrás tú sobre los riesgos que corremos? —soltó Edward, irritado, desde detrás de Miebi.

Kevwe, que se había puesto de pie en el otro extremo de la habitación, dijo en un tono tan comedido que resultaba inquietante:

—Yo no soy el enemigo, Edward. Tunde era tan amigo mío como tuyo.

—¡Cabronazo de mierda!

Edward volvió a intentar avanzar hacia Kevwe, tratando sin éxito de librarse de las manos de Miebi, que lo tenía agarrado por las muñecas.

—¡Ya está bien, Edward! —ladró Miebi, y luego, dirigiéndose a Kevwe, añadió—: Por favor, Kevwe, luego te llamo.

Kevwe no discutió. Fue a recoger las llaves de su coche de la mesa y se marchó.

—Nunca lo entienden, ¿eh? —dijo Patricia después de que regresara la calma a la habitación.

—Cómo se atreve —dijo Edward, furioso.

—Edward, no lo decía a malas —contestó Miebi.

—Puede —lo defendió Patricia—, pero, aun así, no es asunto suyo decidir qué puede resultar arriesgado para nosotros y qué no.

Miebi alzó una ceja, perplejo.

—Es nuestro amigo, Pat.

—Sí, pero, cuando él tiene una cita, no tiene que preocuparse por si acabará secuestrado y torturado por ser quien es. No tiene por qué huir para sobrevivir solo por querer acostarse con alguien —dijo, hablando cada vez más alto.

—No va a volver —dijo Obiefuna.

No es que le tuviera un cariño especial a Kevwe, pero, aun así, tenía un nudo en el estómago, un peso que lo dejaba aturdido. Parecía que todo iba mal.

—Ninguno de nosotros somos los mismos de antes, Obi. —Dejó la copa en la mesa y juntó las manos, apretándolas como si cada una obtuviera fuerza de la otra—. Ya nada será como antes.

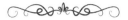

Más tarde, después de que se hubiesen marchado los invitados, Obiefuna llevó las copas a la cocina y tan solo las enjuagó antes de guardarlas. Al volver al salón, se encontró a Miebi de pie, estudiando el cuadro estropeado. La copa solo le había dejado algunas marcas leves, nada irreparable, pero Miebi lo estaba estudiando con detenimiento, acariciándolo con un dedo. A Obiefuna le preocupó que se pudiera cortar y se hiciera sangre.

—Patricia tenía razón —dijo Obiefuna sin pensar.

Miebi exhaló y sacudió la cabeza.

—Edward se va a casar —contestó. Su voz sonaba apagada y carraspeó antes de continuar mientras se giraba para quedar cara a cara con Obiefuna—. No se ha puesto así solo por Tunde.

Habían invitado a Miebi a una fiesta en el centro, y le pidió a Obiefuna que fuera con él. La fiesta no era lo que Obiefuna se esperaba. El evento se celebraba en un recinto pequeño en el que no había carpas ni nadie bailando, y el único sonido era el de la música baja de una minicadena. Había gente de distintas etnias vestida con ropa informal, bebiendo de vasos altos y hablando en tonos comedidos. El recinto era una zona reservada del Gobierno, y a todos los asistentes se los veía en calma, relajados. A Obiefuna le tomó un momento darse cuenta de qué era lo que le resultaba extraño de aquel ambiente, y de pronto lo vio con total claridad: el grupo de hombres que se agarraban de la mano, las mujeres sentadas sobre los muslos de otras mujeres, la vestimenta inusual… Miró a Miebi, que estaba observándolo, a la espera de alguna reacción.

—¿Es…?

—Una reunión progay, sí —dijo Miebi, dirigiéndole una mirada risueña.

—Entiendo —contestó Obiefuna.

Había oído hablar de este tipo de fiestas, sobre todo en los blogs en los cuales había leído sobre las redadas, en las que la policía irrumpía en los locales y se llevaba a los asistentes. Y, aunque sentía el poder que desprendían los asistentes por la manera relajada en que interactuaban entre sí, no podía dejar de imaginarse una redada, a sí mismo con unas esposas en las manos y una foto de su cara en una web de noticias.

—Tenía que enseñártelo —le dijo Miebi, tomándolo de la mano—. Puede que el país esté intentando hacerte ver lo contrario, pero existimos, Obi. Y somos muchísimos.

Un hombre se acercó a ellos y Obiefuna vio que se le iluminaba la cara tras las gafas nada más ver a Miebi.

—Eres la última persona a la que esperaba encontrarme aquí —le dijo, e intentó abrazarlo, pero Miebi tan solo le tendió la mano—. ¿Cómo has estado?

—No sabía que estarías aquí —le dijo Miebi.

—Bueno, tenemos que cumplir con nuestro deber —contestó el hombre, y clavó la vista en Obiefuna—. ¿Y este quién es?

—Obiefuna —dijo Miebi por toda respuesta.

—Genial —dijo el hombre.

Estudió a Obiefuna con interés durante tan solo unos instantes antes de olvidarse por completo de él. Miebi y él se enfrascaron en una conversación. El hombre parecía animado; Miebi, aburrido. Obiefuna, excluido, se separó de ellos para poder echarle un ojo a la fiesta. A lo lejos, vio cuerpos meciéndose al ritmo de una música lenta y oyó risas que resonaban. De tanto en tanto, miraba a Miebi y al desconocido, desconcertado ante la necesidad insistente e injustificada del hombre de tocarle el brazo a Miebi mientras hablaba. Al fin, cuando se produjo una pausa en la conversación, Miebi se excusó y se llevó a Obiefuna lejos de allí.

—Te mereces un premio por tener tanta paciencia —le dijo Obiefuna.

—No sabes quién es, ¿verdad? —le preguntó Miebi.

—¿Debería?

Miebi dejó escapar una risita y entrelazó el brazo con el de Obiefuna, como si fueran una pareja de camino al altar.

—Bueno, solo si te interesa la política, aunque sea un poco. Es Diri. Es un legislador con bastante influencia.

En el trayecto de vuelta a casa, alegre y achispado por las copas que se había tomado, Obiefuna dijo:

—Solo un senador votó en contra del proyecto de ley.

Sin mirarlo, Miebi contestó:

—No fue Diri, si eso es lo que me estás preguntando.

—Es solo que cuesta creer que haya alguien como nosotros ahí —le dijo Obiefuna.

—Pues claro que lo hay —respondió Miebi—. Hay gente como nosotros en todas partes, cariño.

—¿Estás bien? —le preguntó Obiefuna.

Miebi aminoró la velocidad. Estaba conduciendo sin las gafas y parecía cuestionarse cada giro que daba.

—¿Por qué lo dices?

—Es que no parecías tú esta noche —le dijo Obiefuna—. ¿No querías venir?

Miebi permaneció en silencio. Se inclinó ligeramente hacia el lado, como si fuera a susurrarle algo a Obiefuna en el oído, pero luego pareció cambiar de opinión y se apartó.

—Es solo que me duele bastante la cabeza —dijo—. Y me molestan los ojos.

27

U n sábado, Obiefuna se despertó con antojo de naranjas. Estaban a mediados de junio, y la tierra estaba húmeda por las primeras lluvias. Mientras Miebi se quedaba durmiendo en la cama, Obiefuna fue en bici a la frutería del final de la calle para comprar naranjas, además de unos pepinos y sandías para Miebi. Cuando volvió, Miebi ya estaba despierto, sentado en la cama, muy erguido. Estaba hojeando una revista sin leerla. Obiefuna le tendió un trozo de sandía, Miebi le dio un mordisco y la dejó en la mesilla de noche para volver a centrarse en la revista. Obiefuna fue a la cocina a por una bandeja y un cuchillo y lo dejó todo en la mesa, junto a la sandía. Cortó un trozo con el cuchillo y rodeó la cama para sentarse al otro lado. Observó a Miebi mientras pasaba una página más de la revista.

—¿Qué pasa? —le preguntó Obiefuna.

Miebi levantó la mirada de la revista y miró a Obiefuna a la cara.

—Qué guapo estás esta mañana.

Obiefuna rio.

—Estoy guapo todos los días.

—Mmm —dijo Miebi con una sonrisa distraída—. Eso no te lo discuto.

—Cariño, ¿qué te pasa?

Miebi tomó aire antes de pasarle el móvil a Obiefuna, que no dejó de mirarlo a la cara, intentando evaluar su expresión, mientras aceptaba el teléfono. Tenía la pantalla encendida, con una conversación de WhatsApp abierta en la que se veía una foto de una chica. Obiefuna estudió el rostro de la muchacha; tenía una cara preciosa, sonriente, y unas trenzas recogidas en un moño. El contacto que le enviaba el mensaje era «Mamá». Quería que Miebi conociera a la chica en persona, que le diera una oportunidad. Era lo último que le pediría. Si aún le importaba su madre, su familia, le concedería ese favor. Había pasado una hora antes de que Miebi hubiera respondido, con una sola palabra que significaba el final: «Vale». Obiefuna estaba sosteniendo el teléfono con ambas manos. Se sentía como un actor excelente ante la mirada atenta de Miebi. Quería lanzar el teléfono contra la pared. Se le pasó el antojo de naranjas.

—Sabía que te notaba distinto —dijo Obiefuna.

No sabía si lo que decía tenía sentido, pero odiaba el rencor de su voz, las lágrimas que le impedían hablar con claridad.

Se levantó de la cama, se fue al salón y cerró la puerta tras de sí. Sentado en el sofá, intentó que se le calmaran los latidos furiosos del corazón. Sentía unas punzadas dolorosas en la cabeza. El aire acondicionado que tenía justo encima estaba encendido a toda potencia, y Obiefuna estaba congelado, pero se quedó allí, inmóvil. Después de unos minutos, oyó que Miebi llamaba a la puerta con delicadeza.

—Cariño, abre, por favor —le dijo—. Ni siquiera he dicho que sí. Por favor.

Pero Obiefuna sabía que lo haría. Era consciente de que el distanciamiento de sus padres estaba empezando a afectar a Miebi. La posibilidad de obtener su perdón y su aceptación era algo a lo que siempre se había aferrado, por más que intentase ocultarlo. Recordó a Chinedum con su traje a medida, sonriendo por detrás de Edward en la foto. Recordó a la mujer, lo feliz que se veía al lado de Edward, sin tener ni idea de nada. Cuando se levantó del sofá, era ya por la tarde. Se encontró a Miebi en el comedor, con la mesa puesta para dos.

—He hecho espaguetis —le dijo.

Obiefuna rodeó la mesa y se sentó a su lado. Junto a cada plato de espaguetis había bandejas de pollo, y las naranjas estaban dispuestas en un pequeño círculo al lado de los trozos de sandía, cortados hábilmente en cubitos. Obiefuna tomó uno y se lo metió en la boca intentando no alzar la mirada, consciente de que Miebi tenía la vista clavada en él.

—¿Cuándo es la boda?

—Cariño, por favor. No tenemos por qué hacer esto ahora.

No me llames así, quiso decirle Obiefuna. *Ya no tienes derecho a llamarme así.*

Pero, en su lugar, le dijo:

—Te vas a casar. —Y soltó una carcajada gutural. Odiaba la hosquedad de su tono de voz—. Vamos a tener que hablar del tema en algún momento.

Miebi suspiró.

—No sé cuándo pasará. Ni si pasará siquiera —le dijo, y luego añadió—: Mis padres lo decidirán.

Obiefuna asintió sin ganas. En otras circunstancias, puede que le hubieran resultado graciosos los formalismos. Se hizo con otro trozo de sandía, disfrutando del sabor suave y efímero de los cubitos, que se deshacían sin esfuerzo en la lengua. Quería meterse todos los trozos de sandía en la boca a la vez.

—Te vas a ir, ¿verdad? —le preguntó Miebi.

Obiefuna se detuvo mientras agarraba otro trozo de sandía y levantó la vista para mirarlo. Resultaba extraño que no se hubiera dado cuenta aún de lo que implicaba todo aquello para su relación. Parecía no haberse percatado de que había que tomar una decisión. Se dio cuenta de que lo que sentía en ese momento, más que traición, más que dolor, era desesperación: por Chinedum, por Miebi, por todas las personas como ellos del país, que tratan de forjar relaciones e invierten tanto de sí mismos a lo largo del tiempo. ¿Cómo puedes iniciar algo bello cuando estás seguro de que va a acabar? Te entregabas al amor y vivías el resto de tu vida sabiendo que era imposible desde el principio, que lo único que hacía falta para que se terminara todo era que apareciera una chica y la presión de la familia. Le entraron ganas de reírse. Pero luego entendió que lo que quería hacer en realidad era llorar.

Miebi alargó el brazo para tomarlo de la mano, pero se quedó a un centímetro de él.

—Por favor, Obi, no te vayas. Seguro que podemos solucionarlo.

Ahí estaba otra vez, ese brillo precioso de esperanza en su mirada. En cierto modo, le recordó a Obiefuna por qué lo quería, por qué, pasara lo que pasara, siempre pensaría en él con cariño. Mientras Miebi movía las manos hacia él y le envolvía la suya, Obiefuna volvió a pensar en lo grandes y suaves que eran, siempre cálidas. Durante un breve instante, se permitió ver su relación a través de los ojos suplicantes de Miebi. Podrían seguir juntos, podrían aguantar y apoyarse el uno al otro. Obiefuna podría ser el amigo perfecto, o un primo lejano que iba a visitarlo de vez en cuando, los fines de semana, sobre todo los fines de semana en los que su mujer no estaba en casa. E incluso en ese momento supo que nunca podría soportar esa vida de manera indefinida, que no quería formar parte de ella.

Obiefuna estaba tumbado bocarriba sobre la alfombra de lana de Patricia, con las manos juntas por detrás de la cabeza para tener algo de apoyo. Estaba mirando el ventilador de techo, el giro las hojas metálicas que lanzaba el aire fresco hacia abajo.

—Es un camino difícil —le dijo Patricia—. Al final, te acaba pasando factura. —Se detuvo—. Pero también es verdad que Miebi no es Edward. Ni siquiera yo me esperaba que pasara esto.

Obiefuna se levantó y se dirigió al balcón. Tenía que admitir que las vistas desde allí arriba resultaban, en cierto modo, reconfortantes; la amplia visión del mundo exterior, la promesa de un descenso misericordioso desde allí arriba si sencillamente se dejaba caer.

—¿Has pensado en marcharte? —le preguntó Patricia.

Obiefuna suspiró.

—Nunca voy a tener algo como lo que he tenido con él con nadie más.

Al decirlo en alto, se sorprendió a sí mismo por la verdad de sus palabras, por la impotencia abrumadora que sentía, las ganas de llorar y llorar.

Patricia se acercó a él y le puso una mano en los hombros.

—No me refiero a dejar a Miebi. —Se detuvo y tomó aire—. Me refiero a marcharte de aquí. Del país.

Obiefuna se giró para mirarla.

—He hablado con Matthew. ¿Te acuerdas de la organización que ayudó a Tunde? Está dispuesto a ayudarte a solicitar asilo si lo necesitas.

—Asilo —repitió Obiefuna. La palabra le dejó un sabor amargo en la boca; le parecía irreal—. Pero yo no estoy en peligro.

Patricia asintió.

—Solo quería que supieras que tienes esa opción.

—No puedo —respondió Obiefuna. Pensó en Tunde, que había escapado del país bajo el manto de la noche, desorientado durante semanas, habiéndolo dejado todo atrás, todo lo que conocía—. Tengo toda mi vida aquí —añadió—. ¿Qué diría Miebi?

—En realidad —dijo Patricia—, ha sido idea suya. —Se acercó a Obiefuna y lo abrazó—. Lo único que quiere es que seas libre, cielo.

A mediados de agosto, tumbado junto a Miebi en las baldosas frías del salón, Obiefuna cumplió veintitrés años. En cuanto el reloj marcó la medianoche, Miebi se puso bocabajo para susurrarle al oído:

—¡Feliz cumpleaños!

Y ese único gesto, su sencillez, le dio ganas de llorar. Pero tan solo dijo:

—Mi padre odiaba verme bailar. —No había rencor en su voz; tan solo estaba declarando un simple hecho objetivo—. Una vez me dio una bofetada con tanta fuerza que casi me dejó sordo de un oído.

Incluso con los ojos cerrados, pudo notar que Miebi se apoyaba sobre el codo y, al abrir los ojos, vio los de Miebi clavados en él, con una expresión tierna que lo atravesaba, lo revivía. Miebi se levantó del suelo y le tendió una mano a Obiefuna para ayudarlo a ponerse en pie. Se acercó al equipo de música y *You and I* de Onyeka Onwenu inundó la habitación. Al principio bailó solo, en el centro del salón, moviéndose de un lado a otro de la habitación. Obiefuna lo observó, prestándole atención a la melodía de Onyeka Onwenu mientras pasaba con fluidez del inglés al igbo, celebrando el milagro de la compañía agradable y duradera, exhortándolos a sentirse menos tristes y a buscar consuelo en el hecho de que Dios estaba tomando nota. La belleza del momento provocó que a Obiefuna se le anegaran los ojos de lágrimas punzantes. Al cabo de un rato, Miebi le tendió la mano y Obiefuna solo vaciló durante un instante antes de aceptarla. Al principio se movieron con torpeza, sin armonía, y Obiefuna pisaba a Miebi de tanto en tanto, lo que hizo que se tropezasen más de una vez y se cayeran el uno sobre el otro entre risas. Pero pronto se adaptaron al ritmo y Obiefuna empezó a girar, impulsado por los firmes brazos de Miebi, y aterrizó a salvo sobre su pecho cuando al fin se agotó. Se quedó inmóvil en el centro de la habitación, envuelto en los brazos de Miebi, rodeado de una luz suave y la melodía de la canción que se iba apagando conforme llegaba a un lento final; y después, silencio, y en él halló una satisfacción dulce y triste.

28

Fuera, la lluvia caía en diagonal y golpeaba la ventana como si fueran perdigones. Había pasado una semana desde que se había marchado de la casa de Miebi. Miebi lo había llamado por su nombre mientras Obiefuna recogía lo que quedaba de sus cosas del armario, y la devastación de su voz había bastado para que, en el trayecto de vuelta, Obiefuna no pudiera dejar de llorar.

—Es lo que acaba pasando siempre, ¿no? —le preguntó a Patricia por teléfono más tarde—. Sigo sin entender por qué me sorprende tanto.

—No es descabellado esperar estar para siempre con la persona de la que estás enamorado —le contestó Patricia—. No permitas que nadie te diga lo contrario, incluso en estas circunstancias.

Ahora dormía solo en la habitación de su infancia, en la camita que había compartido con Ekene. Los profesores de la universidad estaban en huelga de nuevo, con lo que su regreso para empezar el último curso se había pospuesto, y se pasaba el tiempo en casa, tomando clases de informática en el cibercafé del final de la calle y estudiando para estar preparado para cuando se reanudaran las clases. Al principio le había preocupado sentirse incómodo al compartir constantemente un espacio con su padre, pero al final la preocupación resultó ser innecesaria, ya que su padre, que para entonces tenía ya cincuenta y tantos y los primeros síntomas de artritis, dejaba a Obiefuna a su aire, satisfecho con poder sentarse en el sofá después de trabajar y ver la tele, con una pila cada vez mayor de latas de cerveza a los pies. Cada vez que se cruzaban, veía una expresión en el rostro de su padre que no sabía descifrar, algo parecido a la confusión y al alivio a la vez.

—¿Cómo van las clases? —le preguntó a Obiefuna un día.

—Seguimos de huelga, papá —contestó.

Era la tercera vez que se lo decía.

—Solo te queda un año para graduarte, *okwia*?

—Sí, señor.

—Mmm. —Su padre asintió—. El tiempo vuela. ¡Dentro de nada serás doctor Obiefuna! —dijo entre risas. Alargó el brazo y le dio un golpecito juguetón en el hombro a su hijo—. ¿O doctora Aniefuna?

Obiefuna no dijo nada; tan solo se quedó mirando las latas vacías en el suelo. El médico le había advertido sobre las consecuencias de beber tanto, pero últimamente a su padre no parecía importarle seguir vivo. Atravesaba los días con una actitud distraída, ausente, como si nada pudiera afectarle. A veces, Obiefuna pensaba en los padres de Tunde, que habían colgado el teléfono cuando los habían llamado para pedirles el rescate, y se preguntaba cuál habría sido la reacción de su padre.

En una ocasión, su padre le preguntó:

—¿Quién es?

—¿Quién es quién?

—El chico que te ha roto el corazón.

Obiefuna retrocedió. Le resultaba extraño mantener esa conversación con él, teniendo en cuenta lo poco que se conocían, lo poco que tenían en común. En ese momento se dio cuenta de que, aunque el terror que le provocaba su padre no hubiera desaparecido del todo, sí que se había atenuado en cierta medida con el tiempo y la distancia. En cualquier otro caso, no habría dudado en negarlo todo, con el corazón latiéndole tan fuerte como para que resonara. Pero los días posteriores a su partida del apartamento de Miebi lo habían sumido en un cansancio letárgico. No discutía nada; lo aceptaba todo tal y como era. Anozie esbozó una sonrisita. Estaba bebiéndose un vaso de cerveza y tenía los ojos rojos, cansados.

—Tu madre pensaba que era injusto contigo —le dijo—. Creía que no te quería lo suficiente.

Obiefuna agachó la cabeza. Le resultaba extrañísimo que, después de tanto tiempo, la mención de su madre aún consiguiera sumirlo en un pozo oscuro y mareante donde sentía que le faltaba el aire. Quería que su padre se callara. Pensó que tenía que haberse mudado de nuevo con sus antiguos compañeros de cuarto, en vez de haber vuelto a casa.

—Todo lo que hice fue por tu bien —le dijo Anozie—. No es normal vivir así. Ahora incluso hay una ley que lo prohíbe. Podrías ir a la cárcel por eso.

—Llevo toda la vida preso, papá.

—¿Qué diría la gente, Obiefuna?

Obiefuna se levantó de la silla. Aquella iba a ser la primera vez que dejaba a su padre plantado en mitad de una conversación. Recordaba la época en la que eso habría sido inconcebible; Anozie no habría dudado en lanzarse a por él, agarrarlo y estamparlo contra la puerta. Pero su padre estaba mayor; su cuerpo ya no era el mismo de antes, de modo que solo pudo reaccionar ante la falta de respeto de Obiefuna sacudiendo la cabeza. Obiefuna bajó las escaleras y salió al aire libre. Aquel barrio no tenía nada que ver con el de Miebi, con edificios idénticos amontonados sin encanto alguno y unas fachadas antiquísimas cuyo lustre se había desvanecido. La impresión que daba era la de desorden, con puestos en los que florecía el comercio, coches circulando despacio por unas calles estrechas y alcantarillas abiertas que desprendían olores espantosos. Sin embargo, aquella vida nostálgica también resultaba admirable en cierto modo, con los niños pequeños que correteaban de un lado a otro, persiguiéndose, y los rostros amistosos y conocidos que saludaban a Obiefuna al pasar. Le vino una canción lenta a la cabeza y al momento no pudo evitar tararearla. Aunque el sol de la tarde se estaba poniendo, hacía demasiado calor para correr, y además no llevaba zapatillas. Pero decidió salir a trotar despacio. Al principio, era consciente de que atraía miradas por aquí y por allá, de los niños que se paraban para observarlo, de algún que otro pitido de conductores irritados, pero no tardó en concentrarse tan solo en el suave repiqueteo de los latidos de su corazón en el pecho. Estaba en la misma calle en la que había sufrido un accidente con un ciclista de niño. Recordó que había ocurrido una mañana, antes de ir al colegio. Ekene y él, con el uniforme puesto, estaban esperando a su madre junto a la placa de madera que había justo al salir del patio. Aún recordaba, con unos detalles sorprendentemente vívidos, la pesadez del tiempo, como si el día se resistiera a arrancar. Su madre estaba tardando más de lo normal en prepararse, y Ekene estaba inquieto. Sin avisar, lanzó la fiambrera en la que llevaba el almuerzo a la calle, y Obiefuna, sin pensar, fue a recogerla. En ese instante, tan solo pudo ver un borrón metálico brillante que lo derribó, y entonces oyó el grito de pánico de su madre junto con el impacto de su cuerpo contra la tierra dura. Su madre contaría aquella historia una y otra vez a lo largo de los años, adornando los detalles con un tono que pretendía resaltar el heroísmo de Obiefuna, y siempre que la contaba regresaba la misma luz a sus ojos. Cuando su madre pensaba en él, solo pensaba en la alegría que inspiraba; había elegido ver su bondad sobre todo lo demás. Su fe en él era pura; su amor, incuestionable. Y ahora, después de todos esos años, podía ver que esa había sido su auténtica suerte. Al fin se había dado cuenta de que ese era el motivo por el que quería a Miebi. Porque Miebi le resultaba, además de muchas otras cosas, familiar; con él, sentía lo mismo que había sentido con su madre: el alivio de haber llegado al fin a un lugar seguro.

Obiefuna también pensaba en su padre. No siempre habían sido amigos, y lo que más recordaba de él era su frialdad abrumadora. Pero, aun así, habían vivido momentos sueltos y fugaces (durante el largo trayecto hacia el internado, cuando su padre le había posado una mano en el hombro; en el funeral de su madre, cuando Anozie había ayudado a Obiefuna a levantarse y lo había abrazado) en los que no había sentido más que amor por él, aunque fuera a su pesar, aunque supiera que tenía que andarse con cuidado. Pero nunca había escuchado a su padre decir esa palabra, y entonces se dio cuenta, mientras decidía que esa noche llamaría a Patricia, de que no se sentiría jamás como en casa en ningún otro lugar del mundo si no iba con la certeza de que el único padre que le quedaba lo conocía de verdad.

De pronto oyó una bocina de un coche a su espalda que hizo que se detuviera en seco. Se apoyó sobre las rodillas para recuperar el aliento. Al erguirse de nuevo, vio que había llegado a un cruce. Al otro lado de la calle se encontraba el campo de fútbol Ojukwu. La mayor parte de la alambrada había desaparecido. Desde donde estaba, Obiefuna podía ver a unos cuantos chicos sin camiseta jugando en el campo, lanzando por los aires pelotas de fútbol de diferentes tamaños. Obiefuna se quedó allí, mirándolos.

Se preguntaba si entre ellos habría un chico que se sentía fuera de lugar, que preferiría estar en cualquier otro lado, haciendo algo que le gustase de verdad. Salvo por la valla rota, el campo de fútbol seguía como siempre, con las hierbas bajas y los postes improvisados, una estampa anodina y poco memorable. Y, aun así, había definido su infancia; le había hecho ser quien era y, a la vez, lo había roto. Recordaba las burlas que había sufrido allí; casi podía oír las risas resonantes de los niños, y saborear, tantos años después, su propia sangre salada, cuando Chikezie le había pegado. Recordaba el peso de la humillación que había sentido aquel día mientras volvía a casa, al igual que ahora, retomando la carrera. No se detuvo hasta que hubo llegado a la verja que daba al patio de su barrio, a la plaza abierta en la que Ekene y él básicamente se habían criado. Recordaba haber practicado con su hermano mientras la pelota se negaba a someterse a su voluntad, y recordaba la voz de Ekene al decirle: «Tú baila y ya está, Obi». Y recordaba también lo que sentía al hacer lo que le gustaba de verdad, algo que requería menos práctica y esfuerzo; una sensación que lo llenaba de una felicidad delirante y liberadora.

Obiefuna se detuvo en el patio y miró a su alrededor para verlo bien por última vez, y después subió las escaleras que conducían a su casa y llamó una y otra vez a la puerta hasta que oyó que la cerradura giraba y apareció su padre, que se apartó para dejarlo pasar.

Agradecimientos

Este libro es el producto de lo que se describiría mejor como un triángulo milagroso, y estoy sumamente agradecido a las dos mujeres indispensables que completan este triángulo.

Mi agente, Emma Leong, por esa fe inquebrantable desde el principio, por ese afán silencioso entre bastidores y por dar solo las mejores noticias de la mejor manera posible; y a Isabel Wall, de Viking, por su dedicación tan conmovedora, por sus aportaciones tan exhaustivas y estimulantes, y por ese correo electrónico tan prometedor que recibí en un día cualquiera y que me cambió la vida.

Estoy igual de agradecido con todo el equipo de Viking, en especial con Donna Poppy, por hacerme quedar tan bien; y con Olivia Mead, Amelia Evans, Alexia Thomaidis, Lou Nyuar y Olatoye Oladinni, por defender el fuerte y correr la voz; con Richard Bravery y Tosin Kalejaye, por darles tanta belleza visual a mis pensamientos caóticos; y a la buena gente de Janklow & Nesbit, en especial a Mairi Friesen-Escandell, Ellis Hazelgrove, Maimy Suileman y Janet Covindassamy por su trabajo duro.

Gracias a David Ross, de Viking Canada, Cara Reilly, de Doubleday, Madlen Reimer, de S. Fischer, y Leonel Teti, del Grupo Urano, por acoger este libro con tanto cariño y entusiasmo. Esta novela se ha nutrido del cariño, la visión crítica, la revisión y la generosidad en general de amigos que se leyeron los borradores con detenimiento y me ofrecieron su experiencia y sus puntos de vista (todos los fallos son, por supuesto, solo míos), y siempre estaré en deuda con ellos: Joshua Chizoma Emeka, David Emeka y Adachioma Ezeano; y los que me apoyaron en silencio entre bastidores: Franklin Okoro, Munachim Amah, Henry Ikenna Ugwu, Arinze Ifeakandu, Michael Powers, Roy Udeh-Ubaka, Olakunle Ologunro, Uzoma Ihejirika y Klara Kalu. Un agradecimiento especial a Chimamanda Ngozi Adichie, por su bondad y su cortesía.

Le debo muchísimo al enriquecedor programa de escritura creativa de la Universidad de Washington. Mi más sincero agradecimiento al profesorado, en especial a Kathryn Davis y David Schuman, y a Natasha Muhametzyanova, Timi Alake, Gbenga Adeoba y Stephen Mortland.

Gracias a mi familia, mi ««gente»; Chimezie y Jacinta Ibeh, Chidera y Chinaza Ibeh, Ngozi Obinna y Obiageli Pamela Amadi, por entregarme vuestro cariño sin dudar jamás.

¿TE HA GUSTADO
ESTA HISTORIA?

Escríbenos a...

Y cuéntanos tu opinión.

Conoce más sobre nuestros libros en...

 plataeditores

 PlataEditores